FRANK GOYKE

HUNDSTAGE

Theodor Fontane und der Tote im Walzwerk

berlin.krimi.verlag
be.bra verlag

Bibliografische Information der Deutschen Nationalbibliothek

Die Deutsche Nationalbibliothek verzeichnet diese Publikation in der Deutschen Nationalbibliografie; detaillierte bibliografische Daten sind im Internet über http://dnb.d-nb.de abrufbar.

KulturBrauerei Haus 2, Schönhauser Allee 37, 10435 Berlin
post@bebraverlag.de
Lektorat: Gabriele Dietz, Berlin
Umschlag: Ansichtssache, Berlin, unter Verwendung eines Gemäldes von Adolph von Menzel (© akg images)
Satz: psb, Berlin
Schrift: Stempel Garamond 10/13,5
Druck und Bindung: Finidr, Český Těšín
ISBN 978-3-89809-521-1

www.bebraverlag.de

Die wichtigsten existierenden und *fiktiven* Personen des Romans

Kriminalkommissar Aschinger
Doktor Reinhard Berg, Amtsrichter in Neustadt-Eberswalde
Felix von Bethmann Hollweg, Landrat des Kreises Oberbarnim
Willibald Beutler, Fabrikinspektor
Theodor Fontane, Schriftsteller
Emilie Fontane, seine Frau
Beate Jonas, Dienstmädchen im Schloss Lichterfelde
Arnold Köster, Arbeiter im Walzwerk »Eisenspalterei«
Herr Loeffler, Majordomus des Schlosses Lichterfelde bei Eberswalde
Frau Loeffler, seine Gattin
Gotthelf Mädewein, Vorarbeiter im Walzwerk
Karl August Mädewein, dessen Cousin, Treidler
Adolf Menzel, Maler
Friedrich Schmidt, Bauunternehmer und Ziegeleibesitzer
August Heinrich Schmidt, sein jüngerer Bruder
Hermann von Seyfarth, Chefingenieur des Walzwerkes
Ireneusz Tutasz, polnischer Kampagnearbeiter in einer Ziegelei
Carl Melchior Wittbrodt, Direktor der Eisenspalterei bei Neustadt-Eberswalde
Konrad Zimmermann, Kösters Freund, ebenfalls Arbeiter im Walzwerk

Erstes Kapitel

Montag, 26. Juli 1875, vormittags

Schon am Vormittag war die Hitze unerträglich. Nur die Mücken fühlten sich wohl, die in großen Schwärmen über dem Finowkanal tanzten wie Mänaden bei einem dionysischen Fest. Allerdings hatten sie den Wein durch das Blut der Wanderer ersetzt. Theodor Fontane verscheuchte sie durch Wedeln mit dem karierten Schweißtuch, dann fuhr er sich zum x-ten Male über die Stirn. Obwohl er erst vor einer halben Stunde vom Bahnhof Neustadt-Eberswalde aufgebrochen war, war der Rucksack auf seinem Rücken bereits so schwer, als hätte er Wackersteine geladen. Die Riemen schnürten sich durch den Gehrock in die Schultern, auf Gesicht, Hals und Händen blühten die Pusteln der Mückenstiche. Welcher Teufel nur hatte ihn geritten, ausgerechnet während der Hundstage nach Lichterfelde wandern zu wollen?

Der Teufel hieß Adolf Menzel und schritt beschwingt neben ihm, so als würden ihm die Unbilden des Wetters überhaupt nichts ausmachen. Vor drei Tagen hatten sie in der *Frederichsschen Speisewirtschaft* gesessen, dem Stammlokal des Malers, in dem er täglich seine Abendmahlzeit einzunehmen pflegte, und sich gegenseitig von ihrer Arbeit erzählt, Fontane von seinem Zeitroman *Allerlei Glück*, der nie fertig zu werden drohte, Menzel von seinem Gemälde *Eisenwalzwerk*, an dem er bald den letzten Strich zu machen gedachte; Fontane hatte es nicht ohne Neid zur Kenntnis genommen. Fast hundert Zeichnungen hatte Menzel in der schlesischen Königshütte angefertigt, und er hatte sich auch einige Male in der Eisenspalterei umgesehen, die schon 1830 von Carl Blechen in dem Gemälde *Walzwerk Neustadt-Eberswalde* verewigt worden war. Doch bevor er seine Arbeit abschloss, wollte er noch einmal zu letzten Studien ins Tal der Finow aufbrechen. Von den Gründen, warum man es auch märkisches Wuppertal nannte, hatte sich Fontane bereits überzeugen können, waren sie doch auf ihrem Wege an dem Kupferhammer vorbeigekommen, mit anderen Worten: an rauchenden Schloten. Immerhin war das Finowtal das älteste Industrierevier Preußens; ob der Vergleich mit dem Tal der Wupper gerechtfertigt war, vermochte Fontane nicht zu sagen. Doch war er nicht wegen der Fabriken gekommen, auch wenn eine von ihnen sogar Papier herstellte, für einen Schriftsteller kein überflüssiger Stoff. Nein, er hatte seinen schon länger geplanten Aufsatz *Von Sparren-Land und Sparren-Glocken* im Hinterkopf, als er sich Menzel als Begleiter anbot. Und er hatte gehofft, der Glut der Großstadt zu entkommen. Schon jetzt verfluchte er seinen Entschluss.

Menzel blieb stehen.

»Gott im Himmel, mein lieber Fontane«, sagte er, »Sie schnaufen wie eine Lokomotive!«

»Ich fühle mich auch, als würde mein Leib mit glühenden Kohlen beschickt.«

Der Maler betrachtete sein Gegenüber durch die kleine Brille mit Metallrand. Wie zu den meisten Menschen musste er auch zu Fontane aufschauen.

»Ihre Präzision lässt nach, Meister des Wortes«, sagte er. »Seit wann beschickt man den Kessel einer Lokomotive mit *glühender* Kohle?«

»Wir hätten eine Droschke nehmen sollen.« Fontane wischte sich Schweiß aus den Augen.

»Eine Droschke? Firmieren Ihre geschätzten Aufsätze nicht unter *Wanderungen*?«

»Ja, ja. Wobei ich einräumen muss, dass ich manche Wege allein per Korrespondenz oder in der Bibliothek zurückgelegt habe. Lichterfelde ist nicht Paris, man muss es nicht gesehen haben.«
Menzels Augen wurden schmal. »Wollen Sie umkehren?«
»Oh, nein. Doch für den heutigen Tag genügt mir das Walzwerk als Ziel. Ist es noch weit?«
»Keinesfalls.« Der Maler legte seinen Ranzen ab, schnürte ihn auf und entnahm ihm einen vergilbten Plan. *Kgl. Privilegierter Amts-Plan der Kur- und Badestadt Neustadt-Eberswalde* stand darauf. Es gab hier nämlich nicht nur hohe Essen, sondern auch einen Gesundbrunnen, nicht nur eine Provinzial-Irrenheil- und Pflegeanstalt, sondern auch Badegäste. »Schauen Sie, der Treidelweg.« Menzel tippte mit dem Zeigefinger auf die Karte. »Nur noch wenige Schritte bis zur Drahthammerschleuse, und von dort ist es bloß ein Katzensprung.«
Fontane schaute. Und stieß einen Seufzer aus: Das Gehölz neben dem Weg hieß Hölle.
Da Menzel den Ranzen schon abgelegt hatte, biwakierten sie für eine Viertelstunde unter einem Strauch zwischen Treidelweg und Hölle. Fontane streckte sich im Gras aus und schob den Hut ins Gesicht, um für ein paar Minuten die Sonne nicht sehen zu müssen. Lange währte die Ruhe nicht. Er hörte Stimmengemurmel, und als er die Augen öffnete, erblickte er eine Gruppe von eleganten Menschen. Zwei Herren in lockeren Jacken, weiße Zylinder auf den Häuptern, begleiteten drei Frauen, die drei Generationen zu repräsentieren schienen. Sie trugen helle Sommerkleider und Strohhüte mit farbigen Bändern, und jede von ihnen schützte sich mit einem weißen Schirm gegen die Sonnenstrahlen. Als sie die ruhenden Wanderer sahen, nickten sie ihnen zu, während die Herren die Zylinder lüfteten. Fontane vermutete in ihnen Kurgäste, die sich das Walzwerk anschauen wollten, in dem

man bereits in den Zwanzigerjahren begonnen hatte, Besichtigungen für Touristen anzubieten – zu einer Zeit, als das Wort *Tourist* gerade seinen Siegeszug durch die besseren Kreise Europas begonnen hatte. Irgendeine Sensationslust trieb die Menschen offenbar an, oder es war die Langeweile. Oder das Nomadentum aus der Zeit der Jäger und Sammler in jedermanns, auch in Fontanes Blut.

Die Gruppe entfernte sich. Menzel skizzierte sie, Fontane schloss noch einmal die Augen. Seine Gedanken schweiften nach Hause, nach Berlin, wo seine Frau Emilie mitten in den Reisevorbereitungen für die Sommerfrische in Schlesien steckte. Manchmal verbrachte sie viele Wochen bei ihrer Jugendfreundin Johanna Treutler, die den Besitzer eines Zuckerrübengutes in Neuhof bei Liegnitz geheiratet hatte. Die Kinder begleiteten sie, Sohn Theodor mit seinen achtzehn Lenzen allerdings nur nach langer Debatte, denn mit dem Abitur in der Tasche begab man sich für gewöhnlich auf die Grande Tour, jedenfalls wenn man von Familie war – und der Junior betonte stets, er sei schließlich adlig, da ein von Thane!

Fontane musste schmunzeln. Er hörte, wie Menzel seinen Tornister öffnete, sicher um seine Zeichenutensilien zu verstauen, dann vernahm er einen Schrei, der ihn auffahren ließ. Er kam aus Richtung der davonwandernden Gruppe, und als sich Fontane zu ihnen wandte, sah er einen Mann, der offenbar aus der Hölle auf die Damen und Herren zugesprungen war. Er tänzelte vor ihnen auf und ab. Die Frauen wichen zurück, die Männer versuchten, ihn mit ihren Gehstöcken zu verjagen. Der Mann, mit einem gestreiften Hemd, dunklen Hosen mit breiten Trägern und einem Strohhut bekleidet, lachte anscheinend, verbeugte sich linkisch und setzte seinen Weg fort. Er ging nicht, er sprang den Treidelweg entlang, und seine Gliedmaßen schleuderten immer wieder nach allen Seiten. Je näher er kam, desto deutlicher wurde, dass er unartikulierte Laute ausstieß. Doch schälten sich das eine und andere verständliche Wort, ja ganze Wortgruppen aus seinem Gestammel: »Bäh, bäh, widerlich … janz un' jar … Bah, bah, bäh! Wi-der-lichst! Allerhöchst widerlichst!« Er kicherte und sprang wie das Rumpelstilzchen, nur eben nicht im Kreise. Der Strohhut bekam bei den Sprüngen eine immer gefährlichere Neigung, vom Kopf zu fallen, auch die Hosenträger waren verrutscht. Aus groben Schuhen, die Arbeitsschuhen von Fabrikarbeitern glichen, quollen wollene Socken, als wäre Winter.

Vor Menzel und Fontane baute er sich auf. Menzel zog schnell den soeben verstauten Zeichenblock und einen Stift aus dem Ranzen und warf ein paar Skizzen aufs Papier; der Mann versuchte, stillzustehen, was ihm kaum gelang. Sein Gesicht war verzerrt, seine Zähne mahlten unermüdlich Worte, und es war schwer zu sagen, ob er wirklich grinste oder ob nur sein Tic eine Art Grinsen hervorrief. Zwischen all den Lauten und Rufen, zwischen den vielen Bahs und Bähs waren nun aber auch zwei einigermaßen klare Sätze zu verstehen: »Lieb mir oder ick zerhack dir die Kommode!« und sogar ein überraschendes »Der Tor hat seine Schuldigkeit getan.«

Er zappelte und sprang, wiederholte das »Lieb mir oder ick zerhack dir die Kommode!«, während er sich davonmachte, der Stadt Neustadt-Eberswalde entgegen. Immer leiser klang es über den Treidelpfad, als der Mann längst hinter einer Biegung verschwunden war: »Lieb mir oder ick zerhack dir die Kommode!«

Fontane drehte sich halb zu Menzel um. »Was war denn das?«

»Vielleicht ein entsprungener Irrer?«

»Es hatte den Anschein …« Fontane erhob sich mühselig und klopfte Gehrock und Hosen ab. »Vermutlich aus Berlin.«

»Weil er berlinert?« Menzel schob Block und Stift zurück in

den Tornister. »Das könnte auch reinstes Eberswalder Kanaldeutsch gewesen sein, das dem Berliner Dialekt sehr ähnelt. Man könnte sogar sagen, es ist berlinerischer als das Berlinerische. Wie wäre es mit einer Kostprobe?«
»Ich weiß nicht.« Fontane hob ebenfalls seinen Reiserucksack vom Boden auf. Mücken umtanzten sein Haupt.
Menzel war nicht zu bremsen: »Ick sitz am Tisch und esse Klops. Uff eenmal klops. Ick kieke, staune, wundre mir – uff eenmal jeht se uff, die Tür. Nanu, denk ick, ick denk nanu, jetzt isse uff, erst war se zu. Ick jehe raus und kieke! Wer steht draußen? Icke!« Er lachte kurz auf, dann zückte er seine Uhr und ließ den Sprungdeckel aufschnappen. »Und nun kommen Sie, mein Lieber, mein Gemälde soll ja kein Nachtstück werden!«
Auf dem Treidelpfad näherten sie sich nun dem Gutsbezirk Eisenspalterei, und von der Drahthammerschleuse aus konnte man wieder Schlote sehen. Der Schleusenwärter hockte vor dem Schleusenhaus und betrachtete gleichmütig die beiden Wanderer, während er eine Limonade schlürfte. Sein Hund hatte sich zu seinen Füßen zusammengerollt und beachtete sie nicht. Fontane seufzte, während er dem forsch ausschreitenden Menzel folgte. Unter anderen Umständen hätte er sicher versucht, ein Gespräch mit dem Wärter zu führen und sich hernach ein paar Kostproben des Eberswalder Kanaldeutsch notiert, um sie als Fußnote in seine *Wanderungen* einfließen zu lassen; als Mann der Sprache war er neugierig auf Mundarten und sprachliche Raritäten. Die schwüle Hitze aber lähmte jeglichen Tatendrang, und selbst wenn es anders gewesen wäre, die plötzliche Eile des kleinen Professors verhinderte eine weitere Pause.
Fontane trottete ihm langsam hinterdrein, in Gedanken versunken. Rechter Hand erstreckte sich das Gelände einer kleinen Werkstätte, die von einem bescheidenen Schornstein überragt wurde.

»Was schleichen Sie denn so?«, fragte Menzel über die Schulter. Er verlangsamte seinen Schritt, blieb aber keinesfalls stehen.
»Ach, ich dachte nur ...« Fontane schloss auf. Hinter dem Werkstattgelände war die Seitenfront eines Arbeiterwohnhauses zu sehen. »Das Berlinern gilt ja mehr als eine Eigenart der Unterschicht ...«
»Und der Parvenüs«, fiel Menzel ein. »So manche Frau Kommerzienrat mit zweifelhaftem Herkommen mischt gern *ick* und *icke* mit *je* und *moi* – und findet sich gebildet. Worauf wollen Sie hinaus, Fontane?«
»Ich meine nur ... das Kanaldeutsch der Hiesigen wird gewiss nicht von den besseren Ständen gesprochen. Kein Mensch, der auf sich hält, sagt ›Lieb mir oder ick zerhack dir die Kommode!‹ Das sagt, um in Ihrem Bild zu bleiben, nicht einmal der Geheime Kommerzienrat zu der Magd, die er sich als Geliebte hält. Es ist einfach *zu* vulgär!«
»Ad eins, mon cher: Es gibt ungeheuer viele vulgäre Kommerzienräte! Ad zwei: Ihre Herleitung ist verzwickt. Ich frage abermals: Worauf wollen Sie denn nun hinaus?«
»Ich sehe einen Widerspruch in den Worten des Irren. Auf der einen Seite das Gewöhnliche und Ungeschlachte, auf der anderen: ›Der Tor hat seine Schuldigkeit getan.‹ Diese Anspielung lässt doch schon auf eine gewisse Bildung schließen.«
»Mein Gott, Fontane!« Menzel beschleunigte wieder seine Schritte. »Der Mann ist ein Irrer! In seinem Kopf geht alles durcheinander, mischen sich Hohes und Niedriges. Aber lassen wir dieses Thema! Wir sind gleich da.«
Das war Fontane nicht entgangen. Der Lärm der Schmiedehämmer vom Gelände der *Hüttenwerk Eisenspalterei AG* war schon längere Zeit zu vernehmen, drang nun aber ungehindert durch die schmalen Fenster einer lang gestreckten Halle, die unmittelbar am Kanal stand. Ein dunkler, fetter

Rauch entwand sich den hohen Essen, denen sie so nahe gekommen waren, dass Fontane den Kopf in den Nacken legen musste, um die Spitzen sehen zu können. Es war genau dieser Rauch, der in ihm das Gefühl auslöste, Fabriken seien irgendwie gefährlich – womöglich war das der Erinnerung an die Schwaden über den Schlachtfeldern geschuldet, die er als Kriegsberichterstatter visitiert hatte.
Wenige Meter vor ihnen querte eine hölzerne Klappbrücke den Wasserlauf, die nach Menzels Worten erst vor acht Jahren errichtet worden war. Jenseits dieser Brücke waren zwei Kähne zu sehen, die von Pferden gezogen wurden, und zwar in westlicher Richtung, also der Havel entgegen. Einer hatte Kartoffeln geladen, der andere Ziegel, und es war durchaus möglich, dass beides für Berlin bestimmt war, denn die Hauptstadt hatte immer großen Hunger, auf Nahrungsmittel und spätestens seit der Reichseinigung auch auf Baumaterial.
Sie betraten die Brücke, begaben sich auf das jenseitige Ufer. Wenn Fontane nach rechts schaute, erblickte er die Werkhallen der *Papierfabrik Wolfswinkel*, auch sie seit mehr als hundert Jahren ein Markenzeichen des märkischen Wuppertal. Linker Hand lagen an der Straße die aus gelben Klinkern erbauten dreieckigen Giebelfronten der Eisenspalterei, deren auffälligster Schmuck treppenförmige Ziegelmuster waren. Die Straße hieß ausgerechnet Lichterfelder Straße und erinnerte ihn an den Grund seines Hierseins; er hatte sogar einen Brief an den Besitzer von Gut Lichterfelde, Johannes Karbe, geschrieben und seine Visite angekündigt, den Zeitpunkt jedoch im Ungefähren gelassen. Des übereilten Aufbruchs wegen hatte er keine Antwort erhalten. Fontane hielt kurz inne, drehte sich um, warf einen scheelen Blick in nördliche Richtung und verwarf den Gedanken, dem Werksbesuch noch einen Fußmarsch nach Lichterfelde anzuschließen – das dortige Schloss würde ihn auch noch an einem späteren, weniger heißen Tag erwarten.

Unter der Brücke glitt eine Schwanenfamilie durch, bestehend aus zwei Altvögeln und vier grauen Jungtieren, die in einem Märchen des Hans Christian Andersen hässliche Entlein genannt wurden. Dieser Andersen war nun im siebzigsten Jahr, und Fontane war nicht sicher, ob er überhaupt noch lebte. Vermutlich ja, denn er war in aller Welt bekannt, also würden die großen Blätter von seinem Ableben berichten.
Gleich hinter dem geöffneten Tor zum Hof der Hüttenwerke stand ein einspänniger Landauer. Auf der Rückbank lag eine weiß gekleidete Person – die jüngste der drei Frauen, in denen Fontane Badegäste gesehen hatte. Es herrschte eine enorme Aufregung rund um den Wagen: Die gouvernantenhafte Älteste hantierte mit einem Riechfläschchen, die mittlere wedelte der blassen Person mit dem Strohhut Luft zu, und auch die Herren bemühten sich, allerdings wirkten sie eher ratlos. Anscheinend war die junge Frau in Ohnmacht gefallen. Vielleicht der Hitze wegen.
Sie traten näher an das Werkstor heran. Auf dem gepflasterten Hof der Fabrik wimmelte es von Arbeitern, die in Gruppen zusammenstanden und teils zu der Werkhalle, teils auf einen Spritzenwagen starrten; als Fontane die Augen zusammenkniff, konnte er die Aufschrift lesen: *Freiwillige Feuerwehr Neustadt-Ew.*, und darunter, viel kleiner: *Im Einsatz fürs Gemeinwohl seit 1. Februar 1875*. Sie war also eine recht neue Einrichtung.
Schon die Anwesenheit des Feuerwagens verhieß nichts Gutes. Es schlugen zwar keine Flammen aus den Fenstern und auch nicht aus dem Dach, dennoch konnte natürlich ein Feuer ausgebrochen sein, dass sich noch nicht ausgebreitet hatte und von den Feuerwehrleuten unter Kontrolle gebracht worden war – nur dass sich die Männer in blauer Uniform und mit metallenen Schutzhauben nicht in das Gebäude begaben, sondern einen Halbkreis um eine Trage gebildet hatten, die auf dem Pflaster stand. Neben ihr hockte ein Mann

mittleren Alters, der Gehrock, Weste, weißes Hemd und Binder trug und eine Arzttasche abgestellt hatte; auf der Tasche lag sein Hut, den er wohl aus Gründen der Pietät abgelegt hatte. Gerade hob er das graue Tuch, das die Trage bedeckte und auf dem sich ein großer roter Fleck abzeichnete. Der Doktor zuckte zurück, durch die Arbeiterschaft ging ein Murmeln. Niemand wagte, die Stimme zu heben. Die junge Dame hatte also vermutlich nicht wegen der drückenden Temperatur einen Schwächeanfall erlitten.

Aus Richtung eines ebenfalls aus gelben Klinkern errichteten, aber eher villenartigen Gebäudes mit Erkern und Türmchen kam ein Mann in Anzug und Bowler, der ein Tablett mit Gläsern und einer beschlagenen Karaffe balancierte, genau auf den Landauer zu.

»Chefingenieur von Seyfarth«, erklärte Menzel. Seine Stimme klang dünn.

Der Arzt richtete sich langsam auf und schüttelte den Kopf. Ein Raunen ging durch die Menge.

Hinter den Feuerwehrleuten hatte bis jetzt ein unauffälliger kleiner Mann gestanden, dessen Anwesenheit Fontane erst gewahr wurde, als dieser sich auf den Weg zum Tor machte. Der Arzt hob seine Tasche auf und schloss sich ihm an. Als sie zwischen den Gruppen der Arbeiter hindurchgingen, erhob sich etwas wie Protest; manche hoben die Arme, ohne dass man ihre Geste als Drohgebärde bezeichnen konnte. Es lag eine gewisse Abwehr in ihr, gleichwohl auch Verzweiflung.

»Direktor Wittbrodt«, sagte Menzel. »Nun denn, vom Starren werden wir nicht klüger«, fügte er hinzu und trat näher. Fontane folgte.

Der Fabrikdirektor redete auf die Arbeiter ein, nickte und schüttelte den Kopf. Der Chefingenieur reichte den Damen und ihren Begleitern die Erfrischung. Ein Arbeiter rief: »Wir haben auch Durst!«, woraufhin sich von Seyfarth umdrehte und brüllte: »Aber Sie sind nicht ohnmächtig geworden!« Der Arbeiter war nicht auf dem Mund gefallen und erwiderte laut: »Ich sinke sofort in die Arme meiner Brüder!« Doch der Chefingenieur bot ihm Paroli: »Nun, sollte es geschehen, schöpfe ich höchsteigenhändig Kanalwasser.« Ein raues Gelächter ging durch die Belegschaft.

Fabrikdirektor Wittbrodt war anzusehen, dass ihn die Anwesenheit eines Malers an einem solchen Tag nicht gerade erfreute. Die kostenlose Reklame durch ein Gemälde war ihm nicht unwillkommen, aber nun hatte es einen Toten gegeben, und er wusste nicht mit Bestimmtheit, was Menzel in seinem Werk darstellen würde. Regelrecht sorgenvoll wurde seine Miene, als der Maler seinen Begleiter vorstellte – einen Schriftsteller, der für Zeitungen arbeitete, konnte er noch weniger gebrauchen.

Wittbrodt nahm seine Melone ab, zog ein weißes Tuch aus der Rocktasche, trocknete sich die Stirn, wischte auch die Kopfbedeckung aus, steckte das Tuch wieder ein und behielt den Hut in der Hand. Es sah aus, als wolle er Zeit gewinnen und müsse überlegen, womit er diesen Skribenten abspeisen könnte.

»Sie müssen sich keine Sorgen machen, Herr Direktor.« Menzel machte eine begütigende Geste. »Mein Freund Fontane hält sich aus den Niederungen des Alltags heraus. Allein aus seinen Wanderungen durch die Mark keltert er Artikel, und da sein wohlmeinendes Interesse gerade dem Finowtal gilt, begleitet er mich.«

»Die Industrie …?«, fragte Wittbrodt zerstreut.

»Oh, nein, die Sparrs. Insbesondere der erste preußische Generalfeldmarschall Otto Christoph von Sparr, nicht wahr?«, entgegnete Menzel. »Und die Sparren-Dörfer wie Heckelberg, Lichterfelde …«

»Hohenfinow, Tornow, Sommerfelde«, fügte Fontane eilig hinzu. »Aber eigentlich will ich Gut Lichterfelde besuchen.«

»Ja, so …« Ganz war das Misstrauen des Direktors nicht gewichen. »Sparr? Man hörte davon. Muss lange her sein? Hohenfinow, Tornow und Sommerfelde gehören heute zum Gut unseres hochverehrten neuen Landrats, des Herrn Bethmann Hollweg. Er steht dem Kronprinzen nahe, der übrigens mehrfach auf Hohenfinow weilte, zur Jagd.« Ein kurzes Räuspern, dann wies Wittbrodt zu der Villa. Von hier war zu sehen, dass neben dem Eingang ein weißes Emailleschild mit der Aufschrift *Contor & Directions=Bureau* angebracht war. »Ich denke, wir haben alle einen Schluck bitter nötig. Bitte, die Herren, folgen Sie mir.«
Fontane war sicher, dass Wittbrodt sie aus der Nähe des Toten haben wollte. Er verstand, dass der Mann keine Presse gebrauchen konnte, aber er würde kaum verhindern können, dass der Unfall in eine Gazette kam, wenigstens in den örtlichen *Märkischen Stadt- und Landboten* oder in das *Oberbarnimer Kreisblatt*, womöglich aber auch in eine Zeitung der Sozialisten, denen ein Arbeitsunfall durchaus Anlass sein mochte, die gesellschaftlichen Verhältnisse anzuprangern.
»Was ist denn nun eigentlich passiert?«, wollte Menzel wissen.
»Ein schrecklicher Unfall. Wir alle sind erschüttert.« Wittbrodt schob sich durch die Arbeiter, Menzel und Fontane folgten ihm. Ein junger Mensch mit Schirmmütze rief: »Unser Maler!«, ein noch jüngerer: »Heut jibt's nischt zu schmieren!« Worauf sich Menzel ärgerlich umdrehte und zurückrief: »Jeder macht seine Arbeit, und jede Arbeit macht Ehre!«
»Ja, aber das Malen bringt nicht um!«, hieß es daraufhin von dem mit der Schirmmütze.

In seinem holzgetäfelten Bureau ließ Direktor Wittbrodt Cognac bringen, dann setzte er sich erschöpft in seinen Schreibtischsessel. Menzel und Fontane wurden genötigt, an einem langen Tisch Platz zu nehmen. Ein besonderer Schmuck des Zimmers waren die photographischen Aufnahmen an den Wänden, die ausnahmslos etwas mit dem Hüttenwerk zu tun hatten: Man sah sowohl die Gebäude als auch zwei Aufnahmen aus der Werkhalle, auf denen der Direktor und der Chefingenieur inmitten der Arbeiter posierten, die wiederum so taten, als schmiedeten sie gerade ein großes Werkstück. Die Photographien umgaben einen kolorierten Stich, der nach Blechens berühmtem Gemälde angefertigt worden war, wie die Bildunterschrift verkündete. Fontane, der den Maler in der *Grafschaft Ruppin* erwähnt hatte, musste feststellen, dass das Bild einen Bau darstellte, den man auch heute noch, fünfundvierzig Jahre später, sehen konnte.

Wittbrodt hatte seinen Cognac hinuntergestürzt und schüttelte betrübt den Kopf, als der Chefingenieur eintrat. In seiner Begleitung befand sich ein hochgewachsener, kräftig wirkender Mann mit einem außerordentlichen Schnurrbart. Er trug einen dunkelgrünen Waffenrock mit roten Verstößen, einen runden Stehkragen mit Unteroffizierstresse sowie den Adler-Kragenknopf der Sergeanten und war somit als Wachtmeister der Preußischen Landgendarmerie zu erkennen. Als solcher stellte er sich auch vor: »Wachtmeister Schreiber.« Er ließ die Hacken knallen. »Habe die Ehre, Herr Direktor!« Ein militärisch knappes Nicken. »Meine Herren!«

»Ja, Herr Wachtmeister …« Wittbrodt nickte zerstreut. »Sie müssen wohl … Ihre Pflicht … Wenn ich bitten darf.«

Schreiber lehnte den ihm angebotenen Platz höflich ab und blieb stehen. Er zog ein Notizbüchlein aus der Brusttasche sowie einen kurzen Bleistift, den er mit der Zunge anfeuchtete. »Wenn die Herren mir eine kurze Schilderung der Ereignisse offerieren könnten?«

»Ja, bitte.« Wittbrodt deutete auf Seyfarth. »Unser Chefingenieur wird Ihnen Rede und Antwort stehen.«

»Es handelt sich um Arnold Köster, einen Arbeiter von vielleicht fünfundzwanzig Jahren«, sagte von Seyfarth. »Das Einzige, was ich zu sagen weiß, ist, dass er irgendwie in einen der großen Transmissionsriemen geraten sein muss ... und zerquetscht wurde ... zu Tode gequetscht ...« Er schüttelte den Kopf. »Scheußlich!«
»Sie sagen es.« Schreiber notierte. »Zeugen?«
»Äh, wie meinen?«
»Gibt es Zeugen des Unfalls?«
Seyfarth wechselte einen raschen Blick mit dem Direktor. »Darum habe ich mich noch nicht gekümmert. Aber natürlich muss es welche geben: die Arbeiter, die mich gerufen haben. Der Vorarbeiter, der die Maschine ausstellen ließ. Sie müssen gesehen haben ...« Er brach ab und schaute zum angelehnten Fenster. Von draußen drangen die Debatten der Arbeiter herein, die kaum zu verstehen waren – bis auf einzelne Worte: »Die da oben ... Arbeitsbedingungen ... die Partei ... Ach, geh mir doch ...«
»Hat der arme Teufel Angehörige?«, fragte Schreiber.
»Tja ...« Wittbrodt goss sich noch einmal ein und schaute verzweifelt zu seinem Ingenieur.
»Ich weiß nicht, aber das lässt sich herausfinden.« Von Seyfarth verließ den Raum. Wittbrodt starrte mit zusammengekniffenen Augen auf Fontane und Menzel, deren Anwesenheit ihm immer weniger zu behagen schien.
Der Wachtmeister fragte: »Kommen solche Unfälle häufiger vor?«
»Überhaupt nicht!« Wittbrodt hob energisch den Kopf. »Die Arbeit in einem Walzwerk ist nicht ungefährlich, und es hat schon Quetschungen, Knochenbrüche und Verbrennungen gegeben – so etwas bleibt nicht aus. Aber noch nie, jedenfalls nicht zu meiner Zeit, ist ein Arbeiter in einen Transmissionsriemen geraten. Ich kann mir nicht erklären, wie dergleichen geschehen sein soll.«

Den Arzt im Gefolge, den er als Dr. Birnbaum vorstellte, kehrte Seyfarth zurück. Auch Birnbaum bekam einen Cognac. Er setzte sich und seufzte.
»So schlimm?«, wollte Wittbrodt wissen.
Der Doktor nickte. »Gut, dass die Damen ihn nicht gesehen haben. Nur seine Konturen unter dem blutigen Tuch.«
»Wo sind die Herrschaften jetzt?«
»Ich habe mir erlaubt, einen Ihrer Lehrjungen um eine Droschke nach Neustadt zu schicken. Aber nachdem er losgelaufen war, machte der Vorarbeiter ... Mädewein, wenn ich nicht irre?«
»Gotthelf Mädewein«, bestätigte Seyfarth.
»Er schlug vor, doch ein Gespann des Walzwerkes zu nehmen, damit man insonderheit die Damen schnell nach Neustadt schaffen könne. Er selbst spannte an und brachte die Badegäste zu ihrem Hotel.«
»Ich müsste aber mit ihm sprechen«, bemerkte Wachtmeister Schneider.
»Das können Sie doch auch. Ich schätze, er wird in einer halben Stunde zurück sein.« Dr. Birnbaum leerte sein Glas in einem Zuge, was einen Ausdruck von Missfallen auf Wittbrodts Miene erscheinen ließ, immerhin war ein Cognac kein Kartoffelschnaps.
»Was Kösters Angehörige betrifft, weiß man nur von einer ...« Seyfarth hüstelte. »Er lebt wohl in wilder Ehe mit einem Dienstmädchen von Gut Lichterfelde und soll sogar ein Kind mit ihr haben. Wie es heißt, wollten sie im Herbst heiraten.«
Wittbrodt zuckte mit den Schultern. »Nun ja, die unteren Klassen ... Sie nehmen es nicht so genau mit der Moral. Lichterfelde, sagen Sie?« Er kniff die Augen zusammen und warf Fontane einen Blick zu. »Wird man die Kindsmutter verständigen müssen? Ich meine, sie sind ja nicht verwandt.«
Seyfarth sagte: »Aber der Anstand gebietet ...«

»Ja, ja.« Wittbrodt hatte noch immer Fontane im Visier. »Es ist eine delikate Angelegenheit, eine Aufgabe, die Fingerspitzengefühl verlangt. Da Sie doch ohnehin nach Lichterfelde wollen ... Würden Sie?«
»Ich?« Fontane fühlte sich düpiert. »Warum ich?«
»Weil Sie als Schriftsteller ... und auch der Herr Menzel als Maler natürlich ... weil sie die notwendige Sensibilität aufbringen, mehr Sensibilität als wir Männer der Technik, die noch dazu einem Walzwerk vorstehen, wo es laut zugeht und schmutzig ist ...« Wittbrodt nestelte eine Geldbörse aus der Weste, öffnete sie und schaute hinein. Nach kurzem Zögern nahm er eine Münze heraus, fünf Goldmark, und reichte sie Fontane. »Für Mutter und Kind ... zur Überbrückung. Bis die polizeiliche Untersuchung abgeschlossen ist. Wir zahlen dann auch noch ausstehenden Lohn, selbstredend ... Werden die Untersuchungen lange in Anspruch nehmen, Wachtmeister?«
Schreiber fühlte sich überrumpelt und stutzte kurz, bevor er antwortete: »Das kann ich nicht sagen.«
»Aber die Sachlage ist eindeutig.« Wittbrodt erhob sich und drückte erst Fontane, dann Menzel die Hand. »Verbindlichsten Dank.«

Fontane und Menzel konnten die Pferdedroschke benutzen, die der Lehrling gerufen hatte, sehr zur Freude des Kutschers, der nun nicht umsonst gekommen war. Er ließ die Peitsche knallen, und es ging auf der Lichterfelder Straße nach Norden.
»Da hat man ja eine elegante Form gefunden, uns vom Schlachtfeld zu expedieren«, meinte Fontane.
»Die Rolle eines Boten schlechter Nachrichten missfällt mir«, sagte Menzel. »Ich wollte ein paar abschließende Zeichnungen vom Walzwerk machen und keine Landpartie unternehmen ... Ist dieses Lichterfelde wenigstens sehenswert?«

»Oh, ja«, mischte sich der Kutscher ein. In den märkischen Badestädten waren die Fuhrleute oft auch zugleich Fremdenführer, zumindest maßten sie sich das an. »Es gibt das Schloss und den Schlosspark, die alte Kirche und das Familiengrab der Karbes auf dem Kirchhof. Der Oberamtmann Karbe zu Gramzow hat das Rittergut seinerzeit erworben.«
Sie hatten inzwischen das Tal der Schlote verlassen und fuhren durch eine vom Ackerbau geprägte Landschaft. Am Rand der unbefestigten Straße wuchsen Apfel- und Kirschbäume, und es war so heiß, dass sogar die Lerchen verstummten.
»Eine Karbe hat es doch als Dichterin zu einigem Ansehen gebracht?«
»Ja, Anna Karbe.« Der Kutscher musste die Peitsche heben, da seine Pferde den Schritt verlangsamt hatten. »Das ist eine traurige Geschichte.« Der Kutscher schnaufte. »Mit sieben Jahren ist sie so schwer gestürzt und hat sich unheilbar am Rückgrat verletzt, dass sie sich manchmal kaum bewegen konnte. Vor zwei Jahren hat sie dann in Freienwalde ihren Cousin geheiratet, den Lichterfelder Gutsherrn, und ein Töchterchen geboren, aber das lebte wohl nur zwei Wochen. Tja, und dieses Jahr im April ist sie selbst gestorben, keine zweiundzwanzig Jahre alt.« Erneutes Schnaufen fürs zahlende Publikum.
»Kennen Sie ihre Gedichte?«, fragte Fontane.
»Wie werde ich? Ich kann nicht lesen.«
»Wie sind sie denn?«, wollte Menzel wissen.
»Tja, ich kenne sie auch nicht«, bekannte Fontane. »Ich weiß nur, dass sie selbst von Küchenliedern gesprochen hat, was einiges über ihre Qualität aussagt … Ja, und Philipp Wackernagel hat ein paar Werke in die sechste Auflage seiner *Auswahl deutscher Gedichte* aufgenommen.«
Es war kein weiter Weg von Eberswalde-Eisenspalterei nach Lichterfelde, aber er reichte doch, Chauffeur, Fahrgäste und

Pferde über und über mit feinem Staub zu bedecken, und so waren sie froh, als sie den Lichterfelder Kirchturm aus dem Korn ragen sahen, das entgegen seiner poetischen Bestimmung nicht wogte.
Menzel hatte einen Skizzenblock auf den Knien und zeichnete, was sich ihm darbot. Jetzt hielt er ein alltägliches dörfliches Ambiente fest. Das erinnerte Fontane an etwas. »Wie konnten Sie vorhin nur behaupten, dass ich mich aus den Niederungen des Alltags heraushalte? Sie wissen doch genau, dass ich allem, was um mich herum geschieht, höchst zugewandt bin!«
»Reine Vorsicht.« Menzel schob den Block in seinen Ranzen, denn das Dorf war erreicht. »Ich habe es nur getan, damit Direktor Wittbrodt nicht fürchtet, über den Unfall übermorgen in der *Kreuzzeitung* oder der *Vossischen* zu lesen. Ohne sein Einverständnis kann ich keine letzten Skizzen mehr machen, vous comprenez?«
»Oui«, entgegnete Fontane und sah den Kutscher stolz lächeln ob seiner gebildeten Kundschaft.

Das Herrenhaus von Lichterfelde war ein Werk der Sparrs. Fontane hatte sich natürlich belesen und wusste, dass die Brüder Arendt und Christoph im Jahr des Herrn 1565 den Baumeister Francesco Chiaramella de Gandino mit Entwurf und Ausführung beauftragt hatten, jenen Italiener, der auch die Festung Spandau begonnen hatte.
Als sie sich, verschwitzt und verstaubt, dem Schloss näherten, setzte Fontane die Geschichte seinem Freund Menzel auseinander.
Der nickte, während er die große Feldsteinkirche betrachtete, hinter der das Gutshaus hervorlugte.
Dann aber sagte er: »Sie sprechen immer von den Sparrs und dem Sparren-Land, mein lieber Fontane. Mir will scheinen, dass ein späterer Besitzer des Rittergutes sich den Hiesigen

viel stärker eingeprägt hat, nennt man das Eberswalder Urstromtal mit der Finow und den Hauptorten Neustadt und Heegermühle doch im Volksmund Splitgerbers Reich – und nicht etwa Sparren-Reich!«

»Nach dem berühmten Bankier und Rüstungsfabrikanten David Splitgerber, dessen Firma zeitweise auch die Eisenspalterei gehörte und nach dem die Splitgerbergasse in Berlins Mitte benannt ist«, dozierte Fontane, »der aber nie Besitzer von Lichterfelde war. Das war sein Sohn, David junior.«

Bisher hatte der Kutscher der Konversation seiner Fahrgäste gelauscht, doch nun, die Fahrt ging an der Gutsmauer entlang zum Tor, mischte er sich ein: »Das soll dem großen König sein Bastard gewesen sein.«

»Wer?«, fragte Fontane, obwohl er es wusste.

»Na, der junge Splitgerber. Zugleich der letzte Splitgerber auf Lichterfelde. Das war ein Filou, sagt man. Weibergeschichten, Sie verstehen?« Der Kutscher drehte sich um und zwinkerte vertraulich. Wie man es von einem ortskundigen Chauffeur erwarten durfte, kannte er alle Sagen, Legenden und Gerüchte seit den Askaniern. »Er hatte sieben Kinder aus verschiedenen Ehen.«

Sie hatten das Tor erreicht, das von zwei liegenden Löwen auf gemauerten Säulen eingefasst wurde und offen stand. Der Rasen, der von der Mauer bis zur Auffahrt reichte, war verdorrt, und auch hier, wo er langsamer fuhr, wirbelte der Wagen auf dem mit rotem Sand bestreuten Weg Staub auf.

»Wenn dieser Splitgerber wirklich ein Bastard Friedrichs II. war, dann wäre er dessen einziges Kind«, bemerkte Menzel nachdenklich.

»Na, deswegen wurde ihm ja auch so viel Zucker ... Sie wissen schon ... Dem Großen Fritzen sein Nachfolger hat ihn in den Adelsstand erhoben. Mein Vater kennt ihn ja als David *von* Splitgerber. Nie soll er mit seinem Geld aus-

gekommen sein. Tja, es geht den Menschen wie den Leuten.« Der Kutscher zügelte die Pferde.
Aus der Doppeltür unter dem Portikus war inzwischen ein grauhaariger Herr getreten, gekleidet in Anzug, weißes Hemd und Fliege, der gemessenen Schrittes die Treppe hinabstieg, auch angesichts von nur drei Stufen durchaus würdevoll. Er verneigte sich leicht vor Fontane und bedachte zugleich Menzel, der dem Kutscher ein Trinkgeld reichte, mit einem abschätzigen Blick.
»Herr Fontane, nehme ich an?«, sagte er und wiederholte das dezente Beugen des Kopfes.
»Und Sie sind sicher Herr Rittergutsbesitzer Karbe?«
»Nein, nur der Gutsverwalter. Wenn Sie gestatten: Loeffler. Der Herr Rittergutsbesitzer kurt in Marienbad, Spa und Deauville. Sie haben vielleicht von den Schicksalsschlägen gehört, die ihn getroffen …«
»Der Tod seiner Frau, ja«, bestätigte Fontane. Zugleich war das Hüh des Kutschers zu vernehmen, der zur Bauernschänke lenkte, wo er auf seine Fahrgäste warten sollte. »Im April, hörte ich?«
»Am neunzehnten, ganz recht.« Loeffler seufzte. »Und zuvor starb im November die erst vierzehn Tage alte Tochter. Das sind zwei heftige Schläge, nicht wahr?«
»O ja!« Was sollte man anderes dazu sagen? Fontane setzte einen Fuß auf die Treppe; da war noch etwas, das ihm auf den Nägeln brannte: »Wie konnten Sie mich erkennen? Ebenso gut hätte mein Begleiter Theodor Fontane sein können …«
»Da sei Gott vor! Ich ein Skribent! Niemals!«, rief Menzel, der Fontanes Worte gehört hatte. »Adolf Erdmann Menzel, Maler.«
»Nein, oh, nein!«, rief Loeffler sogleich und schlug die Hände zusammen. »Der Berliner Malerfürst? Sie haben den Flöte spielenden großen Friedrich gemalt? Meine Frau wird be-

geistert sein – sie hat einen Druck Ihres Werkes in der *Gartenlaube* gesehen und war ganz entzückt.« Der Majordomus machte eine einladende Geste in Richtung der Tür. »Um Ihre Frage zu beantworten, Herr Fontane«, sagte er, den Blick auf Menzel gerichtet, der es nicht leiden konnte, als Malerfürst tituliert zu werden, und daher recht mürrisch dreinsah, »wir haben Ihr Bild gesehen.«
»Aber ich male nicht!«
»Nein, pardon, Ihr Konterfei. Auch in der *Gartenlaube*. Dort gab es ein Blatt *Köpfe Berliner Theaterkritiker*. Meine Frau hat sich daran erinnert, als wir Ihren Brief erhielten.«
Sie betraten das Vestibül, das eher einem großen Zimmer glich, da es keine Treppe in die Beletage oder das Piano nobile gab, wie man es von derartigen Hallen eigentlich erwartete. Loeffler schmunzelte, als er die Überraschung der Gäste bemerkte. »Sie werden hier eine der sonderbarsten Bauschöpfungen alter und neuer Zeit kennenlernen. Das Schloss hat weder Treppe noch Küche und besteht ausschließlich aus zwölf Zimmern und zwölf Klosetts.«
Dies war in der Tat absonderlich, nur war Fontane im Augenblick nicht so sehr an Architektur interessiert, galt es doch, der Bitte des Fabrikdirektors zu entsprechen und die Frau, mit welcher der Walzwerkarbeiter in wilder Ehe gelebt hatte, von dem in Kenntnis zu setzen, was in der Eisenspalterei geschehen war. Der Majordomus öffnete eine Tür und komplimentierte in den Salon; zumindest vermutete Fontane, dass es sich bei dem Raum mit dem großen Kamin um den Salon handelte. Die Lehnen von Stühlen und Sesseln waren mit Überzügen aus Antimakassar bezogen, die den eigentlichen Bezugsstoff vor Haarölen oder anderen Fetten schützen sollten, für Fontane aber ein Zeichen tiefster Spießbürgerlichkeit darstellten. Ein gutes Dutzend Figuren aus Meißner Porzellan, Morisken, Blumenverkäuferinnen, fröhliche Bettelknaben und Tanzpaare in rokokohafter Aufmachung, ver-

stärkten den Eindruck. Menzel zückte sofort Zeichenblock und Stift, um das Interieur festzuhalten, Fontane nahm in einem Sessel mit geblümtem Stoff Platz.

Aus dem Turm der Dorfkirche war Glockenläuten zu hören, Kühe muhten und Gänse schnatterten: ein ländliches Idyll.

Die junge Magd, von Loeffler eilig gerufen, nachdem ihn Fontane knapp über das Geschehene unterrichtet hatte, gehörte anscheinend zu den stets etwas beleidigt wirkenden Menschen, denn sie zog einen Flunsch, als sie den Salon betrat. Auf dem Arm trug sie ein Wickelkind, womöglich ein Knabe. Anscheinend hatte Loeffler ihr eingetrichtert, mit wem sie es zu tun hatte, denn sie knickste erst vor Menzel und dann vor Fontane. Es war wenig glaubhaft, dass sie je von einem der beiden gehört hatte, aber da Menzel Malutensilien bei sich hatte, musste er der Maler sein, von dem Frau Loeffler schwärmte.

»Setz dich, Beate.« Loeffler rückte ihr einen Stuhl zurecht, auf dem sie sehr vorsichtig Platz nahm, wohl weil eine Dienstbotin normalerweise nicht im Salon saß. In diesem Moment stürmte eine ältliche Matrone in den Raum, die eine Spitzenhaube und ein schlichtes braunes Kleid mit Spitzenkragen und Spitzenmanschetten trug. Sie beugte den Kopf für Fontane, dann warf sie sich regelrecht auf Menzel.

»Oh, Herr Professor, welch eine Ehre!«, rief sie und ergriff – selbst ergriffen – seine rechte Hand. »Ich kenne Ihre Werke nur aus Reproduktionen, und ich maße mir nicht an, alle zu kennen … Für mich sind sie vollendeter Ausdruck der Größe Preußens und des Preußentums.«

Menzel, nicht gerade als Menschenfreund bekannt, verzog das Gesicht wie nach dem Biss in einen sauren Apfel und murmelte etwas Unverständliches. Obgleich vom gelben Gefühl des Neids affiziert, musste Fontane lächeln, und er fragte sich, ob der Satz über Preußens Größe wirklich auf dem Mist dieser Frau gewachsen war.

Loeffler, ein wenig verlegen, stellte vor: »Meine Frau.«
Frau Loeffler flötete: »Herr Professor, ich darf doch für Sie und Ihren Freund einen Imbiss bereiten?« Dann wandte sie sich, ohne die Antwort abzuwarten, an die Kindsmutter, zu der sie in völlig verändertem und fast herrischem Ton sagte: »Ich nehme das Kind, Beate!«
Die junge Frau schaute sie verwirrt an. »Aber warum denn?«
»Du könntest ihn fallen lassen.«
»Fallen lassen?« Beate schaute vom einen zum anderen, von der Loeffler zu Fontane, von Fontane zu Herrn Loeffler, von Loeffler zu Menzel. Es arbeitete hinter ihrer Stirn, aber sie verstand nichts. »Was haben Sie mir denn zu sagen?«
»Beate!« Frau Loeffler streckte die Arme aus. Nach einigem Zögern reichte die Dienstmagd ihr das Kind. Fontane fragte sich, wie sie mit dem Kleinen auf dem Arm einen Imbiss bereiten wollte, aber womöglich musste sie nur den Befehl geben. Stolz ging die Frau Gutsverwalter hinaus. Der Knabe begann zu weinen, und Beate wurde blass. Sie wollte aufspringen, aber Loeffler drückte sie zurück auf den Stuhl.
»Ja, also ...« Fontane warf einen Hilfe suchenden Blick zu Menzel. »Es handelt sich um Anton ...«
Beate schaute verständnislos. »Anton?«
»Arnold«, soufflierte Loeffler lautlos; Fontane konnte ihm das Wort von den Lippen lesen.
»Arnold«, wiederholte Fontane hörbar.
»Arnold? Was ist mit ihm? Gott! Sie sehen so ...« Alles Blut wich aus dem Gesicht der jungen Frau, selbst ihr Hals wurde beinahe kalkweiß. Die Hände spielten nervös mit dem Stoff ihres Kittels, Tränen traten ihr in die Augen.
Fontane seufzte. »Er hatte einen Unfall«, sagte er dann.
»Nein!«
»Doch. Und leider einen tödlichen.«
»Niemals! Nie-, nie-, niemals! Sie lügen!« Beates Stimme war schrill, sie zitterte. Loeffler legte ihr begütigend die Hände

auf die Schultern, doch sie schüttelte sie ab. »Ein Unfall!« Sie brach in hysterisches Gelächter aus. »Niemals ein Unfall! Der Direktor! Das war der Direktor!« Sie sprang auf, stampfte auf den Boden, Hass trat in ihre Züge. »Der hatte Arnold schon lange auf dem Kieker. Nein, nein, nein! Kein Unfall!« Die Tränen stürzten über ihr glattes und nicht unschönes, wenn auch etwas grobes, einfältiges Gesicht. Für einen Moment ruderte sie Halt suchend mit den Armen, fasste nach dem Kamin, aber rasch stand sie wieder sicher – und rannte hinaus. Sie warf die Tür hinter sich zu, man hörte noch eine Weile ihre Schuhe auf dem Parkett, dann trat Stille ein.

Loeffler schüttelte betreten den Kopf. Menzel blickte zu Boden.

Fontane spürte Mitleid mit Beate, aber in seinem Herzen regte sich auch ein anderes Gefühl: Neugierde. Was hatte es mit dem Vorwurf gegen Direktor Wittbrodt auf sich? Im Augenblick würde man das nicht erfahren, aber er war entschlossen, später noch einmal mit der jungen Frau zu sprechen.

»Tja …« Loeffler hob die Schultern. »Traurige Sache.«

»Allerdings.« Menzel wandte sich an Fontane. »Sie haben das Geld vergessen.«

»Ach, ja!« Fontane schlug sich vor die Stirn. »Herr Loeffler, wo mag Beate hingelaufen sein?«

»Ich weiß nicht. Auf ihr Zimmer?«

»Wo befindet es sich?«

»Unter dem Dach.«

»Und wie gelangt man hinauf? Ohne Treppen, meine ich.«

»Kommen Sie!« Der Verwalter trat zur Tür. »Ich zeige es Ihnen.«

Natürlich gab es doch ein Treppenhaus, es war nur von außen angebaut, und zwar, wie Loeffler erklärte, »weil der alte Arendt Sparr den Zutritt zu seiner schönen Tochter unmöglich machen wollte«. Es waren diese Legenden, denen

Fontane auf seinen Wanderungen häufig begegnete und für die er die alten Schlösser, Dörfer, Städte und Landschaften so liebte.

Er ließ sich von Loeffler ins Mansardgeschoss geleiten, während Menzel es vorzog, im Salon zu warten. Sie stiegen die Treppe hinauf, und der Majordomus gab unter Seufzen preis, dass sich seine aus Berlin stammende Gattin auf dem Gut langweile, insonderheit seit dem Tod der gnädigen Frau. Mit dieser feinsinnigen jungen Dame habe sie der Lektüre gefrönt und sich der Betrachtung von künstlerischen Reproduktionen hingegeben, manchmal sei man auch zum Amüsement nach Neustadt gefahren – die Stadt biete zwar nicht so viel wie Berlin, aber dank des Badebetriebes geschehe doch immer etwas, das Weibsleute entzücke. Allein das kleine Kind der Beate Jonas bringe wieder mehr Leben in den durch den Tod hervorgerufenen Trübsinn … Und nun dieses schreckliche Unglück!

Beate Jonas bewohnte eines der winzigen Zimmer, die fast jede Herrschaft ihren Mägden zumuten zu können glaubte; schön war allein der Blick in den Schlosspark. Es gab ein Bett, eine Wiege, einen Tisch, einen Stuhl und einen Schrank, vor dem Fenster hingen Stores, die geblümten Übergardinen waren aufgezogen.

Beate hockte auf dem Bett und weinte.

Fontane bat Loeffler, ihn allein mit der jungen Frau sprechen zu lassen, was dieser bereitwillig zugestand.

»Was wollen Sie?« Beate betupfte ihre Augen mit einem karierten Männertaschentuch.

Fontane trat näher und klaubte die Goldmünze aus der Westentasche.

»Direktor Wittbrodt hat mich gebeten, Ihnen dieses Geld zur Überbrückung zu geben.«

Ihre Hand schoss vor. »Oh, Schweigegeld«, sagte sie, aber da war die Münze bereits unter ihrer Schürze verschwunden.

»Hat man es denn nötig, Sie zum Schweigen zu bringen?«
»Mit Arnold hat man es schon gemacht, oder? Ich sage Ihnen, warum: weil er ein Lassall... Lassalleaner war. Er hat sich für die Arbeiterrechte eingesetzt, verstehen Sie? Für solche Herren wie Direktor Wittbrodt ist er ...« Sie stöhnte. »... war er ein Hetzer.«
»Werden denn die Rechte in der Eisenspalterei nicht gewahrt?«
»Pf«, machte Beate, »ich weiß nicht. Ich hab nie zugehört, wenn er so mit seinen Freunden gesprochen hat. Ich meine, ich hab mal was aufgeschnappt ... Namen vor allem. Bebel, Lassalle, Mark ...«
»Mark?«
»Ja, der hat so ein ... so 'n Ding geschrieben ... Mani...?«
»Ah! Ein Manifest? Das Manifest der Kommunistischen Partei? Sie meinen Karl Marx?«
»Hm.« Sie nickte und schaute zum Fenster. Aus einem unersichtlichen Grund wurde sie unruhig.
»Wie Sie vielleicht wissen«, Fontane machte eine kurze, kaum wahrnehmbare Pause, weil ihm bewusst wurde, dass sie es ganz sicher nicht wusste, »also, wie Sie vielleicht wissen, haben sich die Lassalleaner und die Bebelianer in Gotha zur SAP vereinigt, zur Sozialistischen Arbeiterpartei. Das ist noch gar nicht lange her ... im Mai war es.«
»Ja, ja.« Das Gespräch begann die junge Frau ersichtlich anzuöden. »Darüber hat Arnold ja auch dauernd dis... diskantiert!« Sie trocknete ihre Tränen und sah Fontane an. »Wie ... wie ist es passiert? Ich meine, wie ist Arnold ...«
Fontane berichtete, was er wusste. »Mit wem hat er denn ... diskantiert, Ihr Arnold?«, fragte er dann.
»Och«, sie zuckte mit den Schultern, »mit Leuten aus der Fabrik. Aber am meisten mit seinem Freund Konrad. Da sind manchmal die Fetzen geflogen! Wissen Sie, wenn die Bier getrunken haben, gehen die mit Fäusten aufeinander los,

obwohl sie richtige Freunde sind. Also, der Konrad ist nämlich Eisenacher ... Oder wie haben Sie das gesagt? Bebelianer?«

»Richtig. Eisenacher oder Bebelianer, so nennt man die Anhänger der ehemaligen SDAP, weil die 1869 in Eisenach gegründet wurde, unter dem Vorsitz von Wilhelm Liebknecht und August Bebel. Und Ihr Arnold, der gehörte als Lasalleaner natürlich dem Allgemeinen Deutschen Arbeiterverein an, nicht wahr?«

»Hm, dem Adaff.«

»Bitte? Ach so, ja! Dem ADAV!« Fontane nickte.

»Er hat immer Adaff gesagt. Mein Arnold!« In den Augenwinkeln zeigten sich wieder Tränen.

»Der sich mit seinem Freund Konrad über Politik gefetzt hat. Wie heißt denn Konrad mit Nachnamen?«

»Zimmermann. Damit hat Arnold ihn immer aufgezogen: ein Zimmermann in der Eisenfabrik. Braucht man doch gar nicht.«

»Aber sie haben sich über Politik gestritten?«, vergewisserte sich Fontane.

»Ja.«

»Und manchmal flogen sogar die Fäuste?«

»Genau.«

»Außerdem hatte Arnold – und vielleicht auch Konrad? – Streit mit der Direktion? Warum?«

»Ich glaube ...« Beate zupfte sich am Mieder. Fontane schaute schnell zu Boden. »Das hat er ja immer wieder gesagt: Arbeiterrechte, Arbeitszeit, Arbeiterschutz ...«

»Meinte er das allgemein, oder bezog sich das auch auf die Eisenspalterei?«

»Ja, so, ich weiß nicht ...« Sie zupfte ein Stück blanke Brust frei. Fontane wurde schwül. Es wurde Zeit, das Gespräch zu beenden.

»Beate, welche Aufgaben haben Sie auf dem Gut?«

»Dienstmagd. Arnold sagte oft: Dienstmagd dritter Klasse. Und Konrad: Beatchen, du bist das Mädchen für alles. Na ja, ich helfe eben aus. Mal hier, mal da, Küche, Wäscherei, Plättstube, Nähstube ... Was anfällt. Demnächst soll ich dann das Bedienen lernen. Das würde ich ja gern, aber der gnädige Herr ist gar nicht da. Nun möchte die Loefflern, die alte Hexe, dass ich sie und ihren Mann bediene. Zum Üben, sagt sie. Aber sie will bloß die Gnädigste spielen, das verlogene Weibsstück!«
»Sie mögen sie wohl nicht?«
»Ich hasse sie!«, rief Beate – im Diskant.

Ein Knecht war losgeschickt worden, um dem Kutscher in der Lichterfelder Bauernstube Bescheid zu geben, dass seine Fahrgäste nach Neustadt zurückzukehren wünschten. Um die Wartezeit zu überbrücken, unterbreitete Fontane den Vorschlag, einen Blick auf den Kirchhof mit dem Familienbegräbnis der Karbes zu werfen. Menzel, eher Misanthrop als den Menschen zugeneigt, hatte seit der mit Frau Loeffler bei Tee und dänischen Cakes verbrachten Zeit ausgesprochen schlechte Laune, und so brummte er bloß etwas wie Zustimmung.
Das Grab befand sich, vom Westwerk der schönen Kirche aus gesehen, in der rechten hinteren Ecke, durch die Kirchhofmauer vom Gutsgelände getrennt. Langsam überquerten die beiden Männer den Gottesacker, und nach einigen Schritten wagte es Fontane, sich nach der Laus zu erkundigen, die Menzel über die Leber gelaufen war.
»Diese devote Dame«, sagte der brummig. »Herr Professor hier und Herr Professor da! Wie sie um mich herumscharwenzelte! Ich habe die ganze Zeit gefürchtet, dass sie selbst in Öl macht und mich gleich an eine Staffelei führt. Das ist mir Gott sei Dank erspart geblieben. Sie versteht nichts, aber auch gar nichts von Kunst, weder von Malerei noch von

Skulptur. Alles, was sie von sich gibt, sind vermutlich die Gedanken dieser früh verstorbenen Dichterin.«

An deren Grab sie nun standen. Nur eine kleine Tafel lag schräg auf der mit Efeu überwucherten, von einem eisernen Zaun umgebenen privaten Begräbnisstätte, sehr schlicht beschriftet: *Wer an mich glaubet, der hat das ewige Leben. Joh. 6, 47. Anna Karbe. * 1852 † 1875*

Selbst Menzel zeigte sich berührt und seufzte leise. Ein so junger Mensch sollte nicht sterben müssen. Immerhin war er aber doch Künstler genug, um ein paar Skizzenblätter anzufertigen von der Grabstätte, dem Schloss und der Kirche, und mit größter Sorgfalt zeichnete er ein Efeublatt. Dann kehrten sie wieder um.

Am Tor des Gutes war inzwischen der Kutscher eingetroffen, dessen gerötetes Gesicht verriet, dass er im Krug geistigen Getränken zugesprochen hatte. Umso leutseliger unterhielt er sich mit Loeffler. Der erkundigte sich noch, ob Fontane denn nun alles wisse, was er für seinen Aufsatz brauche? Fontane nutzte die Gelegenheit, um einen weiteren Besuch anzukündigen, was Menzel mit einem Brummen kommentierte.

Man stieg ein. Der Kutscher ließ die Peitsche knallen, die Chaise machte einen Satz. Aus den Augenwinkeln nahm Fontane wahr, dass sich Loeffler noch einmal umgedreht hatte und ihnen hinterherblickte.

»Wohin, die Herren? Wohin soll die Fahrt gehen?«

Menzel begann: »Neu…«

»Nein, nein«, fiel Fontane ihm ins Wort. »Zurück zur Eisenspalterei!«

Zweites Kapitel

26. Juli 1875, nachmittags

Der Kutscher mochte noch so sehr die Peitsche knallen lassen, die Pferde bestimmten das Tempo. Der Hitze wegen trotteten sie gemächlich vor sich hin, und selbst wenn der Chauffeur eingeschlafen wäre, ein Unglück hätte es kaum gegeben.
Er schlief aber nicht ein, sondern er war redselig geworden und ließ sich über das Wetter aus, jenes unerschöpfliche Thema, über das man sich mit jedem Droschkenkutscher unterhalten konnte. Nach einer Weile fragte Fontane: »Bei dieser Hitze muss die Arbeit in einem Walzwerk doch fürchterlich sein?«
»Ich weiß nicht. Ist es dort nicht immer heiß?«
»Sie meinen, es kann auch im Hochsommer nicht heißer werden?«
»O doch!«, mischte sich Menzel ein, der mit der Materie viel vertrauter war. Fontane schaute ihn von der Seite an und bemerkte seine säuerliche Miene. »Das glühende Eisen erzeugt zwar von sich aus hohe Temperaturen, aber trotzdem ... Die Hitze von außen bewirkt durchaus einen zusätzlichen Anstieg.«
»Wie haben Sie das denn bloß ausgehalten?«
»Wie halten es die Arbeiter aus? Ich stehe für gewöhnlich oder mache ein paar Schritte hierhin und dorthin – sie müssen in dieser Hitze körperlich schwer schuften! Das ist schon ein gewaltiger Unterschied.« Menzel brachte das Kunst-

stück fertig, das für ihn typisch war: einen säuerlichen Gesichtsausdruck zu machen und gleichzeitig zu lächeln. »Sie können es nicht lassen, was, Lafontaine?« In der Sonntagsgesellschaft *Tunnel über der Spree*, in die Fontane schon 1843 von seinem Freund Bernhard von Lepel eingeführt worden war, war dies sein *nom de guerre* gewesen: Lafontaine. Der *Tunnel* existierte wohl noch, aber Fontane fand seine Heimat schon seit einem Jahrzehnt eher in den künstlerischen und wissenschaftlichen Plauderabenden von *Rütli* und *Ellora*; der Spitzname allerdings haftete noch immer an ihm.
»Was meinen Sie, Rubens?« Dies wiederum war Menzels *Tunnel*-Name.
»Das Spionieren! An der Nasenspitze sehe ich Ihnen an, dass Ihnen der Tod dieses Köster keine Ruhe lässt. Ihr Steckenpferd wiehert schon.«
»Welches meiner Steckenpferde?«, fragte Fontane, obwohl er genau wusste, worauf Menzel anspielte.
»Das Detektivspielen! Das aber wohl im Tal der Finow nicht in einer Katastrophe enden wird wie am Golf von Neapel!«
Diese Anspielung auf ein noch gar nicht so lange zurückliegendes Abenteuer ärgerte Fontane, und ihm war klar, dass Menzel genau dies beabsichtigt hatte. Im Übrigen hatte es in Neapel gar keine Katastrophe gegeben: Fontane war für ein paar Tage in einer Kaserne der Carabinieri eingesperrt worden, aber weder ihm noch Emilie, seiner Reisebegleiterin, hatte man etwas angetan.
Die Chaise war immer langsamer geworden, aber dennoch kamen nun die ersten Schornsteine ins Bild, zuerst der der kleinen Werkstätte am Lichterfelder Weg.
»Ich habe keineswegs vor, Detektiv zu spielen. Warum sollte ich?«
»Und warum fahren wir zur Eisenspalterei und nicht in das Hotel, in dem ich telegrafisch Zimmer bestellt habe?«

Das interessierte nun auch den Kutscher, und er fragte: »Welches Hotel ist es denn?«
»Deutsches Haus.«
»Am Markt? Eine gute Wahl! Nicht weit zur Konditorei Zietemann mit ihrem berühmten Spritzkuchen ...« Im Schritttempo fuhren sie an der Ziegelfabrik vorbei, weiteren Essen entgegen. Ein paar angeschirrte Pferde, die weitaus härter arbeiten mussten als die Gäule des Kutschers, verwiesen auf die Nähe des Treidelpfades.
»Spritzkuchen – das wäre etwas für Emilie«, sagte Fontane versonnen.
»Sie haben meine Frage nicht beantwortet ...«
»Welche Frage?«
»Lafontaine, stellen Sie sich nicht dumm. Warum fahren wir noch einmal zum Walzwerk?«
»Kösters Verlobte glaubt, dass ihr Arnold nicht auf natürliche Weise ums Leben kam. Er ist seit dem Gothaer Parteitag Sozialdemokrat, war zuvor Lassalleaner. Ich kann mir schon vorstellen, dass ein solcher Arbeiter bei der Geschäftsleitung nicht beliebt ist.«
»Ja, und was stellen Sie sich außerdem vor?« Menzel schüttelte den Kopf. »Dass Direktor Wittbrodt auf Zehenspitzen in die Halle geschlichen ist und Köster in den Rücken gestoßen hat, sodass dieser in den Transmissionsriemen geriet?«
»Ich stelle mir gar nichts vor.«
»Ich frage es noch einmal: Warum fahren wir dann zur Eisenspalterei?«
»Finden Sie Beates Verdacht lächerlich?«
»Die ganze Person, mein lieber Freund.« Menzel nahm seinen Hut ab, fächelte sich mit ihm Luft zu. »Gott, ich ersticke! Also, das Gespräch mit der Loeffler war alles in allem zwar wenig erquicklich, aber einiges habe ich auch herausgefunden. Beate Jonas hat in Lichterfelde nicht gerade den

besten Leumund. Es heißt, dass sie die Mannsleute in Scharen anzieht.«

»Sagt Frau Loeffler.«

Menzel nickte. »Angeblich weiß Beate nicht einmal sicher, ob das Kind wirklich von Arnold ist.«

»Welcher jungen unverheirateten Magd und Mutter wird das nicht nachgesagt?«

Menzel wiegte den Kopf und schwieg.

Die Brücke über den Kanal lag vor ihnen, in wenigen Minuten hatten sie ihr Ziel erreicht. Aus reiner Neugierde wollte Fontane noch von dem Kutscher wissen: »Sind Sie ein gebürtiger Eberswalder?«

»Nein, Biesenthal«, lautete der knappe Bescheid.

»Aber Sie leben schon lange in Neustadt?«

»Oh, ja …« Der Kutscher legte den Finger an die Nase und überlegte. »Seit Kindesbeinen. So vierzig Jahre werden es sein. Tja, und stellen Sie sich vor, im Fuhrgeschäft bin ich seit über fünfunddreißig Jahren, erst als Bursche bei meinem Vater, aber ich musste schnell das ganze Gewerbe lernen; Vaddern starb nämlich früh. Kaum zu glauben: bei einem Droschkenunfall. Und nicht etwa, als er auf dem Bock saß, sondern als er die Straße überquerte.« Nachdenklich sah er vor sich hin. Dann jedoch besann er sich auf seine Rolle als Geschäftsmann: »Wenn Sie wieder eine Fahrgelegenheit brauchen, fragen Sie nach Kutscher Beetz. Ich bin auch an dem komfortablen Vereinsomnibus beteiligt, der seit einem Jahr zwischen Bahnhof und Marktplatz verkehrt – Sie werden diese doch recht beachtliche Strecke nicht laufen wollen, schon gar nicht mit Gepäck. Also merken Sie sich den Namen: Fuhrmann Beetz.« Die Kanalbrücke lag hinter ihnen, sie waren beim Werkstor angelangt. Beetz legte die Stirn in Falten. »Sie wollen wirklich nur bis hierher?«

»Ja, wollen wir«, sagte Fontane bestimmt.

»Also wenn es nach mir ginge …«, versuchte es Menzel ein allerletztes Mal.
Beetz zuckte mit den Schultern und hielt den Wagen an. Fontane griff nach seinem Rucksack, zahlte und sprang auf die Straße; Menzel schulterte missmutig den Ranzen. Die Kutsche rollte davon.
»Was glauben Sie eigentlich hier zu finden?«
»Ich bin nicht sicher …« Fontane blickte zum Tor, dessen Flügel jetzt geschlossen waren. Genau dort, wo sie aneinanderstießen, stand der Gendarmerie-Wachtmeister Schreiber. Der erste Anschein: Er stand Wache. Als Fontane und Menzel die Straße überquerten, bestätigte er diesen Eindruck, indem er sagte: »Tut mir leid, Befehl vom Leutnant! Niemand darf hinein!«
»Wo kommt denn plötzlich ein Leutnant her?«, wollte Fontane wissen.
»Leutnant von Grünberg, ebenfalls von der Königlich Preußischen Gendarmerie, allerdings aus Freienwalde, ist mit der Eisenbahn von dort gekommen. Man hat wegen des Unfalls an den Landrat gekabelt, und der Herr von Bethmann Hollweg hat ihn mit der Untersuchung betraut.«
»Gibt man sich bei Unfällen immer solche Mühe? An den Landrat kabeln, einen Gendarmerie-Leutnant schicken …?«
Schreiber hob die Schultern.
»Geschehen viele Unfälle in unserem märkischen Wuppertal?«
»Nun ja …« Schreiber zögerte. »In der Woche des Festes der Messerschmiede … da passiert schon einiges.«
»Ich verstehe Sie richtig: Sie meinen nicht, auf dem Fest?«
Der Wachtmeister schüttelte den Kopf. »Dort gibt es vor allem Schlägereien. Aber danach, wenn sich die Arbeiter auf den Heimweg machen … Wir mussten schon den einen und anderen aus dem Kanal fischen. Und obwohl die Schwärze nur ein Bach ist, glauben Sie mir, ein Betrunkener

kann auch in einem Rinnsal ertrinken. Was sage ich, sogar in einer Pfütze.«

»Schreiber!«, rief jemand mit näselnder Stimme vom Hof her. »Was sind das für Leute?« Durch die Gitterstäbe war nun ein Uniformierter zu sehen, der mehr Litze trug als der Wachtmeister und der auf das Tor zustolzierte. Fontane empfand ihn sofort als gockelhaft.

»Der Maler Menzel und der Schriftsteller Fontane.«

»Schriftsteller, äh?« Der Gendarmerie-Leutnant betrachtete Fontane und Menzel von Kopf bis Fuß. Seine engstehenden Augen und die fliehende Stirn sprachen nicht unbedingt von hoher Intelligenz. »Wir bedürfen hier keines Schriftstellers, äh, der Unwahrheiten und Erfindungen verbreitet. Der Unfall, äh, ist Sache der Gendarmerie und des Fabrikinspektors. Einen guten Tag, die Herren!«

Er wandte sich zum Gehen, doch Fontane rief: »Wieso der Gendarmerie? Liegt denn ein Verbrechen vor?«

»Mein Gott, Lafontaine!«, seufzte Menzel.

Leutnant von Grünberg drehte sich abrupt um.

»Ein Verbrechen?« Er betrachtete Fontane wie einen Patienten der Irrenanstalt. »Wie soll das möglich sein? Vor den Augen hunderter Arbeiter?«

»Wieso sollte ein Verbrechen vor den Augen hunderter Arbeiter unmöglich sein? Kann man Morde mit den Augen verhindern?«

»Bitte? Sie reden wirr, Herr Schriftsteller. Ich sage Ihnen etwas: Dieser Unfall ist eine Folge des Alkoholgenusses. Ich musste mich nur ein wenig über die Leiche beugen, da wusste ich es schon. Dieser Köster ... stank nach Fusel! Wenn mir die Bemerkung gestattet ist: aus allen Knopflöchern. Hat bestimmt gesoffen auf dem Fest der Messerschmiede. Ist Tradition, mir aber Dorn im Auge. Jedes Jahr ein großes Saufen! Dann schlägt sich das Pack, verträgt sich wieder und säuft weiter! Polizeilich inakzeptabel. Vollkommen.«

Und mit großen Schritten stapfte Grünberg über den Hof davon.
»Sie sollten sich einmal selbst hören«, sagte Menzel zu Fontane. »Sie sprechen von Verbrechen, dabei haben Sie weder den Unfallort gesehen noch wissen Sie etwas über den Hergang. Aber wenn eine schöne junge Magd sagt …«
»Rubens!«
»Wenn eine schöne junge Magd sagt«, fuhr der Maler ungerührt fort, »dass etwas nicht mit rechten Dingen zugegangen sei, dann machen Sie sich sofort ihre Lesart zu eigen. Und weil Sie so verbohrt sind, müssen wir jetzt zu Fuß nach Neustadt wandern. Und das bei dieser Hitze.« Er wischte sich mit einem Tuch den Schweiß von der Stirn.
»Vielleicht bekommen wir unterwegs eine Droschke.«
»Ganz bestimmt. Im Finowtal fallen sie wie reifes Obst von den Bäumen!«
Fontane wandte sich ungerührt noch einmal an Schreiber.
»Gestatten Sie eine Frage, Herr Wachtmeister?«
»Bitte!«
»Wohin hat man den Leichnam gebracht?«
»In die Provinzial-Irrenanstalt. Dort gibt es einen Leichenkeller und einen Sektionssaal.«
»Soll denn eine Obduktion vorgenommen werden?« Fontane warf Menzel einen triumphierenden Seitenblick zu.
»Nicht dass ich wüsste«, sagte Schreiber. »Es geht nur darum, die Leiche nicht länger der Hitze auszusetzen. Und sie aufzubewahren, bis der Fabrikinspektor aus Berlin eintrifft. Den hat man per Telegramm verständigt, und er hat zurückgekabelt, dass er mit dem Abendzug eintreffen wird. Von Obduktion war nicht die Rede.«

Als sie den *Gasthof zum Deutschen Hause* erreichten, waren beide Männer erschöpft; Menzel zudem noch gereizter, und das nicht bloß, weil man so bequem hätte bis vor die Tür fahren können, wenn Fontane den Kutscher nicht fortgeschickt hätte. Während ihrer Wanderung oder, wie Menzel nicht müde wurde zu betonen, während ihres Gewaltmarsches, waren sie zu allem Überfluss auf einen sogenannten Toten Mann gestoßen, einen Gedenkstein, der ihnen am Vormittag entgangen war. *Flößer-Regimenter Schönfeld aus Schöpfurth am 26. Juli 1867 erschossen*, lautete die Inschrift, die Fontanes Einbildungskraft anregte, hatte dieses Verbrechen doch exakt vor acht Jahren stattgefunden. Er hatte deshalb vor, nähere Auskünfte einzuholen, und Menzel befürchtete, ihr Aufenthalt in der Provinz würde sich ewig hinziehen.

Der Wirt des *Deutschen Hauses* konnte Fontane Bescheid geben, was es mit dem Totenstein auf sich hatte. Das Interesse seines Gastes verwunderte ihn keineswegs; offenbar kam es öfter vor, dass Besucher der Stadt auf den Toten Mann stießen und wissen wollten, was es damit auf sich hatte. Es stellte sich heraus, dass an jenem Tag im Juli der vierundsiebzigjährige Flößer-Regimenter Christian Schönfeld sich, den Erlös im Beutel, auf den Heimweg von einer Holzversteigerung in Eberswalde befand, als ihn der Maurerlehrling Karl Liepner, einundzwanzigjährig und zur Tatzeit in Biesenthal wohnend, bei den Eisenhammerschen Kusseln aus dem Hinterhalt erschoss. Diese Bluttat habe die Einwohnerschaft entsetzt, sei aber dank des Geschicks des hiesigen Gendarmerie-Wachtmeisters quasi über Nacht aufgeklärt worden. Ob dieser Wachtmeister Schreiber heiße, hatte Fontane wissen wollen, was der Wirt bestätigte.

Inzwischen befand sich Fontane auf seinem kleinen, aber gemütlichen Zimmer, das zum Markt lag. Durch das angelehnte Fenster hörte er das einschläfernde Stimmengemurmel der Passanten und das Rollen bereifter und unbereifter Wagen. Mit einem ausgiebigen Gähnen zog er Schuhe, Jackett und Weste aus und legte sich aufs Bett. Er dachte an die Fabrik und an den Toten Mann, aber in diesen Momenten zwischen Wachen und Schlummer kam ihm eine Verbindung absurd vor, ja er war bereit, seinem Freund Menzel zu folgen und einen Unfall für gegeben zu nehmen. Rubens, dessen war er sicher, würde am folgenden Tag wieder in der Fabrik zeichnen können. Er selbst würde sich noch einmal nach Lichterfelde begeben, dieses Mal nicht zu Fuß und nur auf den Spuren der Sparrs, genau so, wie ursprünglich geplant. Ein, zwei Tage gründliche Recherche, dann könnte er nach Berlin zurückkehren.

Langsam dämmerte er hinüber ins Reich der Träume. Die Geräusche auf dem Platz wurden leiser, stattdessen waren unverständliche Töne zu vernehmen, das Wort *Kommode* schwebte seltsamerweise durch den Raum, und dann war Fontane selbst entschwebt.

Als er wieder zu sich kam, waren die Laute vor dem Fenster verstummt. Er brauchte einige Zeit, bis er begriff, wo er sich befand, denn die Kassettendecke über sich hatte er noch nie gesehen. Als ihm klar wurde, dass er in einem Eberswalder Hotel weilte, stemmte er sich mit einem Seufzer in die Höhe. Ihm war heiß.

Er begab sich zur Waschschüssel, schüttelte den Krug und stellte fest, dass er gefüllt war. Zufrieden, dass er sich vor dem Abendessen würde erfrischen können, goss er das Wasser in die Schüssel und schöpfte es mit beiden Händen heraus, um sich das Gesicht zu kühlen, nur leider, es war lauwarm! Er wusch sich trotzdem den Staub aus den Poren, aber von Erfrischung konnte keine Rede sein.

Nachdem er die Wäsche gewechselt hatte, begab er sich treppab in die Gaststube. Menzel war bereits da, sein Tisch wie üblich über und über mich Skizzen bedeckt. Dennoch fertigte er auch neue an. Die Hände dieses Mannes standen kaum jemals still. Fontane fand das bewundernswert.

Zwei Männer hatten sich zu dem Maler gesellt und schauten ihm fast ehrfurchtsvoll zu. Möglicherweise kannten sie Menzel, auf jeden Fall schienen sie Vertreter der gebildeten Schichten zu sein, was sich denn auch bestätigte, als sie sich vorstellten. Der eine, ein glattrasierter, zur Fülle neigender Brillenträger, war der Oberbarnimer Kreisbaumeister Düsterhaupt, der andere, ein vollbärtiger Herr mit hoher Stirn und nach hinten gekämmtem Haar, der Berliner Stadtbaurat Hermann Blankenstein. Dieser Blankenstein war für einen Menschen, der an den Veränderungen Berlins so großen Anteil nahm wie Fontane, kein Unbekannter, hatte er mit der Zwölf-Apostel-Kirche in der Kurfürstenstraße und dem Askanischen Gymnasium in Kreuzberg doch bereits erste Spuren im Stadtbild hinterlassen. Von seiner Berufung zum Stadtbaurat im Jahre 1872 hatte man in allen Zeitungen lesen können. Von seinem ortsansässigen Kollegen dagegen hatte Fontane noch nie gehört.

Im Übrigen kannte Blankenstein auch Fontane und erfreute diesen nicht nur dadurch, dass er die ersten Zeilen des *Archibald Douglas* frei zitieren konnte, sondern auch mit der Bemerkung: »Alle drei Teilbände Ihres Werks *Der Krieg gegen Frankreich 1870–71* befinden sich in meinem Besitz. Ist die Arbeit schon abgeschlossen? Mir scheint, sie ist unvollständig …«

Der kenntnisreiche Kommentar wärmte Fontane das Herz, und er erwiderte: »So Gott und der Verleger wollen, erscheint der vierte Teilband nächstes Jahr.«

»Wie erfreulich.« Als Architekten waren die beiden Männer prädestiniert, sich zu Menzels Zeichenkünsten zu äußern, aber sie sprachen nicht viel, was dem Maler ersichtlich entgegenkam. Er skizzierte gerade einen weiteren Gast, einen schlanken, ja dürren Herrn mit spitzem Gesicht und eingefallenen Wangen, der sich in eine Ecke zurückgezogen hatte und gedankenverloren auf einen Krug Wein stierte. Blanken-

stein machte den Vorschlag, gemeinsam zu speisen. Er gab dem Wirt einen Wink und ließ jedem ein kühles Bier zapfen.
Fontane und die beiden Bauräte setzten sich. Menzel verstaute seine Utensilien.
»Wenn ich fragen darf«, sagte Fontane, an Blankenstein gewandt, »was führt Sie nach Neustadt-Eberswalde? Ich nehme an, Geschäfte?«
»Ja. Aber es ist auch meine Heimat. Nicht Neustadt selbst, die Gegend: Ich stamme aus Grafenbrück, fast auf halbem Wege zwischen Schöpfurth und Marienwerder. Mit anderen Worten, der Finow- und der Werbellinkanal haben meine Kindheit und Jugend bestimmt, mein Vater war nämlich Wasserbauinspektor.«
»Und die Art des Geschäftes?«
»Herr Collega Düsterhaupt und ich sind mit der Renovation der hiesigen Maria-Magdalenen-Kirche befasst. Und nun müssen Sie eine Gegenfrage erlauben: Was ist Ihr Grund für den Aufenthalt – ausgerechnet während der Hundstage?«
»Mit dieser Hitze habe ich nicht gerechnet, nicht auf dem Lande«, sagte Fontane. »Ich bin für meine *Wanderungen* unterwegs, eine Serie von Zeitungsaufsätzen, die nun nach und nach in Buchform erschienen sind respektive erscheinen. Einst gehörte das Land einer Familie von Sparr …«
»Ja, die Sparrs mit ihren Glocken!« Kreisbaumeister Düsterhaupt nickte.
»Sie sagen es. Das Schloss Lichterfelde stand also auf meiner Agenda – wir waren auch dort, aber in einer völlig unerwarteten Mission.«
Blankenstein hob die Brauen. »Eine Mission?«
»Ein Unfall in der Eisenspalterei …«
»Den er für einen Mord hält«, fiel Menzel ein.
»Das ist doch gar nicht wahr. Ich habe überhaupt noch keine Meinung dazu.«

»Dieses Noch hat für mich einen sehr verräterischen Klang.«
»Wieso Mord?«, fragte Düsterhaupt.
»Das würde ich auch gern wissen«, ließ sich der Weintrinker vernehmen.
Mit Krug und Becher war er an ihren Tisch getreten und stellte sich vor als Fabrikinspektor Willibald Beutler aus Berlin. Obwohl er beim Trinken in Gedanken versunken gewirkt hatte, musste er ihr Gespräch von Anfang an verfolgt haben. Vom Hörensagen wusste Fontane zwar, dass ein Fabrikinspektor etwas mit dem Arbeiterschutz zu tun hatte, aber seine Vorstellung von dessen Tätigkeit war eher verschwommen.
Blankenstein bat den Wirt um einen weiteren Stuhl und nötigte Beutler, sich doch bitte zu ihnen zu setzen. Dann nahm der Wirt erst einmal die Orders auf. Fontane wählte den Schweinebraten mit glasierten Teltower Rübchen, dem Lieblingsgemüse Goethes. Düsterhaupt schloss sich ihm an. Für Menzel war das Abendessen ein wahres Ritual, das sich über Stunden hinzog – als er sich für Kasseler mit Kartoffelpüree und Sauerkraut entschied, wusste Fontane, dass dies nur der Anfang war. Blankenstein nahm den Barsch in Biersoße, Beutler wollte nur ein frisches Glas Wein.
»Also, Herr Fontane«, sagte Beutler, nachdem die Bestellungen erledigt waren. »Ihre Mordtheorie interessiert mich.«
Fontane warf Menzel einen Seitenblick zu, denn ihm verdankte er diese sinnlose Debatte. »Wie ich schon sagte, es gibt keine solche Theorie, jedenfalls hege ich sie nicht, sondern die junge Frau, die mit dem Opfer liiert war.«
Beutler wirkte seltsam ungeduldig und fragte: »Wie kommt sie denn auf diesen Einfall?«
Fontane zögerte. Zweifellos war ein Fabrikinspektor ein Beamter Preußens oder des Reiches, und als Beamter stand er sicher eher auf Seiten der Unternehmer, auch wenn der Arbeiterschutz seine Aufgabe war. Um eine zu rasche Antwort

zu umgehen, fragte er Beutler erst einmal, was genau man sich unter seinem Beruf vorzustellen habe.

»Oh, pardon, der Herren Architekten wegen glaubte ich, mich nicht erklären zu müssen.« Beutler wurde vom Wirt unterbrochen, der ihm den Wein brachte. »Friedrich Wilhelm III. erließ 1839 das Preußische Regulativ. Es war das erste Gesetz zum Arbeiterschutz und beschränkte erst einmal nur die Kinderarbeit. Mit der Preußischen Gewerbeordnung wurde der Arbeiterschutz dann obligatorisch für alle Fabrikunternehmer. Wir Fabrikinspektoren versuchen, diesen Arbeiterschutz auch durchzusetzen. Das ist manchmal ein hartes Brot – ich persönlich und viele meiner Kollegen hoffen daher, dass es bald eine reguläre Gewerbeaufsicht gibt, mit mehr Machtmitteln.« Er nahm einen kräftigen Schluck Wein.

»Man hat Sie also zu dem … Ereignis im Walzwerk gerufen?«

»Ja. Ich erhielt ein Kabel aus Freienwalde: Der Landrat wünsche eine genauere Untersuchung, auch ein Gendarmerie-Leutnant sei bereits auf dem Weg. Einem Bethmann Hollweg, der mit dem Kronprinzen näher bekannt, wenn nicht gar befreundet ist, schlägt ein kleiner Fabrikinspektor einen Wunsch nicht ab.«

»Dann muss doch auch dem Herrn Landrat der Unfall mysteriös erscheinen«, bemerkte Fontane.

»Ich weiß nicht, wie etwas einem Landrat erscheint. Aber ich habe mich vor drei Stunden in der Fabrik umgeschaut und habe nichts gefunden, das gegen einen Unfall spricht.« Beutler trank schon wieder. »Wir können gern ein Gedankenspiel machen. Der Arbeiter Köster wurde von einem sehr starken und achteinhalb Zoll breiten Transmissionsriemen … Er geriet irgendwie zwischen … nun, jedenfalls wurde er zwischen Schwungrad und Riemen … Ich möchte Ihnen nicht den Abend verderben. Kurz, er ist tot. Und ich frage

Sie: Wie soll jemand nachgeholfen haben, was im Falle eines Mordes angenommen werden muss? Es sind mehr als hundert Arbeiter in der Halle, und mit einigen habe ich gesprochen. Verstehen Sie, jemand – und mehr als eine Person – hätte sehen müssen, wenn etwas nicht mit rechten Dingen zuging.«
Das Essen wurde aufgetragen.
»Sind Ihre Untersuchungen abgeschlossen?«, fragte Fontane, bevor er sich dem Braten widmete.
»Nein, noch nicht ganz. Erst einmal warte ich ab, was die Sektion durch Doktor Zinn ergibt. Der Direktor der Irrenanstalt selbst wird sie vornehmen.« Beutler wandte sich um. »Herr Wirt, noch Wein!«, befahl er.

Als Fontane auf sein Zimmer zurückkehrte, war die Dämmerung schon weit fortgeschritten. Er trat ans Fenster und sah zwei Laternenanzünder bei der Arbeit. Etwa die Hälfte der Gaslaternen, die den Platz erhellten, war schon angezündet. Die Fenster der Konditorei Zietemann schrägt gegenüber waren dunkel, bis auf die Laternenanzünder war der Markt zu dieser Stunde menschenleer. Fontane wollte sich schon ab- und seinem Bett zuwenden, da hörte er Gelächter und lautes Rufen. Er schaute in die Richtung, aus der die Laute kamen, und erkannte in einer Seitenstraße drei Männer. Sie bewegten sich torkelnd in Richtung Maria-Magdalenen-Kirche, deren eingerüsteter Turm die Häuser überragte. Die Männer trugen einfach geschnittene Jacken, Hosen aus grobem Stoff, polierte Lederstiefel, eine Krawatte und eine flache Mütze, also den Sonntagsstaat der Arbeiter; sie schienen noch jung zu sein und einen über den Durst getrunken zu haben. Zwei von ihnen hatten sich untergehakt und bogen sich vor Lachen, was offenbar den Worten des Dritten geschuldet war. Wie es aussah, sprach er unablässig, aber nur, wenn er die Stimme hob, wehten ein paar Worte zu Fontane

herüber; er hörte etwas wie »die pol'schen Weiber«, »alles Röcke«, wie betrunkene junge Männer eben sprachen, und es fiel das Wort *Fuhrmatz*. Fontane glaubte, aber er war nicht sicher, dass es sich dabei um ein in Neustadt-E/W. gebrautes Bier handelte.
Die Laternenanzünder beachteten die Männer nicht oder nur aus den Augenwinkeln. Fontane hätte ihren Weg gern weiter verfolgt, aber ein Klopfen an der Tür lenkte seine Aufmerksamkeit ab. Es war Menzel.
»Dacht ich's mir doch, dass Sie noch grübeln«, sagte er. Nichts dergleichen hatte Fontane getan. Menzel, in einem samtenen Hausanzug, trat zum Fenster und schaute ebenfalls hinaus. Die Rufe der jungen Burschen verklangen in einer Gasse. »Auf die Gefahr hin, dass ich Wasser auf Ihre Mühlen gieße, ganz unwidersprochen kann ich die Ausführungen dieses Fabrikinspektors nicht lassen.« Der Maler wandte sich Fontane zu und lehnte sich ans Fensterbrett. »Ich war nun so oft als Beobachter im Walzwerk, also als ein Mann, der von seinem Standpunkt mehr sieht als jeder andere – eben weil es im wahrsten Sinne des Wortes ein Stehpunkt ist! Sie machen sich überhaupt keine Vorstellung, wie es dort zugeht. Es ist heiß, laut und dunkel, die Luft flimmert, Rauch wabert durch die Halle. Die Arbeit ist nicht nur anstrengend, sodass die Arbeiter schnell erschöpft sind und viel trinken müssen, sie erfordert auch größte Aufmerksamkeit. Was ich sagen will: Es ist durchaus möglich, jemanden zu töten, ohne dass es bemerkt wird.«
»Also genau das, was sowohl Leutnant von Grünberg als auch Beutler leugnen.«
»Leugnen?« Menzel hob die Schultern. »Vielleicht wissen Sie es nicht besser.«
»Bei dem Gendarmerie-Leutnant will mir das noch einleuchten, aber bei einem Fabrikinspektor?«
Menzel löste sich vom Fenster und ging zur Tür.

»Schlafen Sie trotzdem, Lafontaine«, sagte er. »Allein um der Wahrheit willen habe ich Ihnen das erzählt. Denn ich teile die Auffassungen vernünftiger Männer: Ein Verbrechen hat es nicht gegeben.«

»Wissen Sie was, Rubens?« Fontane unterdrückte ein Gähnen. Von der Hitze, den langen Wanderungen und dem üppigen Essen war er todmüde. »Ich teile diese Auffassung auch. Beate Jonas redet sich etwas ein. Übermorgen bin ich wieder in Berlin.«

Drittes Kapitel

Dienstag, 27. Juli 1875

Kutscher Beetz war glücklich: Eine Retourkutsche nach Lichterfelde versprach ein gutes Geschäft. Auf der Landstraße gen Eisenspalterei und Wolfswinkel pfiff er vor sich hin, während die Pferde wieder in ihrer gemächlichen Gangart und ohne der Befehle zu bedürfen vor sich hin trabten. Als sie jedoch in die Straße zum Walzwerk bogen, die über den Kanal weiter nach Lichterfelde führte, stockte Fontane für einen Moment der Atem. Arbeiter blockierten den Weg und das Tor zum Werksgelände, und beim Näherkommen entdeckte er auch etliche von ihnen auf dem Hof vor der Fabrikhalle. Ein junger Mann, groß, schlank und blond, lief von Gruppe zu Gruppe, wies gestikulierend zum Direktionsgebäude und redete auf die Männer ein. Im ersten Moment war Fontane geneigt, an einen zweiten Unfall zu denken. Der Kutscher aber meinte, für ihn sähe das eher nach einem Streik aus.

»Die Ersten, die in unserer Gegend streikten, waren die Maurer«, berichtete er. »Das war … mein Gott, wie die Zeit vergeht!« Er kratzte sich nachdenklich an der Wange. »1872 muss es gewesen sein, also vor drei Jahren … Nein, falsch, 1873! 1872 haben die sich organisiert.« Beetz nickte vor sich hin und zog die Zügel an die Brust. Die Pferde blieben stehen. »Tja, damals standen sie zuerst auch etwas ratlos in Grüppchen herum, und ein Agitator wuselte zwischen ihnen durch. Sie wussten ja noch nicht, wie's geht.« Beetz warf einen Blick über die Schulter und lächelte. Fontane wusste nicht genau, was dieses Lächeln bedeutete: Ermunterung? Frohlocken? Machte er sich über die Streikenden lustig? Oder nur über die unerfahrenen Bauhandwerker aus dem Jahre 1873? Vorsichtshalber lächelte er vorsichtig zurück. Menzel dagegen hatte einen noch bärbeißigeren Ausdruck angenommen als üblich. Er würde wieder nicht dazu kommen, in der Fabrik zu zeichnen.

»Kennen Sie einen der Agitatoren?«, erkundigte Fontane sich. Das Gesicht des Kutschers versteinerte.

»Ich weiß nicht!«

»Mein lieber Beetz, Sie werden doch wissen ...«

»Ich weiß nur, dass unser freikonservativer Landrat sie nicht liebt. Obwohl er 1873 noch nicht Landrat war – aber ich kenne seine Gesinnung.«

»Das überrascht mich«, sagte Fontane. Menzel hatte inzwischen seine Zeichenutensilien aus dem Tornister genommen und skizzierte die aufgebrachten Arbeiter, die sich zunehmend auf dem Hof sammelten. Einige Männer schüttelten die Fäuste.

»Das muss Sie nicht überraschen, ich habe den Herrn Landrat schon mehrmals vom Bahnhof Neustadt-Eberswalde zu seinem Gut Hohenfinow chauffiert. Wenn er bei der Bezirksregierung in Potsdam zu tun hat, verbringt er eine Nacht bei Verwandten in Berlin und kommt dann meistens mit dem Zug zurück. Er steht den modernen Techniken und auch den modernen Methoden der Ö... Öko... Ökonomie?« Fontane nickte. »Also denen steht er aufgeschlossen gegenüber. Auch der Eisenbahn.«

»Und warum benutzt er dann nicht den Zug nach Freienwalde?«

»Nun, er müsste umsteigen. Die preußischen Staatsbahnen sind zwar die besten der Welt, sagt Herr Bethmann Hollweg immer, und er bekäme auch raschen Anschluss, aber er lässt sich gern noch für ein, zwei Stündchen in Zietemanns Konditorei nieder und redet mit dem einen und anderen Herrn.«

»Und mit Ihnen spricht er über seine Gesinnung«, bemerkte Menzel voller Missmut. Der junge blonde Mann schleuderte gerade jemandem, der nicht zu sehen war, sich aber in der Direktion oder in ihrer Nähe aufzuhalten schien, entgegen: »Wir fordern endlich besseren Arbeiterschutz!« Hie und da wurde, wenn auch eher schwach, applaudiert.

»Ich warte immer auf ihn, und stets verlässt er die Konditorei vor Sonnenuntergang. Genauer gesagt: Er verlässt sie so, dass wir sein Gut vor Sonnenuntergang noch erreichen. Na ja, und er ist keiner dieser hochnäsigen Herren, wir unterhalten uns also. Ich weiß zum Beispiel, dass er die Demokratie für erbärmlich hält. Und für nichts gut als zum Schwatzen. Morgen hole ich übrigens seinen Sohn vom Bahnhof ab und bringe ihn nach Hohenfinow.«

»Der Sohn ist beim Militär?«, fragte Fontane.

»Nein, dafür ist er zu jung. Er hat gerade die Königliche Landesschule Pforta abgeschlossen. Ich weiß es bereits von seinem stolzen Herrn Vater: Theobald hat die Reifeprüfung als Klassenbester abgelegt.«

Theobald, auch das noch! Fontane schüttelte den Kopf. Sein Sohn Theodor hatte ebenfalls das Reifezeugnis erworben, aber keinesfalls als Primus. Und weder als Secundus noch als Tertius. Aber er hatte es geschafft, darauf kam es an. Er war schließlich kein von Bethmann Hollweg, sondern ein gewöhnlicher von Thane. Punktum! Auch sein Vater hatte das Abitur eher mit Ach und Krach gemacht, um Apotheker, Zeitungsmann und einkommensloser Schriftsteller zu werden, jedenfalls warf ihm das Emilie bei Streitereien immer wieder vor. Welch eine *carrière*!

»Also, kennen Sie nun die Rädelsführer oder nicht?«, wollte der mürrische Menzel wissen.

»Ich weiß nichts!« Beetz hob zur Bekräftigung die Peitsche. »Möchten Sie aussteigen? Oder kommen Sie mit uns nach Lichterfelde?«

Doch nicht nur Menzel stieg beim Walzwerk aus, sondern auch Fontane; allerdings bat er Beetz, kurz – höchstens eine halbe Stunde – auf ihn zu warten.

Auf den Stufen zum Kontor standen Wittbrodt, Seyfarth, Beutler sowie die Gendarmen Grünberg und Schreiber, der Leutnant hoch aufragend, in vollem Wichs und die Rechte am Säbel, während sich der Wachtmeister ersichtlich unwohl fühlte. Der junge Mann in Arbeitskluft, der bisher die Arbeiter agitiert hatte, sprach oder verhandelte jetzt mit einem Mann, der ein paar Jahre älter als er war. Der trug zwar auch eine Arbeitsjacke, aber kein Tuch, sondern einen Binder. Fontane und Menzel blieben am Fuße der Treppe stehen, um einen gewissen Abstand zu Direktion und Polizei zu bekunden.

»Oh, Herr Professor«, sagte Wittbrodt, der den schmiedeeisernen Handlauf so fest umklammert hielt, dass seine Fingerknöchel weiß geworden waren, »das hier ist kaum der rechte Ort für einen Künstler!« Und nach einem Blick auf Fontane: »Auch für einen Schriftsteller nicht. Es könnte gefährlich werden.«

»Gefahren kenne ich auch von den Schauplätzen der letzten Kriege, und Sie finden mich unversehrt«, erwiderte Fontane. »Es sieht aus, als müssten Sie verhandeln?«

»Eher beschwichtigen.« Wittbrodt nickte in Richtung der beiden Männer in vorgeschobener Position. »Schichtmeister Mädewein hat in diesen Dingen einen guten und beruhigenden Einfluss auf die Arbeiterschaft.«

»Mädewein? Ist das nicht der Mann, der den toten Köster entdeckt und gemeldet hat?«

Wittbrodt und von Seyfarth nickten.

»Aber wieso Schichtmeister? War er nicht gestern noch Vorarbeiter …«

»Diese Beförderung stand seit Langem an«, erklärte der Direktor in einem Ton, der wenig Lust verriet, ein längeres Gespräch zu führen. »Ich habe den Vorschlag des Herrn Chefingenieurs wohl erwogen, heute früh umgesetzt und dann der Schicht verkündet.«
»Woraufhin der Streik ausbrach?«
»Ich bitte Sie! Das sind Schriftstellerphantasien. Es gibt ja nicht einmal einen richtigen Streik. In ein paar Minuten gehen alle wieder an die Arbeit.«
»Wenn nicht, rufe ich das Militär«, drohte Leutnant von Grünberg. Wittbrodt verzog das Gesicht. Ganz eindeutig wollte er weder Militär noch Blutvergießen.
»Das wird nicht nötig sein«, sagte von Seyfarth.
»Ich hoffe es«, sagte Menzel. »Dass die Arbeiter bald wieder arbeiten, meine ich.«
»Ihre Leute verlangen mehr Arbeiterschutz?«, erkundigte sich Fontane.
Wittbrodt runzelte die Stirn. »Sie wollen bei immer geringerer Arbeitszeit immer mehr Geld, das ist die Hauptsache. Arbeiterschutz ist ihnen nicht wichtig, es sind vor allem die Sozialisten ...«
»Die Hetzer!«, rief der Leutnant. »Aufwiegler!«
»Na«, sagte von Seyfarth, »wie man hört, plant Fürst Bismarck, dass die Proletarier sogar fürs Nichtarbeiten Geld bekommen. Und der ist nun wahrlich kein Hetzer oder Aufwiegler oder Sozialist.«
»Pah«, machte der Leutnant nur.
»Aber die Forderungen der Arbeiter sind doch verständlich«, sagte Fontane.
Sofort fuhr ihn von Grünberg an: »Auch Sozialist? Wie dieser Zimmermann?«
»Welcher Zimmermann?«
Der Leutnant nickte militärisch knapp hinüber zu den beiden »Verhandlungsführern«. Bei Fontane fiel der Groschen:

Zimmermann war keine Berufsbezeichnung, sondern ein Name.
»Ist das der Freund des Verunglückten?«, wollte er wissen.
»Gott, woher soll ich dessen Freunde kennen!« Grünberg rückte den Säbel zurecht und wölbte die Brust.
In diesem Moment gab es Streit zwischen Mädewein, dem frischgebackenen Schichtmeister, und Zimmermann. Der Jüngere hielt den Älteren am Kragen gepackt, und es hatte den Anschein, als würde er ihm gleich eine Ohrfeige oder gar einen Fausthieb verpassen wollen. Aus der Arbeiterschaft erschollen Anfeuerungsrufe, wobei die Sympathien nicht ausschließlich auf der Seite Zimmermanns lagen, sondern auch Mädewein offenbar Freunde in der Belegschaft hatte.
»Schluss!«, brüllte von Grünberg. Er hatte seinen Säbel gezogen und sah aus, als wolle er sich sogleich ins Gefecht stürzen.
Chefingenieur von Seyfarth legten ihm eine Hand auf den Arm. »Lasen Sie! Nur keine Übereilung«, sagte er und begab sich zu den Streitenden, die im Übrigen schon von zwei älteren Arbeitern getrennt worden waren. Mädewein zog sich zur Treppe vor dem Direktionsgebäude zurück. Von Seyfarth sprach mit einigen Arbeitern. Schon nach wenigen Sätzen kam er zurück, ein triumphierendes Lächeln im Gesicht.
»Sie gehen wieder an die Arbeit«, sagte er ruhig.
Und tatsächlich, zunächst langsam und zögernd, dann immer zügiger begaben sich die Arbeiter in die Werkhalle.
»Von Seyfarth«, der Direktor war ehrlich überrascht, »wie ist Ihnen das gelungen?«
»Ich habe zugesagt, dass der gestrige Vorfall in aller Gründlichkeit untersucht wird. Herr Beutler, wir können doch auf Sie zählen?«
»Wie? Was?« Der Inspektor war offensichtlich nicht bei der Sache.

»Tun Sie uns den Gefallen, bleiben Sie noch einen Tag und beruhigen die Arbeiter mit einer umfassenden Enquête.«
»Meinen Sie etwa, ich sei nicht gründlich gewesen?«, brauste Beutler auf. »Ich habe nun einmal keinen Verstoß gegen den Arbeiterschutz finden können und werden es auch nicht, wenn ich mir eine Lupe vor die Augen halte. Was erwarten Sie von mir? Dass ich, nur um die sozialdemokratischen Hetzer zu beruhigen, so tue, als sei etwas nicht in Ordnung?«
»Das kann niemand wollen«, murmelte Wittbrodt.
»Verstehen Sie doch, Herr Inspektor«, bat von Seyfarth, »zeigen Sie sich einfach einige Male an verschiedenen Orten in der Halle, machen Sie Aufzeichnungen, demonstrieren Sie Anteilnahme – mehr müssen Sie nicht tun.«
»Ein Fabrikinspektor als eine Art Baldriantinktur für aufwieglerische Arbeiter!« Beutler schüttelte den Kopf. »Darauf, Herr Direktor, brauche ich erst einmal einen Cognac.«
»Den sollen Sie haben.« Wittbrodt lächelte angestrengt. »Und Sie, Herr Menzel? Wollen Sie heute wirklich noch malen?«
»Zeichnen, Herr Direktor. Und sehr gern.«
»Und der Herr Schriftsteller? Auch einen Cognac?«
»Nein, nein.« Fontane schüttelte den Kopf. »Ich möchte noch nach Lichterfelde, an meinen *Wanderungen* arbeiten.«
»Ja, dann … viel Erfolg!« Wittbrodt nickte und wandte sich, gefolgt von Beutler und dem Leutnant, der Direktorenvilla zu. Menzel stieg langsam die Treppen hinauf, der höfliche Wachtmeister hielt ihm die Tür auf.
Von Seyfarth trat nahe an Fontane heran und berührte ihn am Arm.
»Ich wäre Ihnen sehr verbunden, wenn Sie wirklich nur über die Sparrs und das Sparren-Land schrieben«, sagte er. »Denn Unruhe können wir nicht gebrauchen. Einen schönen Tag!«

Während Beetz das Tempo wieder seinen Gäulen überließ, versank Fontane in Grübeleien. Der Chefingenieur der *Hüttenwerke Eisenspalterei AG* hatte einen aus Berlin angereisten Fabrikinspektor aufgefordert, zur Beruhigung der Arbeiter ein wenig Theater zu spielen – konnte man es so ausdrücken? Aber war das ein ausreichender Grund, misstrauisch zu werden? Der tödliche Unfall machte den Arbeitern Angst; es wäre eine Erleichterung, wenn man einen Schuldigen fände, statt das Schicksalhafte eines solchen Unfalls zu akzeptieren, das verstand Fontane vollkommen. Aber einen Schuldigen finden wollte Direktor Wittbrodt sicher nicht. Es sei denn, es wäre ein gewöhnlicher Arbeiter! Natürlich: Wenn man einen Arbeiter zur Verantwortung ziehen könnte, hätte man das Problem in gewisser Weise gelöst. Wenn es überhaupt eines gab. Vielleicht war es doch ein Unfall gewesen, wie er sich eben auch trotz der besten Schutzvorkehrungen ereignen konnte?

Aus dem Glast über den Äckern tauchten die ersten Häuser des Kreuzangerdorfes Lichterfelde auf, kleine Anwesen von Kossäten und größere, teilweise mit Schmuckelementen versehene und der Straße zugewandte Häuser der Ganzbauern, überragt vom Bretterturm der Dorfkirche mit seinem Satteldach aus rötlichem Ziegelstein. Nach wenigen Minuten war die Einfahrt des Schlosses mit den steinernen Löwen erreicht. Fontane kletterte aus dem Wagen. Der Kutscher verkündete, man finde ihn wie gehabt in der Schänke.

Über den kiesbestreuten Weg, der nicht nur unter den Sohlen knirschte, sondern in der flimmernden Mittagshitze auch gehörig staubte, näherte sich Fontane dem Anwesen. Es war unerträglich heiß, jeder Schritt war einer zu viel und löste Ströme von Schweiß aus. Auf dem Grundstück war niemand zu sehen, kein Wunder bei diesem Wetter. Der verdorrte Rasen hatte einen gelblich-braunen Ton angenommen, die Rosen an den Stöcken neben dem Weg ließen die Köpfe hän-

gen, aber sie waren nicht verdorrt: Der satte, dunkle Humus, in dem sie wurzelten, verriet, dass man sie in den frühen Morgenstunden gewässert hatte.
Fontane fühlte sich unbehaglich, schon wieder und ohne Ankündigung hier aufzutauchen, aber dieses Mal ging es ja immerhin um die brieflich angekündigte Mission. So stieg er ohne Zögern die Treppe hinauf zur doppelflügeligen Haupttür und betätigte den Klingelzug. Es brauchte einige Zeit, dann waren im Haus Schritte zu hören, und wenig später öffnete Majordomus Loeffler die Tür.
»Ah, der Herr Fontane!«, rief er, aber gewohnt, in jeder Lage die Würde zu wahren, war nicht zu erkennen, ob er erfreut oder überrascht war. »Heute ohne den Herrn Professor?«
Daher also wehte der Wind. Wahrscheinlich hatte seine Frau ihm stundenlang von der Begegnung mit Menzel vorgeschwärmt, und nun war er, quasi stellvertretend für sie, doch enttäuscht.
Fontane erklärte, er wolle nicht lange stören; ihm liege daran, das Herrenhaus und den Park näher in Augenschein zu nehmen, vielleicht die Kirche zu besichtigen und so viele Geschichten und Legenden von den Sparrs in Erfahrung zu bringen wie möglich.
Loeffler bat ihn erst einmal herein. Er versicherte, einer der Knechte von Gut Lichterfelde, Johann, kenne sehr viele alte Geschichten und sei überdies in der Lage, und das war durchaus ironisch zu verstehen, in die Zukunft zu schauen.
Im Salon stieß man auf Frau Loeffler und Beate Jonas. Das Mädchen staubte unter den achtsamen Blicken der Verwalterfrau die Kaminfiguren mit einem Wedel ab und hatte der Loeffler ihr Kind überlassen. Das Erscheinen des Besuchers unterbrach Beates Tätigkeit, und sofort breitete sich Enttäuschung auf der Miene der Frau des Verwalters aus. Überflüssig zu erwähnen, dass vor ihr auf dem runden Tisch eine

aufgeschlagene *Gartenlaube* lag. Fontane erkannte den darin abgebildeten Stich: Er war nach Menzels Gemälde *Flötenkonzert Friedrichs II. in Sanssouci* angefertigt worden. Mit seinen Büchern würde er in diesem Hause nicht reüssieren können, jedenfalls nicht bei Madame.
Nach der von beiden Seiten höflichen Begrüßung wandte sich Fontane an das Mädchen. »Ich hoffe, dass sich Ihr Befinden gebessert hat.«
»Ach, sie wird darüber schnell hinwegkommen«, sagte Frau Loeffler gehässig. Worauf Beate zu weinen begann, den Staubwedel fallen ließ und aus dem Raum lief.
»Du bist zu hart mit ihr«, sagte Loeffler.
»Mein Gott, euch Männer macht auch jede Frauenträne weichherzig. Sie ist ein leichtes Mädchen und findet bestimmt in den Armen eines anderen Trost. Pardon, Monsieur Fontane, aber es ist nun einmal wahr. Leider viel zu wahr.« Sie seufzte und warf dem Kind auf ihrem Schoß einen verliebten Blick zu. »Der arme Kleine! So eine Mutter ist eine Strafe.« Sie erhob sich. »Sie entschuldigen mich? Das Kind muss gewickelt werden.« Mit diesen Worten verließ sie den Raum.
»Sie spielt eben gern die Großmutter«, erklärte Loeffler verlegen. »Und nun kommen Sie, ich mache Sie mit unserem Knecht Johann bekannt.«
Der Knecht wohnte neben den Stallungen in einem winzigen, aber geradezu pedantisch aufgeräumten Zimmer, in dem es sogar ein paar Bücher gab und das daher wie das eines Schulmeisters aussah. Es handelte sich um die Bibel und ein paar religiöse Erbauungsschriften, und der Alte war hocherfreut, einem leibhaftigen Schriftsteller zu begegnen. Da es nur einen Stuhl gab, stellte er ihn bereitwillig zur Verfügung und setzte sich selbst aufs Bett. Der Enge wegen und mit Verweis auf seine Arbeit ließ Loeffler Besucher und Knecht allein.

»Sie sollen eine Vielzahl an Geschichten aus der Sparren-Zeit kennen«, sagte Fontane, lächelte dem Alten aufmunternd zu und zog Notizbuch und Bleistift aus der Westentasche.
Johann nickte bedächtig. »Vor allem der alte Feldmarschall ist auf allen Dörfern noch gekannt. Manche sagen, er sei ein Zauberer gewesen, andere nennen ihn den Türkenbezwinger. Und dann die Glocken ... die vielen Glocken, die er gestiftet hat, als ihn die Gottesfurcht überkam ...«
»Wo?«
»Nun, dem Feldmarschall gehörten viele Güter im Lande Barnim wie Prenden, Trampe, Lanke, Ützdorf, Heckelberg, Dannenberg und Tiefensee. Aber Sie meinten sicher, wo es Glocken von ihm hat? Ja ...« Er überlegte kurz, begann dann mit: »Trampe wohl«, doch in diesem Moment wurde er auch schon durch ein Pochen an der Tür unterbrochen. Bevor er noch hereinbitten konnte, betrat Beate Jonas, in Tränen aufgelöst, die Kammer. Als sie Fontane bemerkte, versuchte sie, sich zusammenzureißen, aber es gelang ihr nicht.
Fontane machte den Stuhl frei, Johann fasste die junge Frau behutsam beim Arm und führte sie zu der einzigen Sitzgelegenheit.
»Was hat man dir wieder angetan?«, wollte er wissen.
»Immer ist die Loeffler so garstig zu mir«, schluchzte Beate. »Sie ist ein gemeines Weib!« Sie schlug sich vor die Brust. »Ach, Johann! Wie lange soll ich dieses Elend noch erdulden?«
»Hast du denn nicht Kost und Logis und Kleider? Was wird aus dir, wenn du die Stellung verlässt? Du wirst verkommen.«
Beate nickte, schüttelte den Kopf, nickte wieder, hin- und hergerissen zwischen dem Wunsch, der Loeffler zu entkommen, und der Notwendigkeit, sich und ihr Kind zu ernähren.
Fontane beschloss, die Chance zu nutzen, die sich ihm bot. Er setzte eine betrübte Miene auf und sagte: »Ich finde auch,

dass Frau Loeffler etwas rücksichtsvoller sein könnte, vor allem nach diesem Verlust. Sie weinen doch auch um Arnold, oder, Beate?«

»Natürlich«, versicherte sie und trocknete die Tränen mit einem Schürzenzipfel.

»Wissen Sie, dass es böse Menschen gibt, die unterstellen, er wäre betrunken gewesen, als der Unfall geschah?«

Wie erwartet, schoss die eben noch zusammengesunkene Gestalt in die Höhe und funkelte Fontane wütend an.

»Wer sagt so etwas?«

»Die Polizei meint ...«

»Pf«, machte Beate und hob die Schultern. »Natürlich war er auf dem Fest der Messerschmiede in der Schicklerschen Vorstadt. Viele Arbeiter aus Neustadt waren das, ich war auch da. Und natürlich hat er Eberswalder Fuhrmatz getrunken – darum geht man ja dorthin. Zum Vergnügen. Tanzen, Trinken. Wenn man deswegen einen Unfall hat, dann müssten fast alle Arbeiter jetzt ...« Sie schluckte. »Fast alle müssten jetzt tot sein.«

»Sie wollen sagen, dass die meisten Arbeiter der Eisenspalterei zu dem Fest gehen?«

»Nicht nur der Eisenspalterei«, warf Johann ein.

»Genau.« Sie nickte. »Auf dem Fest sind immer sehr viele Menschen. Die Messerschmiede selber natürlich, dann Eisenarbeiter, Ziegeleiarbeiter, Treidler, Holzleute ... Man kann sie gar nicht alle herzählen.«

»Und Sie waren auch dort?«, vergewisserte sich Fontane.

Sie nickte. »Ich guck so gern beim Hahnenschlagen zu.«

»Und das Kind?«

Beate senkte den Blick, aber dann schaute sie Fontane direkt an. »Darum kümmert sich die Loeffler. Ich bin jung, ich muss auch mal ausgehen.«

»Sicher.« In Wahrheit war Fontane überzeugt, dass eine Mutter nicht das Recht hatte, sich Vergnügungen hinzugeben, wenn sie ein kleines Kind versorgen musste; Kinder und überhaupt die Familie gingen vor. »Wer war denn noch dabei?«, fragte er.

»Na, Konrad natürlich, Arnolds Freund. Von dem habe ich Ihnen gestern schon erzählt. Und Mädewein hat sich auch blicken lassen.« Sie verzog angewidert das Gesicht.

»Sie haben beim Hahnenschlagen zugeschaut, sie haben getrunken … Gab es noch etwas anderes?«

Beate zog die Nase kraus. »Bisschen Krach«, sagte sie.

»Krach? Meinen Sie den Lärm einer Kapelle? Oder Streit?«

»Na, Zoff.«

»Gibt's bei diesen Festen immer«, ergänzte der Knecht.

»Stimmt«, bestätigte Beate. »Ist eben ein Fest, verstehen Sie, Herr … äh … wie …?«

»Fontane.«

»Ja, verstehen Sie das, Herr Fontane? Arnold und Konrad haben wohl den einen und anderen Humpen Fuhrmatz zu viel getrunken.« Sie lächelte, doch dann wurde ihr Gesicht rot: Ihr war klar geworden, dass sie sich selbst widersprochen hatte. »Aber nicht so viel, dass er am nächsten Morgen nicht arbeiten konnte«, fügte sie schnell hinzu.

»Was war denn das für ein Zoff?«, fragte Fontane.

»Warum wollen Sie das überhaupt wissen?«, fragte Johann.

»Ich denke, Sie interessieren sich für Geschichten aus dem Sparren-Land? Es kommt mir etwas seltsam vor …«

»Sie kennen eben keine Schriftsteller«, sagte Fontane mit einem breiten Lächeln, von dem die beiden hoffentlich nicht bemerkten, wie falsch es war. »Die meisten meiner Zunft sind verdammt neugierig und wollen einfach alles wissen. Aber Sie haben recht, sprechen wir über etwas anderes. Man hört …«

»Ach, Sie können das ruhig wissen«, platzte Beate heraus, vielleicht weil sie es genoss, im Mittelpunkt zu stehen. »Arnold und Konrad haben mal wieder über Politik geredet. Ich weiß nicht genau … Gibt es ein Gothaer Programm?«

Fontane und der Knecht nickten.
»Darum ging's. Arnold hat's verteidigt, Konrad hat ihn dafür angegriffen. So ungefähr – ich verstehe ja nicht ganz, was die beiden immer haben. Äh, hatten.« Eine Träne zeigte sich in ihrem Augenwinkel. »Und dann war da noch irgend so'n Polack ... pf, ja ... Ich glaub, ein Ziegeleiarbeiter. Im Sommer kommen immer viele aus Polen. Und Schlesien. Kampa... Johann, du weiß bestimmt, wie man die nennt?«
»Kampagnearbeiter.«
»So, genau. So hat auch Arnold gesagt. Also, ich weiß nicht, warum ... mit dem kriegten die dann auch noch Krach. Also dem Polacken. Irgendwie ... nee, nee ...« Sie schüttelte den Kopf. Den Grund der Auseinandersetzung bekam sie nicht mehr zusammen, und falls es sich um Fragen der Arbeiterbewegung gehandelt haben sollte, war ihr das sowieso zu hoch.
»Arnold und Konrad haben sich also gestritten, wie sie es öfter taten, freundschaftlich sozusagen? Und dann stritten sie auch noch mit einem polnischen Kampagnearbeiter? Bildeten sie gemeinsam eine Front gegen ihn, oder stritten sich die drei ... wie soll ich sagen? Jeder gegen jeden?«
»Wie?« Beate verstand nicht.
»Kennen Sie den Namen dieses Polen?«
»Pf«, machte sie wieder und verdrehte die Augen zum Zeichen, dass sie nachdenken müsse. »Die haben so komische Namen ... So ähnlich wie Irene!«
»Irene wäre doch wohl ein weiblicher Vorname?«
»Ja.« Beate rang die Hände. »Ich weiß nicht ...«
»Ich möchte einen Namen vorschlagen.« Der Knecht räusperte sich. »Auf Gut Lichterfelde wurden auch schon Kampagnearbeiter beschäftigt, polnische wie auch schlesische. Könnte es sein, dass dieser Pole Ireneusz heißt?«
»Ja!« Beate stach mit dem rechten Zeigefinger in die Luft. »Genau so! Ireneusz!«

»Und mit diesem Ireneusz gerieten Arnold und Konrad in Streit«, konstatierte Fontane.
»Sogar ein heftiger Streit war das. Der Polack bekam was auf die Schnau... die Nase.«
»Und beide stritten mit ihm?«
»Na ja«, sie nestelte an ihrer Schürze, »mehr der Arnold. Also eigentlich nur er. Konrad und Mädewein versuchte sogar, die beiden zu trennen.«
»Wie?« Fontane riss die Augen auf. »Der Vorarbeiter war die ganze Zeit dabei?«
»Pf, ja. Er hatte auch Durst.«
»Ist er denn ... oder war er denn mit Arnold und Konrad irgendwie befreundet?«
»Nee, aber er saß mit uns am Tisch. Also das sind so lange Bänke ... Tja, der war eben dabei.« Sie sagte das mit einer gewissen Gleichgültigkeit, die nicht recht zu der deutlichen Abscheu passte, die sie zuvor gegen Mädewein zur Schau gestellt hatte.
»Und Sie haben sich das die ganze Zeit angeguckt?«
»Nee, nee, mir wurde das zu dumm. Immer dieses Gerede und dieser Krach um die Politik! Ich bin bald nach Haus gegangen ... wollte ja auch zu meinem Kind.«
»Sie sind nach Hause gegangen?« Sie nickte. »Zu Fuß?«
»Wie denn sonst? Ich kann mir keine Droschke leisten.«
»Wann war das ungefähr? Als Sie fortgingen, meine ich.«
»Weiß nicht.« Sie hob die Schultern. »War schon dunkel.« Beate schluckte, und urplötzlich brach sie wieder in Tränen aus. Vielleicht dachte sie an die Loeffler, vielleicht an Arnolds Tod, vielleicht waren ihr Fontanes Fragen auch nur lästig – jedenfalls stürzte sie hinaus.
Fontane starrte gedankenverloren auf den leeren Stuhl. »Um auf die Sparrs zurückzukommen ...«, begann er.

Keine halbe Stunde später saß er in der Sonnenglut in Beetz' Droschke und ließ sich zum Bahnhof von Neustadt-E/W. kutschieren. Er hatte noch ein wenig mit Johann geplaudert und dessen seherische Fähigkeiten auf die Probe stellen wollen, also hatte er ihn nach dem nächsten Jahrzehnt gefragt, nach den Achtzigerjahren des Jahrhunderts. Johann hatte prompt einen großen Krieg prophezeit, für den Fontane selbst keine Vorzeichen zu erkennen vermochte. Besonders beeindruckt war er allerdings von der fast poetischen Beschreibung der Ereignisse, die er während der langsamen Fahrt möglichst wortgetreu notierte: ›Dann werden die Menschen so rar werden wie die Störche im Jahre 1857, wo ein großer Sturm sie verschlagen und so viele umgekommen waren, dass man alle fünf Meilen nur einen noch sah. So wird Gott die Menschen schlagen, wie er damals seinen Gottesvogel geschlagen. Und dann werden die Menschen sich freuen, wenn einer den anderen sieht.‹
Fontane schüttelte sich angesichts dieser Vision, und er bekam sogar ein wenig Gänsehaut. Trotz der Hitze.
Als die Droschke den Bahnhof erreichte, waren sie von Lichterfelde eine gute Stunde unterwegs gewesen, was gewisse Rückschlüsse darauf erlaubte, wie lange Beate Jonas aufs Gut gebraucht haben musste – und das bei Nacht! Fontane entließ Beetz, obwohl der ihm versicherte, der Weg zum Markt sei furchtbar weit. Er begab sich in die Buchhandlung am Bahnhof und erwarb einen *Kgl. Privilegierten Amts-Plan der Kur- und Badestadt Neustadt-Eberswalde*. Ihm fehlte es nicht nur an Geduld, bis zu Menzels Rückkehr aus der Eisenspalterei AG zu warten, er war so auch unabhängig von seinem häufig übellaunigen Freund. Mit dem Plan unter dem Arm überquerte er den Bahnhofsvorplatz, wo tatsächlich der Omnibus des Fuhrleute-Vereins wartete, was bedeutete, dass bald ein Zug eintreffen würde. Mit den Aufschriften *Nur 20 Pfennige* und *Handgepäck frei* warb man um Fahrgäste,

und Fontane musste lächeln: Reklame wurde seit geraumer Zeit immer wichtiger.
Zielstrebig steuerte er die Wirtschaft *Neustädter Bahnhofsgarten, Inh. Adolf Schwendy* an, wie unter dem großen, fast die gesamte Front einnehmenden Gaststättenschild stand. Hier wollte er einen Kaffee trinken und den Plan studieren, um sich dann zu Fuß an einen bestimmten Ort zu begeben, an dem er keinen Kutscher bei sich haben wollte: die Irrenanstalt.
In der Bahnhofswirtschaft erlebte Fontane eine Überraschung. Fabrikinspektor Beutler saß an dem einzigen besetzten Tisch, und zwar allein, vor sich eine Flasche mit einer klaren Flüssigkeit. Fontane rang mit sich: Sollte er diesen Moment der Schwäche ausnutzen und sich zu ihm setzen? Doch was erwartete er? Dass Beutler etwas einräumte, das nicht geschehen war?
Nein, er hatte keine Lust, sich mit einem angetrunkenen preußischen Beamten zu unterhalten, und wollte sich schon davonstehlen. Allerdings hatte er die Rechnung ohne den Wirt gemacht, der auf ihn zukam und ihn überschwänglich begrüßte. Damit erregte er Beutlers Aufmerksamkeit, und Fontane blieb nicht nur nichts anderes übrig, als zu verweilen, er musste sich auch zu dem Inspektor an den Tisch setzen.
Dass Beutler Branntwein zu sich nahm, war zu riechen, wobei der Geruch sowohl dem Mann selbst entströmte als auch der Flasche und dem Becher. Auch verrieten es die geröteten Augen und die aufgequollenen Wangen.
»Sie wollen abreisen?«, fragte Beutler, jede Silbe betonend.
»Nein, noch nicht.«
»Ich dachte nur, weil wir hier beim Bahnhof sind.« Beutler drehte den Becher ein paar Mal im Uhrzeigersinn. »Aber Sie haben kein Gepäck.«
»Ich wollte nur den Plan von Neustadt-Eberswalde studieren«, sagte Fontane.

»Aber es gibt auch in der Stadt eine Buchhandlung.« Beutler nahm einen Schluck.
»Das wusste ich nicht«, erwiderte Fontane wahrheitsgemäß. »Und Sie, Herr Beutler? Reisen Sie ab?«
»Sagen wir: Ich sitze auf gepackten Koffern. Morgen werde ich mit dem ersten Zug nach Berlin fahren. Ich komme eben aus der Irrenanstalt. Der Herr Doktor Zinn war gerade bei der Sektion des Leichnams, als ich eintraf ...«
Beutler begann zu husten. Es war ein fürchterlicher Hustenanfall, bei dem sich sein Körper in starken Konvulsionen krümmte, und Fontane stand kurz davor, ihm auf den Rücken zu klopfen, als er sich endlich wieder beruhigte. Der Bahnhofswirt brachte den Kaffee, den Fontane noch am Eingang bestellt hatte.
Beutler hatte Tränen in den Augen und goss sich nach. Fontane rührte Zucker in den Kaffee, der Inspektor fuhr fort: »Die Sektion war in vollem Gange. Man meldete meine Anwesenheit, und Doktor Zinn ...«
»Das ist?«, fragte Fontane.
»Der Direktor der Anstalt. Also, Doktor Zinn kam heraus und fragte mich, ob ich den Leichnam in Augenschein nehmen wolle. Ich weiß nicht, welcher Teufel mich ritt, aber ich sagte Ja. Unfallopfer habe ich schon viele gesehen, aber nicht ... nicht ...« Er schluckte, trank, musste wieder husten. Nachdem er sich den Mund mit einem nicht mehr ganz reinen Tuch abgewischt hatte, brachte er den Satz zu Ende: »Nicht in aufgebrochenem Zustand – wie zur Strecke gebrachtes Wild.«
Fontane stellte die Kaffeetasse auf die Untertasse zurück.
»Herr Beutler, wenn Sie eine Frage gestatten«, begann er behutsam, und als der Inspektor nach einem weiteren Schluck nickte, fuhr er fort: »Wird bei jedem Arbeitsunfall eine Obduktion durchgeführt?«
Beutler schüttelte den Kopf. »Sie ist auch nicht vorgeschrieben. Und in diesem Fall liegt die Todesursache doch auf der

Hand. Ich meine, man sieht, woran dieser Köster … nun ja, gestorben ist. Aber der Landrat hat die Sektion angeordnet und Doktor Zinn damit beauftragt, weil es nur in der Irrenanstalt einen Obduktionsraum gibt.«
Fontane trank nachdenklich von seinem Kaffee, der scheußlich schmeckte. »Was könnte den Landrat zu dieser Weisung bewogen haben?«
»Kann ich nicht sagen.« Beutler nahm die Flasche zur Hand und hielt sie sich nahe vor die Augen. Sie war fast leer.
»Hat Doktor Zinn denn etwas Besonderes festgestellt?«
»Die Leiche stank«, Beutler schlug kurz die Augen nieder, »nach Alkohol.«
»Das hat auch Gendarmerie-Leutnant von Grünberg schon bemerkt. Dazu bedarf es keiner Fachkenntnisse.« Wie man auch an Beutler sehen, genauer natürlich: riechen konnte.
»Doktor Zinn hat Köster auch Blut abgezapft und Mageninhalt entnommen … Man wird sich wohl bald ein ungefähres Bild machen können, welche Mengen er am Vorabend getrunken hat.«
»Sie meinen, auf dem Fest der Messerschmiede?«
»Vielleicht dort. Aber meine Untersuchung hat ergeben, dass Köster ein Stammlokal hatte, in dem könnte er am Abend vor dem Unfall auch gewesen sein. Oder erst im Lokal und dann auf dem Fest. Oder umgekehrt. Falls das überhaupt etwas zur Sache tut, kann das die Polizei herausfinden.«
»Wie heißt denn diese Lokalität?«, wollte Fontane wissen.
»*Eisenfresser.*«
»Wie?«
Fontane musste ziemlich verdutzt aussehen, denn Beutler begann zu lachen. Doch sofort wurde er wieder ernst.
»Die Kneipe, denn um eine solche handelt es sich, heißt *Eisenfresser*. Das soll wohl eine Anspielung auf die Eisenindustrie rund um Neustadt sein und auf deren Arbeiter natürlich, die vor allem dort verkehren.« Beutler griff in seine

Weste und förderte ein mehrfach zusammengefaltetes Blatt Papier zutage, das durch etliche Fettflecke gezeichnet war. »Da Sie so einen ungeheuren Anteil an dieser Sache nehmen ... Für welche Zeitung schreiben Sie überhaupt?«

»Äh«, Fontane war so überrascht, dass er sich erst fassen musste, »für die *Vossische.*«

»Ach, die alte liberale Tante. Sie sollen sich über mangelnde Unterstützung seitens des zuständigen Fabrikinspektors«, Beutler faltete das Blatt auf, »nicht beklagen. Also, das Lokal *Eisenfresser* befindet sich in der Eichwerderstraße. Dort fand übrigens auch die erste sozialdemokratische Versammlung statt. Vor drei Jahren, glaube ich.«

»Im *Eisenfresser*?«

»Das kann ich nicht sagen.« Beutler riss den Stopfen aus der Flasche und füllte seinen Becher bis zum Rand. »Auf jeden Fall in der Eichwerderstraße. So, ich denke, ich habe genug kooperiert.« Er deutete auf die Flasche. »Tut mir leid, ich habe zu tun. Bon voyage!«

Bon voyage? Fontane stand auf dem Bahnhofsplatz und schaute sich nach einer Fahrgelegenheit um. Was hatte Beutler damit gemeint? War er schon so betrunken gewesen und hatte vergessen, dass Fontane gar nicht mit der Eisenbahn fahren wollte, jedenfalls nicht mehr an diesem Tage? Oder hatte er an den Vereinsomnibus gedacht, der leider momentan nicht da war? Oder hatte er gar gemeint: Fahr zur Hölle? Wie auch immer, es gab keine Fahrgelegenheit. Fontane betrat das Empfangsgebäude und geriet an den Bahnhofsvorsteher. Der Mann hatte sämtliche Fahrtzeiten im Kopf und konnte Fontane Auskunft geben, dass der nächste Zug aus Stettin in einer, der aus Freienwalde in anderthalb Stunden erwartet würde und vorher kaum mit einer Droschke oder dem Omnibus zu rechnen sei – wozu auch? Wo keine Fahrgäste sind, brauche man auch keine Fahrzeuge.

Diese Logik war bestechend, zwang Fontane aber, den Weg zum Markt zu Fuß zurückzulegen. Eine Visite in der Kurmärkischen Provinzial-Irrenanstalt hatte er verworfen – nachdem Beutler schon dort gewesen war, würde ihm der Direktor kaum etwas anvertrauen. Und war es nicht überaus fraglich, ob es überhaupt etwas anzuvertrauen gab?

Fontane hatte sich einen großen Krug gekühlter Limonade auf sein Zimmer bringen lassen. Nachdem er Rock, Weste und Krawatte abgelegt und den oberen Hemdknopf geöffnet hatte, breitete er auf dem Tisch den *Amts-Plan der Kur- und Badestadt* aus und suchte die Vorstadt, in der die Messerschmiede und ihre Gäste feierten; er hatte inzwischen das Gefühl, die unteren Stände der ganzen Stadt einschließlich der auswärtigen Kampagnearbeiter nähmen daran teil. Auch konsultierte er ein altes Buch, das ihm der Wirt des *Deutschen Hauses* geliehen hatte. Es handelte es sich um eine *Statistisch-topographische Städte-Beschreibung der Mark Brandenburg, des ersten Teils erster Band, enthaltend den Ober-Barnimschen Kreis*, war 1786 erschienen, was den umständlichen Titel erklärte, und hatte einen F. L. J. Fischbach zum Verfasser. Von diesem Herrn erfuhr Fontane, dass kein Geringerer als König Friedrich II. Ruhlaer Messerschmiede in Eberswalde angesiedelt hatte, vielleicht ohne sich ihrer Festesfreuden bewusst zu sein. Warum die Vorstadt aber nach einem Schickler benannt worden war, erfuhr Fontane aus der Städtebeschreibung nicht.

Er leerte ein Glas Limonade und betrachtete die Karte. Von der Schicklerschen Vorstadt nach Lichterfelde war es ein noch weiterer Weg als von Lichterfelde zum Bahnhof Neustadt, wie ihn Fontane vor einer Stunde zurückgelegt hatte, und zwar mittels Droschke. Beate Jonas aber war zu Fuß gegangen. Wie lange mochte sie gebraucht haben? Auf alle Fälle mehr als zwei Stunden, eher länger, und das allein und bei Dunkelheit. Natürlich konnten ihr Mond und Sterne geleuchtet haben, sofern es eine wolkenlose Nacht gewesen war. Trotzdem, war die junge Frau nun mutig oder eher übermütig? Fontane musste an den Toten Mann denken. Es war leichtsinnig von Beate Jonas, sich so zu verhalten. Wenn es denn stimmte, was sie ihm erzählt hatte.

Viertes Kapitel

Mittwoch, 28. Juli 1875

Fontane konnte auf einen ausgefüllten Tag zurückblicken. An den Unfall in der Eisenspalterei hatte er wenig Gedanken verschwendet. Der Wirt vom *Deutschen Haus* hatte ihm eine Empfehlung ausgestellt für einen Herrn Carl Raphael Schinkel, der in der Bergerstraße 32 eine chemische Fabrik betrieb und als ein hervorragender Kenner der Stadtgeschichte galt. Wie sich herausstellte, war der Mann nicht nur Erfinder des Klebstoffes *Dachpix*, der das Verlegen von Dachpappen revolutioniert haben sollte, er war auch der Enkel des berühmten preußischen Baumeisters Karl Friedrich Schinkel. Und er freute sich über Fontanes Visite, der gemeinsamen Herkunft seines Großvaters und des Schriftstellers aus Neuruppin wegen, aber auch, weil er gern sein Wissen zur Geschichte von Neustadt und zum Kreis Oberbarnim an die Jugend weitergab. So sagte er, in seinem Comptoir unter Reklameschildern für Fleckenwasser, Schultinte und Schuhwichse sitzend, zu dem mindestens zwanzig Jahre älteren Fontane, wohl weil er Schreibende für geeignete Vermittler an die Jugend hielt.

Fontane wusste nun, was es mit der Schicklerschen Vorstadt auf sich hatte. Der Name Schickler war ihm als Kenner der preußischen Historie durchaus vertraut, und dass er sich eng mit den Geschicken der Königlich Preußischen Gewehrfabrique verband, war kein Geheimnis. Gegründet worden war Preußens erstes Rüstungsunternehmen jedoch von dem

Bankier David Splitgerber, der das Rittergut Lichterfelde vier Jahre vor seinem Tod 1760 erworben und seinem Sohn David vermacht hatte – eben jenem David, von dem das Gerücht ging, er sei eigentlich ein Bastard Friedrichs II., was Carl Raphael Schinkel vehement zurückwies. Und es kam noch ein dritter David zum Zuge: David Schickler, der gemeinsam mit seinem Bruder 1796 die wegen des Friedens daniederliegende Gewehrfabrique erwarb. Dieser David wurde außerdem Besitzer der Eberswalder Messerschmiedefabrik, und er wohnte sogar bis zu seinem Tod im Jahre 1818 in Neustadt-E/W., wo er die Arbeiterhäuser für die Messerschmiede errichten ließ, in jener Vorstadt, die jetzt seinen Namen trug.
Durchdrungen von der Überzeugung, dass insbesondere in den Kreisen preußischer Bankiers, Fabrik- und Rittergutsbesitzer alles mit allem zusammenhing, hatte sich Fontane auf den Weg zur Eisenspalterei begeben. Unter der Hitze leidend, aber doch guter Laune, hatte er darüber nachgedacht, ob er sein neues Wissen über die Schicklers und Splitgerbers in den Aufsatz über das Sparren-Land einfließen lassen sollte. Als er das Hüttenwerk erreichte, wo er Menzel abholen wollte, hatte er noch keine Entscheidung gefällt.
Bevor sich Fontane auf den Weg zur Eisenspalterei gemacht hatte, hatte er sich in der Schicklerstraße umgesehen. Mitten auf dem Marktplatz der Vorstadtsiedlung mit ihren kleinen, flachen Häusern befand sich die Grube für das Hahnenschlagen, um sie herum gruppiert standen lange Bänke. Offenbar war es spät geworden auf dem Fest, und so hatte noch niemand Zeit gefunden, den Unrat zu beseitigen, der überall auf der Erde lag. Bis zum Abend jedoch würde man sicher Ordnung schaffen, denn dann ging das Fest weiter. Vom Markt zum Hüttenwerk brauchte Fontane mehr als eine Stunde, und wieder musste er daran denken, wie lange Beate Jonas nach Lichterfelde unterwegs gewesen sein mochte.

Beim Walzwerk hatte es Direktor Wittbrodt sich nicht nehmen lassen, Fontane persönlich zu begrüßen. Dass die Belegschaft wieder ohne Murren arbeitete, schien ihn glücklich zu machen, und er bat Chefingenieur von Seyfarth, »dem Herrn Schriftsteller« doch das Werk zu zeigen.
Als sie die Fabrikationshalle betraten, hatte Fontane das Gefühl, in die Vorhölle zu gelangen. Es war unerträglich heiß und stickig, ganz wie Menzel es beschrieben hatte. Die riesigen Transmissionsriemen und die Schmiedehämmer verursachten ohrenbetäubenden Lärm, die glühenden Werkstücke blendeten die Augen, und alles war von Rauch durchdrungen, der das Atmen erschwerte. Von Seyfarth musste schreien, als er Fontane etwas zu erklären versuchte, aber es war eine nutzlose Anstrengung, denn der wusste mit Begriffen wie Geschläge, Tief- und Breithämmer, Zugstange und dergleichen kaum etwas anzufangen. Mit jeder Minute, die er sich in der Werkhalle aufhielt, stiegen die Arbeiter, die sich täglich diesen Verhältnissen aussetzten, in Fontanes Achtung – und er zweifelte nicht, dass man hier in einem günstigen Moment tatsächlich unbeobachtet jemanden töten könnte.

Menzel schien guter Dinge. Er war verschwitzt, seine Kleidung war von einem feinen Ruß bedeckt, aber er hatte seine Skizzen machen können und verkündete geradezu beschwingt: »Lafontaine, ich bin fast fertig und gedenke morgen mit dem Nachmittagszug abzureisen. Und Sie? Was haben Sie den lieben langen Tag getrieben?«
Sie befanden sich auf dem Heimweg, und Fontane berichtete. Plötzlich blieb der Maler stehen, legte den Ranzen unter einem Baum auf den Boden, öffnete ihn – und nahm eine Flasche Wein heraus. Fontane war perplex.
»Kleines Biwak am Kanal«, erklärte Menzel, ließ sich ins Gras sinken und sagte: »Dieser Zimmermann scheint wirklich ein

Störenfried zu sein. Er gab auch heute keine Ruhe. Sie müssen wissen, dass die Direktion beschlossen hat, den Arbeitern für den halben Ausfalltag gestern keinen Lohn abzuziehen. Sie haben gesehen, wie schwer sie arbeiten müssen; wenn sie keine Einbuße haben, sind sie natürlich froh. Zimmermann nennt das Bestechung. Mädewein hat ihn als Rädelsführer hinter dem Aufruhr entlarvt, wobei es Zimmermann aber gar nicht so sehr um Arbeiterschutz und Entgelte geht, sondern er will den Umsturz aller Verhältnisse.«

»Interessant, Rubens.« Fontane bedachte Menzel mit einem ironischen Lächeln. »Mir haben Sie … aber selbst …«

»Es ist nicht, was Sie denken«, protestierte der Maler sofort. »Ich habe nur zugehört.«

»Warum entlässt Wittbrodt denn diesen – in seinen Augen – Rädelsführer nicht?«

»Wissen Sie, was er zu mir gesagt hat? ›Umsturz aller Verhältnisse? Das haben ja schon viele gewollt, aber meistens kreißt zwar ein Berg, aber er gebiert nur eine Maus. Denken Sie nur an 1848. Oder an die Französische Revolution. Welch ein Lärm! Und was kam am Ende heraus? Die Franzosen haben ihren König hingerichtet und einen Kaiser bekommen.‹«

»Das hat er gesagt?«

Menzel nickte, entkorkte die Flasche und nahm einen Schluck.

»Der Herr Direktor ist ja geradezu ein Weiser«, bemerkte Fontane trocken und wischte sich den Schweiß aus dem Nacken.

Menzel ging nicht darauf ein. »Ein feines Tröpfchen! Kommen Sie, Lafontaine, nehmen Sie einen Schluck!«

»Und Mädewein hält Zimmermann für einen Rädelsführer?«

»Sie geben auch nie Ruhe, wie?«, seufzte Menzel. »Er ging sogar noch weiter und meinte, er habe Zimmermann und andere Aufwiegler seit der ersten sozialdemokratischen Versammlung in der Eichwerderstraße auf dem Kieker. Und als er erwähnte, dass zum Umsturz der Verhältnisse auch die Enteignung der Fabrikanten gehört, wurde Wittbrodt schon etwas blass.«

»Mädewein hat Zimmermann angeschwärzt? Oder spioniert er für die Geschäftsleitung?«

»Mein Gott, Fontane! Ich weiß nicht, ob und für wen dieser Schichtmeister spioniert. Meinetwegen auch für das *Central-Nachrichten-Bureau* oder den Papst. Nun genießen Sie doch einfach den Augenblick!«

Fontane nickte und nahm einen Schluck. Der Wein war gut, stieg ihm aber sofort zu Kopfe, und nach einer Weile des Schweigens erfüllte ihn ein angenehmes inneres Schweben. Auf dem Kanal zogen ein paar Schwäne vorbei, die ihnen neugierige Blicke zuwarfen, vielleicht weil sie von den Badegästen häufig Brotkrumen erhielten. Als aber nichts geschah, schwammen sie weiter. An dem schattigen Platz, den sie gewählt hatten, ging sogar ein winziges laues Lüftchen, und nachdem Menzel ihm noch einmal die Flasche gereicht hatte, wurden die Gedanken träge. Fontane dachte zwar, weil Menzel es erwähnt hatte, an das *Central-Nachrichten-Bureau*, den preußischen Geheimdienst, er dachte an Völker von der Berliner Politischen Polizei, an den Kriminalkommissar Aschinger dachte er, an Emilie, die Kinder ... aber all das war für einen Moment der Ewigkeit fern und unwirklich ...

»Lieb mir oder ick zerhack dir die Kommode!«, gellte es aus dem Gehölz neben dem Treidelweg.

Fontane fuhr in die Höhe. Auch Menzel hatte sich gestrafft, und beide blickten in die Richtung, aus der die Rufe kamen.

»He, he, he! Lieb mir oder ick zerhack dir die Kommode! Bah, bäh, bah, bäh!«

Wie ein gehetztes Wild brach der Irre aus dem Gebüsch, strauchelte am abschüssigen Wegrain, fing sich aber und strahlte übers ganze Gesicht. »Ho, ho, ho!«, rief er ihnen zu, »Hüh und hott und hottehüh!« Sein Leib zuckte und vi-

brierte, die Arme schleuderten nach allen Seiten, ein drittes Mal rief er »Lieb mir oder ick zerhack dir die Kommode!«, was ihn offenbar bei einer bestimmten Gelegenheit sehr beeindruckt hatte, schloss dem ein »Der Tor hat seine Schuldigkeit getan« an und hüpfte über den Treidelpfad davon.
»Eine bemitleidenswerte Kreatur«, sagte Menzel und steckte die Weinflasche zurück in seinen Tornister. Fontane nickte. Die gute Laune war ihnen verdorben. Also machten sie sich auf den Weg zum Hotel.

Sie wollten noch einmal gemütlich zusammen speisen. Blankenstein wohnte ohnehin im *Deutschen Haus* und hatte die Einladung dankend angenommen; Düsterhaupt hatte eigentlich zu seiner Familie fahren wollen, als er aber erfuhr, dass der Maler und der Schriftsteller am kommenden Tag abzureisen gedachten, blieb auch er. Menzel ließ auftischen, was die Küche hergab; ihm war anzusehen, wie sehr er sich freute, seine Studien im Walzwerk am kommenden Vormittag abschließen zu können.
Die Zeit verging wie im Fluge, und als Fontane einmal aus dem Fenster schaute, wurde er gewahr, dass man soeben die Gaslaternen auf dem Markt anzündete. Bei einem zweiten Blick, nach seinem Gefühl nur eine halbe Stunde später, war es bereits vollkommen dunkel, wenn man vom Laternenlicht absah. Und tatsächlich, die Uhr über dem Schanktisch zeigte die elfte Stunde an. Sie ging nicht ganz richtig, oder die Kirchturmuhr ging falsch – jedenfalls schlug die Glocke etwas später elf.
Durch die angelehnten Fenster drang das Geräusch eiliger Schritte. Dann wurde an der Haustür geschellt; da nur noch Hotelgäste bedient wurden, hatte der Wirt sie bereits verschlossen. Verwundert schaute er in die Runde, um dann schulterzuckend öffnen zu gehen, und sofort stand, außer Atem geraten, Wachtmeister Schreiber im Gastraum. Sein

Blick fiel auf Blankenstein und Düsterhaupt, und er sagte: »Da Sie für die Baustelle zuständig sind, halte ich es für meine Pflicht, auch Sie zu informieren. Von einem der Gerüste an der Maria-Magdalenen-Kirche ist ein Mann gestürzt.«
»Wie?« Blankenstein sprang auf. »Was ist passiert?«
»Ein Mann ist von einem Gerüst gestürzt.«
»Aber was hatte er dort zu suchen? Zu dieser Stunde?«, fragte Düsterhaupt verwirrt.
Schreiber zuckte mit den Schultern.
»Ist er schwer verletzt?«, wollte Fontane wissen.
»Er ist tot.« Wachtmeister Schreiber zog an den Schößen seiner Uniform. »Es handelt sich übrigens um den sozialdemokratischen Rädelsführer Zimmermann.«

Es war ein bedrückender Anblick, der sich den Männern unterhalb des Gerüstes bot, auf dem tags die Erneuerungsarbeiten am Turm erledigt wurden. Eine Gaslaterne bot genug Licht, um den verkrümmten Körper des jungen Mannes gut sehen zu können. Sein Kopf lag in einer Blutlache. Zweifellos hatte er sich nicht nur sämtliche Knochen gebrochen, sondern auch Schädel und Genick.
Ein Mann kniete neben dem Toten, nicht nur an seiner Tasche als Arzt zu erkennen, sondern auch an den Verrichtungen, die er vornahm. Der Platz vor der Kirche wurde von zwei Gendarmen abgesperrt, zwei weitere hielten sich abseits und schienen drei Männer zu bewachen. Bei einem Einspänner unweit von ihnen stand ein mittelgroßer Mann, der, wohl aus Gründen der Pietät, seinen Hut abgenommen hatte und schütteres Haar entblößte. Fontane und die anderen standen so weit von ihm entfernt, dass sie seine Gesichtszüge nicht erkennen konnten, aber man sah deutlich, dass er eine Brille trug.
Auf dem kurzen Weg quer über den Markt und durch die Gasse zum Kirchplatz hatte Schreiber sie von dem Vor-

gefallenen so weit in Kenntnis gesetzt, wie es in der Kürze der Zeit möglich war. Drei vom Fest der Messerschmiede heimkehrende Arbeiter hatten den Toten am Fuße des Kirchturms gefunden und ihn im ersten Moment für einen Erschlagenen gehalten; Fontane nahm an, dass es sich um die drei Männer handelte, die sich in der Obhut der zwei Landpolizisten befanden. Sie hatten die Gendarmerie verständigt, und Wachtmeister Schreiber und vier seiner Untergebenen hatten sich zum Ort des Geschehens begeben. Schreiber hatte im diffusen Licht der Gaslaternen den Kirchturm in Augenschein genommen, und als er eine durchbrochene Gerüstplanke zu erkennen glaubte, hatte er den jüngsten seiner Männer hinaufgeschickt. Der hatte bestätigt, dass die Planke tatsächlich gebrochen war, sodass der Verdacht nahe lag, der Tote sei nicht erschlagen worden, sondern von der Rüstung gefallen. Als sie den Leichnam auf den Rücken gedreht hatten und die Gendarmen den anscheinend stadtbekannten Sozialdemokraten Zimmermann erkannten, ließ der Wachtmeister zum Amtsrichter schicken und machte sich selbst auf den Weg, um die Baumeister zu verständigen. Dass auch Menzel und Fontane von der Sache Kenntnis erhielten und Blankenstein und Düsterhaupt begleiteten, konnte ihm nicht recht sein, aber er ließ sich nichts anmerken.

Der Mann, der neben der Kutsche gestanden hatte, kam zu ihnen herüber. »Amtsrichter Berg«, sagte Schreiber mit gedämpfter Stimme.

»Wachtmeister, wer sind diese Männer?«, fragte der Richter, ohne sich vorzustellen. Im Schein der Gaslaterne sah man die tiefen Kerben um seine Nasenflügel und Mundwinkel. Er hatte kleine und – soweit in dem schlechten Licht sichtbar – fast farblose Augen, einen breiten, an den Enden gezwirbelten Schnauzbart und auch auf der Stirn drei tiefe Kerben, die fast parallel verliefen, genau über der Nasenwurzel aber von

einer vierten Falte geschnitten wurden; Fontane taufte sie sofort *die geometrische Stirn*. Fast hätte er gelacht, doch er deutete nur einen Diener an.
»Sie sind …?«, fragte Richter Berg.
»Theodor Fontane.«
»Ach?« Die kleinen Augen wurden winzig, den Blick konnte man nur als stechend bezeichnen. »Der Schriftsteller aus Berlin?«
»Kennen Sie denn etwas von mir?«, wollte Fontane wissen.
»Es ist möglicherweise unhöflich«, Berg hob den rechten Zeigefinger und versuchte sich an etwas wie Ironie, »eine Frage mit einer Gegenfrage zu beantworten. Sie sind doch Schriftsteller, nicht wahr? Und Journalist?«
»Ja, das bin ich. Und woher …«
»Man spricht von Ihnen«, sagte der Amtsrichter. Wer, wo, wann, hätte Fontane gern gefragt, aber Berg hatte sich bereits dem Wachtmeister zugewandt. »Man sagte mir, dass Sie die beiden Baumeister holen wollten. Ich sehe aber vier Personen.«
Schreiber wirkte wie der sprichwörtliche begossene Pudel und sagte: »Verzeihen Sie, Herr Amtsgerichtsrat, es war mir nicht möglich.«
»Na ja!« Berg winkte ab. »Was haben wir? Einen Unfall! Um korrekt zu sein: einen Arbeitsunfall, der …«
»Einen Arbeitsunfall bei Nacht?«, platzte Menzel heraus.
Der Richter reagierte unwirsch, ging aber doch auf den Einwand ein: »Oder Unfug, grober Unfug. Junge Männer der unteren Schichten, die ihren Mut beweisen wollten.« Er rümpfte die Nase. »Auch wenn er den Namen Berblinger noch nie gehört hat, wollte er vielleicht dessen lächerliche Flugexperimente nachahmen.«
Albert Ludwig Berblinger war den Anwesenden natürlich bekannt. Fontane war zehn Jahre alt gewesen, als dieser

Träumer und Experimentator in tiefster Armut starb, und es war durchaus möglich, dass Zimmermann ihn zumindest als den Schneider von Ulm gekannt hatte. Bergs Vergleich hinkte, und es war Düsterhaupt, der ihn darauf hinwies: »Er hatte ja keine Flugapparatur dabei.«

»Hm, hm«, brummte der Richter bloß. Er warf noch einen Blick auf den Toten, schaute am Turm hoch, schüttelte den Kopf. »Grober Unfug, das sage ich Ihnen. Die einen stürzen betrunken in die Schwärze oder den Kanal, die anderen klettern betrunken auf Kirchtürme und stürzen ab. Ich selbst bin einem guten Tropfen nicht abgeneigt, aber wenn man so etwas sieht, möchte man den Temperenzlern recht geben. Wachtmeister, kommen Sie morgen Vormittag in mein Büro. Wir nehmen dann ein Protokoll auf. Und informieren Sie die Witwe.« Er ging zu seinem Einspänner, stieg ein, nahm die Zügel, ließ die Peitsche knallen und war rasch in einer Nebengasse verschwunden.

Aus Richtung des Marktes erschien Fabrikinspektor Beutler. Er hielt sich betont aufrecht, doch als er nahe genug war und das Licht einer Laterne auf ihn fiel, sah man, dass seine Weste falsch geknöpft war und der Hemdkragen schief saß.

Wachtmeister Schreiber brachte seine Überraschung über Beutlers Erscheinen zum Ausdruck, worauf dieser entgegnete, der Wirt des *Deutschen Hauses* habe ihn von dem Unfall in Kenntnis gesetzt. Er warf einen raschen Blick auf den Leichnam, schüttelte den Kopf und sagte an niemand Bestimmten gewandt: »Man möge ihn doch bedecken!«

Einer der Arbeiter opferte seine Jacke. Sie reichte nicht, um den Toten vollständig zu verbergen, aber man sah wenigstens das Gesicht nicht mehr.

»Dieser tödliche Leichtsinn!« Beutler schüttelte den Kopf. »Wer klettert denn nachts auf ein Baugerüst?« Er wandte sich an Blankenstein und Düsterhaupt: »Sie haben doch nichts damit zu tun?«

Blankensteins Stimme war hoch und dünn vor Empörung. »Wie meinen Sie das? Denken Sie, dass wir einen Arbeiter nachts allein aufs Gerüst schicken? Wozu? Zumal …«
»Schon gut. Es handelt sich ja nicht einmal um einen Ihrer Bauhandwerker. Es ist doch dieser Zimmermann? Der Rädelsführer aus der Eisenspalterei?« Beutler starrte den Turm hoch. »Was mag er nur da oben gewollt haben?«
»Fragen Sie bitte nicht uns«, verlangte Düsterhaupt erbost.
»Aber wenn wir Sie bitten«, sagte Blankenstein in versöhnlichem Ton, »würden Sie diesen *accident* für uns untersuchen?«
»Tja …« Beutler hob die Schultern. »Ich weiß nicht recht. Ich arbeite für den Staat, und das sind Sie nicht.«
Fontanes Interesse hatte die ganze Zeit über vor allem den drei Arbeitern gegolten, die den Toten gefunden hatten und die sich sichtlich unwohl fühlten. Das mochte an der Nähe der Gendarmen liegen, aber ebenso war möglich, dass sie einfach nur nach Hause wollten. Vermutlich hatten sie stramm gefeiert, und ihr Nachtschlaf verringerte sich von Minute zu Minute.
»Herr Wachtmeister«, wandte er sich an Schreiber, »erlauben Sie, dass ich mit den drei Arbeitern spreche?«
Schreiber runzelte die Stirn. »Aus welchem Grund?«
»Meine Berufskrankheit, die Neugierde«, erklärte Fontane.
»Die hier wohl eher fehl am Platze ist.« Schreiber dachte eine Weile nach, dann huschte ein winziges Lächeln über sein Gesicht, und er machte eine großmütige Geste in Richtung der drei. »Trotzdem: von mir aus. Aber ich werde dabei sein und lauschen.«
Das ließ sich Fontane nicht zweimal sagen, und er trat auf die Männer zu. Menzel, dem zweifellos sein Zeichenzeug fehlte, und auch Schreiber folgten ihm.
»Mein Name ist Theodor Fontane«, stellte Fontane sich vor. »Ich würde gern mit Ihnen darüber sprechen, was geschehen ist.«

»Sind Sie Kriminaler?«, wollte der Jüngste der drei wissen, ein schlaksiger junger Mann von vielleicht zwanzig, einundzwanzig Jahren. Er war derjenige, der seine Jacke geopfert hatte.
»Nein, nein, wir sind Schriftsteller und Maler …«
»Und warum interessiert es Sie dann?«
»Für mich ist das kein Widerspruch«, mischte sich Menzel ein. »Es interessiert, *weil* der Herr Schriftsteller ist. Und ich Maler.«
Schreiber schwieg. Die Arbeiter warfen ihm verstohlene Blicke zu.
»Der aus dem Walzwerk Eisenspalterei?«, erkundigte sich der Älteste, der deutlich kleiner war als der Schlaksige, auch er noch keine dreißig.
»So ist es. Ich halte die heutige Arbeitswelt für die Nachwelt fest.«
»Sie verdienen doch aber auch Geld damit?«, fragte der Dritte, vielleicht Mitte zwanzig und mit einer langen Narbe wie von einem Schnitt mit dem Messer über der linken Braue.
»Es ist mein Beruf, also werde ich auch etwas damit verdienen.«
»Beruf!« Der Schlaksige rümpfte die Nase.
»Aber wenn er Leute wie uns malt«, sagte der Kleine.
»Trotzdem. Guck ihn dir an. Er ist ein Bürgerlicher.«
»Aber doch kein Ausbeuter!«, meinte der Mittlere. »Also von mir aus … Ich habe nichts zu verbergen.«
Einer der Gendarmen trat zu seinem Vorgesetzten heran und bat um Instruktionen. Ihm wurde befohlen, einen Wagen zu beschaffen und den Leichnam in die Irrenanstalt zu bringen, denn nur dort gab es die Möglichkeit, sie zu sezieren, falls dies von den Ermittlungsbehörden gewünscht würde. Der Gendarm machte sich sofort auf den Weg, einen Wagen zu beschaffen. Fabrikinspektor Beutler, der doch angeschlagener war, als der erste Anschein erwarten ließ, wurde derweil

von Blankenstein und Düsterhaupt zum Marktplatz eskortiert.
Wachtmeister Schreiber schaute den Männern nach, warf einen Blick auf die Arbeiter, überlegte. Der zweite Gendarm stand neben der Leiche und schaute in den Sternenhimmel.
»Wir gehen an einen angenehmeren Ort«, entschied Schreiber schließlich. Er winkte den zweiten Fußgendarm herbei und deutete auf die jungen Arbeiter. »Führen Sie die drei ins *Deutsche Haus*.« Er nickte Fontane zu. »Wir folgen dann.«
Und so geschah es. Während der Gendarm und die Arbeiter vorausgingen, wandte sich Schreiber an Fontane.
»Nach gründlicher Überlegung und tiefsinniger Betrachtung«, begann er mit ironischem Pathos, »erlaube ich mir Ihnen mitzuteilen, dass ich ausdrücklich wünsche, dass Sie im Hotel mit den drei Männern sprechen. Ich hoffe, dass Sie vielleicht einen Grad von Offenheit erreichen, der einem Gendarmen nicht möglich ist. Viele Arbeiter mögen uns nicht, mögen überhaupt keine Polizei, und am wenigsten die preußische. Wir vermeiden auf diese Weise geschickt, dass die drei das Gefühl haben, inquiriert zu werden – die Schrauben schärfer anziehen kann ich immer noch. Aber allein Ihrer Neugierde überlasse ich die Ermittlungen natürlich nicht. Ich werde also Ihr Schatten sein … Ob und wann ich mich einmische, entscheide ich noch.«
»Ich werde mir Mühe geben«, entgegnete Fontane, ein wenig überrascht von der Raffinesse dieses preußischen Unteroffiziers. »Und ich sehe, dass auch Sie die beiden Vorfälle stutzig machen.«
»Nun, nicht jeder für sich«, sagte Schreiber und rückte seinen Säbel zurecht. »Aber beide zusammen.«

Fünftes Kapitel

Donnerstag, 29. Juli 1875

Wenn es verlässliche menschliche Eigenschaften gab, dann waren es die Neugierde und die Sensationslust, und genau diese beiden Eigenschaften hatten dazu geführt, dass der Wirt des *Deutschen Hauses* trotz der frühen Morgenstunde starken Kaffee kochte und Fontane und dem Wachtmeister gestattete, mit den Arbeitern in der Gaststube Platz zu nehmen. Zuerst waren die drei skeptisch gewesen, auch in Hinblick auf die späte Stunde, aber die Aussicht auf einen guten Kaffee ohne Zichorie hatte sie bewogen, die Einladung anzunehmen. Davon abgesehen galt das, was der Jüngste, der sich als Paul Strack vorstellte, gesagt hatte: Nun sei doch sowieso alles zu spät oder zu früh und jedenfalls egal.

Im Übrigen war nicht nur der Wirt auf Neues begierig, aber es war Schreiber gelungen, Menzel, Düsterhaupt und Blankenstein davon zu überzeugen, sich zu Bett zu begeben. Wie er es gemacht hatte, wusste Fontane nicht. Allein Beutler saß in einem Winkel des Gastraums über einem Krug Wein und ließ sich nicht fortschicken.

Der Wachtmeister, der ihn wohl für ausreichend betrunken hielt, zuckte nur mit den Schultern und nahm an einem Nebentisch Platz. Fontane konnte sich nicht vorstellen, dass Strack und seine Begleiter freimütig sprechen würden – war die Nähe des Gendarmen doch stets gegenwärtig, und auch gegenüber einem Mann wie ihm selbst würden sie nicht frei sein, gehörte er doch einem anderen Stand an. Was erwartete

Schreiber wirklich? Fontane stieg es siedend heiß auf: Der Wachtmeister beobachtete auch ihn.
Während Schreiber mit Menzel und den Architekten gesprochen hatte, war es Fontane immerhin gelungen, in Erfahrung zu bringen, dass die drei Männer Ziegeleiarbeiter waren und ihr Geld in der Schmidtschen Ziegelei in Machersiust verdienten. In diesem Vorort an der Straße nach Oderberg arbeiteten auch schlesische und polnische Kampagnearbeiter, von denen gleich mehrere Ireneusz hießen; Paul Strack meinte sogar, bei der großen Zahl von Polen in Neustadts Industrie und auf den Gütern der Umgebung müsse es Männer dieses Namens geben wie Sand am Meer. Die beiden anderen – Bartel Veidt, genannt Bartel Most, und Andreas Roloff – stimmten ihm zu.
Während der Wirt den Kaffee braute, hockten die Arbeiter eher verlegen am Tisch; es war durchaus wahrscheinlich, dass sie noch nie in einem Hotel gewesen waren. Dann aber zog der verführerische Duft starken, heißen Kaffees durch den Raum, und wenig später standen dampfende Tassen auf dem Tisch. Ob diese Extrakosten auf seiner Rechnung erscheinen würden? Fontane wusste es nicht, wollte aber auch nicht fragen.
»Sie waren ja noch spät in der Stadt unterwegs«, begann er das Gespräch.
»Sind wir immer, wenn die Messerschmiede feiern«, meinte Strack. »Da ist die ganze Stadt lange auf den Beinen, selbst die Kinder. Stimmt's, Herr Wachtmeister?«
Schreiber brummte etwas wie Zustimmung.
Fontane fragte: »Und Sie kamen woher?«
»Vom Schicklerschen Markt. Wir sind praktisch gleich nach der Arbeit hin, ein paar Fuhrmatz stemmen. Tanzen, die Mädels durch die Luft wirbeln ...«
»Und Politik machen!«, ergänzte Bartel Veidt eher abfällig. »Er ist nämlich Sozi«, fügte er erklärend hinzu und erschrak,

weil er sich zu dieser Bemerkung hatte hinreißen lassen. Aber Schreiber hatte ohnehin entschieden, seine Beobachterposition aufzugeben.

Er stand auf, kam herüber und wollte wissen: »Dann kannten Sie Konrad Zimmermann?«

Veidt nickte, jetzt sehr ernst, und Roloff sagte: »Den kennen doch alle. Na, fast alle. Er zog gestern Abend von Tisch zu Tisch und meinte, alle Eberswalder Arbeiter müssten eigentlich für bessere Arbeitsbedingungen streiken. Ich weiß nicht«, er zuckte mit den Schultern, »wie sollen bessere Bedingungen in der Ziegelei aussehen? Dass wir uns die Hände nicht mehr schmutzig machen? Mehr Geld, das ja. Mehr Geld immer. Aber bessere Arbeitsbedingungen?«

»Ihr habt euch alle kaufen lassen von den Kapitalisten!«, brauste Strack auf. Das Thema brannte ihm offenbar im Herzen, dass er es auch vor Schreiber aussprach. Verboten war das nicht, aber es machte ihn in den Augen der preußischen Staatsmacht zweifellos verdächtig – für allerlei. Der Wachtmeister setzte sich scheinbar gleichmütig an die Stirnseite des Tisches und bewegte keine Miene.

»Pass ma uff, Paule, ick kann mir und meine Familie nur mit Geld ernähren. Die fressen keine Arbeitsbedingungen, ob gut oder schlecht.«

»Aber wenn der Ernährer einen tödlichen Unfall hat? Wie Köster?«

»Wen hatte der denn zu ernähren?«

»Na, Beate.«

»Ach, die!« Roloff machte eine wegwerfende Handbewegung.

Nun mischte sich Beutler aus seiner Ecke ein. »Sie müssen für mehr Arbeitsschutz nicht streiken, schließlich gibt es uns Fabrikinspektoren und die Lokalkommissionen«, rief er hinüber. Schreiber runzelte unwillig die Stirn, schwieg jedoch.

»Na wunderbar!«, rief Strack. »Wissen Sie, wer in Neustadt dieser Kommission angehört? Zwei Pfaffen und ein Arzt, die sehr viel von Fabrikarbeit verstehen, und der Landrat, der immer nur einen Vertreter schickt. Und drei Fabrikdirektoren. Seit zwei Jahren versucht ... hat Konrad versucht, dass sie ihn aufnehmen. Vergeblich.«
»Die Bildung dieser Kommissionen ist zwar freiwillig, aber normalerweise ist immer auch ein Arbeiter dabei«, erklärte Beutler. »Hier nicht?«
»Na ja, schon, aber die haben einen Kapitalistenknecht ausgewählt«, meinte Strack. »Einen Vorarbeiter der Eisenspalterei. Konrad hat ihn Kapitalistenknecht genannt«, fügte er schnell hinzu.
»Wissen Sie, wie er heißt?«, wollte Fontane wissen.
»Klar weiß ich das: Gotthelf Mädewein.«

Es waren schon die ersten schweren Wagen auf der Breiten Straße zu hören, und Fontane schlief noch immer nicht. Sicher war der Kaffee schuld, aber auch die Gedanken, die in seinem Kopf kreisten, während er sich im Bett hin und her wälzte.
Die drei Ziegeleiarbeiter waren gestern bis zum Ende der Feier auf dem Schicklerschen Markt gewesen und hatten dort auch Zimmermann und Mädewein gesehen. Zimmermann hatte mit dem einen und anderen seiner Genossen geredet, aber auch mit Arbeitern, die nicht seiner Partei angehörten, so auch mit Paul Strack. Gotthelf Mädewein war mit einem Verwandten unterwegs gewesen, von dem sie nicht genau wussten, ob es ein Bruder, ein Cousin oder ein Schwager war, und auch über seinen Beruf bestand keine Klarheit: Strack und Roloff meinten, er wäre Treidler, während Veidt Stein und Bein schwor, er sei Brückenzieher der Zugbrücke beim Walzwerk und wohne im dortigen Brückenzieherhaus.

Soweit sie sich erinnerten, waren Mädewein und Zimmermann einander am Abend aus dem Weg gegangen. Beate Jonas wollten sie nicht gesehen haben; allerdings, so räumten sie ein, sei es auf dem Fest immer sehr voll, man könne nicht genau sagen, wer nun anwesend war und wer nicht. Polen seien auch einige dort gewesen, aber wer sich mit wem abgegeben hätte, darauf hätten sie nun wirklich nicht geachtet. Auch wer wann gegangen war, wussten sie nur von anderen Kollegen aus der Ziegelei, die mit ihnen das Fest besucht oder die sie dort getroffen hatten. Strack hatte mit einigen seiner sozialdemokratischen Parteifreunde gesprochen, mit Lassalleanern wie mit Eisenachern, zu denen er gehörte, so wie Zimmermann. Fontane fragte sich, ob er mit ihnen nur geredet oder nicht vor allem getrunken hatte.
Alles in allem war auf dem Fest nichts Auffälliges geschehen, nichts, was diesen von anderen Abenden unterschieden hätte.
Nach ihrem Aufbruch vom Schicklerschen Markt waren die drei Männer durch die Schicklerstraße und an der Forstakademie vorbei in Richtung Marktplatz gelaufen und wollten ihn eben überqueren, um dann durch die Breite Straße zur Schleuse und schließlich auf dem Treidelweg nach Machersiust zu gelangen. Hier hatten sie die Stimmen gesenkt, so als hätten die Wände der Gaststube Ohren, und, einander ins Wort fallend, berichtet, sie hätten gerade, als sie den Marktplatz erreichten, einen Schrei aus Richtung der Kirche gehört und dann den Körper eines Menschen vom Gerüst fallen gesehen. Sie seien sofort zum Ort seines Aufpralles geeilt und hätten festgestellt, dass es sich bei dem Gestürzten um den bekannten Sozialdemokraten Konrad Zimmermann gehandelt hätte. Nun kam auch heraus, dass Paul Strack und Konrad Zimmermann nach dem Vereinigungsparteitag um den Vorsitz der Neustädter Parteizelle konkurriert hatten, den sie aber letztendlich beide nicht bekamen.

Im Übrigen waren sich die drei einig, dass sie einen Schatten auf dem Gerüst gesehen hätten. Und hierüber grübelte Fontane nach, während es vor seinem Fenster immer heller wurde.
Zwei Unfälle innerhalb von zwei Tagen? Aber hatten die Männer wirklich jemanden auf dem Gerüst gesehen? Sah man nicht nachts leicht irgendwelche Schatten, vor allem, wenn man getrunken hatte? Und zwar nicht nur Fuhrmatz, sondern auch Kartoffelschnaps, den Roloff dabeigehabt hatte und der ausgerechnet aus der Brennerei des Lichterfelder Rittergutes stammte. Die Männer vertrugen sicher einiges, aber trotzdem war es möglich, dass der Alkohol ihre Phantasie befeuert hatte.
Da es noch zu früh war zum Frühstücken, stand Fontane auf und schrieb einen Brief an seine Frau, von dem er hoffte, dass sie ihn noch vor ihrer Abreise nach Liegnitz erhielt. Dann nahm er eine sorgfältige Rasur vor und begab sich in die Gaststube.
Menzel saß schon am Tisch und verzehrte in aller Ruhe ein englisches Frühstück mit *ham and eggs*; ein Angebot, das nur durch den Badebetrieb erklärt werden konnte und dem *Deutschen Hof* vermutlich einen weltstädtischen Charakter verleihen sollte.
Fontane setzte sich zu ihm.
»Na, Lafontaine, ist Ihr detektivischer Ehrgeiz weiter angestachelt?«, wollte der Maler wissen.
»Sie müssen zugeben, dass …«
»Ich gebe es zu, ja. Zwei tödliche Unfälle innerhalb von kurzer Zeit sind … sind …«
»Aber Sie reisen am Nachmittag ab?«
»Sie nicht?«
Fontane zuckte mit den Schultern, doch der Entschluss, sich näher mit Köster, Zimmermann und den *accidents* zu befassen, war längst gefallen.

Er bestellte ebenfalls Rührei, gebratenen Schinken und Kaffee, als Wachtmeister Schreiber erschien, in vollem Wichs und übernächtigt.
»Sie wollen frühstücken?«, fragte der Wirt erfreut, doch Schreiber antwortete, ihm reiche ein Kaffee, wenn er nur stark sei.
»Sie erhalten bei mir den stärksten Kaffee Neustadts«, versicherte der Wirt und eilte in die Küche.
Schreiber deutete auf den freien Stuhl an ihrem Tisch. »Sie gestatten?«
»Selbstverständlich«, sagte Fontane. Menzel nickte.
»Ich habe Direktor Wittbrodt nachts aus dem Bett geläutet«, sagte Schreiber und hielt die Hand vor den Mund, weil er gähnen musste. »Natürlich wusste er nicht auf Anhieb, wo Konrad Zimmermann wohnt und ob er Familie hat, er kann ja nicht jeden Arbeiter persönlich kennen.«
»Nicht einmal einen Umstürzler und Rädelsführer?« Überraschenderweise fragte dies Menzel.
»Auf dem Weg von der Direktorenvilla ins Bureau sagte er mir, dass er Zimmermann nie für so gefährlich gehalten habe, wie manche ihm weismachen wollten. Er meinte sogar, eine Bewegung wie die Sozialdemokratie brauche Feinde. Wenn man sie von Staats wegen einfach gewähren lasse, beginne sie, sich mangels äußerer Gegner selbst zu zerfleischen.«
»Sich selbst zu zerfleischen«, wiederholte Fontane gedankenverloren.
»Wie meinen?«
Er winkte ab. »Nichts.«
»Im Bureau der Buchhaltung fanden wir dann die Angaben zu Zimmermann im Ausgabenbuch«, fuhr Schreiber fort. »Er wohnte, wie Köster übrigens, in der Siedlung Eisenspalterei. In einer der Arbeiterwohnungen, die von der Fabrik dort errichtet worden sind. Und er ist ledig. Auch wie Köster.«

»Der aber eine Geliebte hatte, die er heiraten wollte«, ergänzte Fontane. »Was ja für Zimmermann auch zutreffen mag.«
»Eines will mir nicht in den Kopf«, sagte Schreiber. Er legte eine Pause ein, weil der Wirt den Kaffee brachte. Er lehnte sich zurück, nahm mit geschlossenen Augen einen Schluck und seufzte. »Ah, das tut gut!«, sagte er. »Ich werde mir Zimmermanns Wohnung gleich einmal ansehen.«
Fontane zögerte. »Dürfte ich Sie begleiten?«, fragte er dann.
»Schriftstellerisches Interesse? Sie möchten wissen, wie ein Neustädter Walzwerkarbeiter wohnt?« Schreiber musterte Fontane mit einem ironischen Lächeln. »Oder hegen Sie Zweifel an der Unfalltheorie?«
»Ich könnte nicht behaupten, dass ich sie plausibel finde.«
»Dann sagen Sie mir doch: Wie könnte es gelungen sein, Zimmermann auf das Gerüst zu locken? Ich für meinen Teil brauchte schon einen heftigen Anreiz, um mich nachts in schwindelerregende Höhe zu begeben.«
»Geld?«, warf Menzel ein.
»Geld ist immer ein Motiv, da haben Sie recht. Aber mich würde es, ehrlich gesagt, stutzig machen, wenn mir jemand Geld auf einem Baugerüst übergeben wollte. Selbst wenn es sich um ein unredliches Geschäft handelt, der Schatten der Kirche hätte ausgereicht.«
»Ich sehe, auch Sie machen sich Gedanken«, bemerkte Fontane.
»Tja, ich frage mich, welche Kraft da wohl obwaltet haben mag.« Schreiber leerte die Tasse und stellte sie auf den Tisch. »Der Zufall? Das Schicksal? Möglich, ja … Oder war es doch etwas anderes?«
»Mord?«
»Das haben Sie gesagt.« Der Wachtmeister stand auf. »Und wenn, dann wohl Morde. Pluralis. Also gut, Herr Fontane. Die Wohnung eines Mordopfers würde ich Ihnen nie zeigen,

aber weil ich just auf dem Weg zu Zimmermanns Behausung bin, und weil es sich ja nur um Unfälle handelt, kommen Sie mit mir, in Gottes Namen!«

»Verbindlichsten Dank.«

»Wieso nur Herr Fontane?«, fragte Menzel. »Ich möchte diese Bude auch sehen. *Un instant*, Messieurs, ich hole nur rasch Karton, Blei und Kohle.«

Wachtmeister Schreiber war ein Gendarm zu Fuß; dennoch war er von Fontanes Vorschlag angetan, zu Kutscher Beetz zu schicken. Es war bereits wieder sehr heiß. So heiß, dass man Fliegen mit der Hand fangen konnte, wie zwei barfüßige Jungen bewiesen, die eigentlich ihrer Mutter beim Einrichten des Marktstandes helfen sollten.

Beetz schien einigermaßen verwirrt angesichts der Tatsache, dass Fontane und Menzel mit einem Landpolizisten fuhren; deshalb wohl verfiel er in Schweigen, nachdem er das Ziel erfragt hatte.

Den ersten Teil der Fahrt auf der Eisenbahnstraße legten sie wortlos zurück. Sie überquerten die eiserne Bahnbrücke und fuhren ein Stück die Chaussee nach Heegermühle entlang. Fontane musste an den Toten Mann denken, also fragte er Schreiber nach dem Mord an dem Flößer-Regimenter und erhielt bestätigt, dass der Wachtmeister seinerzeit an der Ausmittlung und Ergreifung des Mordschützen beteiligt gewesen war. Beteiligt gewesen – mit Nachfragen brachte Fontane heraus, dass Schreiber allein die Tat aufgeklärt hatte. An einen Leutnant von Grünberg war damals nicht zu denken gewesen, und der Landrat, der Vorgänger des Herrn von Bethmann Hollweg, hatte dem Gendarm freie Hand gelassen.

Einmal gesprächig geworden, begann nun Schreiber seinerseits Fragen zu stellen, darunter auch diejenige, die Fontane am meisten hasste: Ob er denn von seiner Arbeit als Schriftsteller leben könne? Menzel, der von seiner Kunst ein gutes Auskommen hatte, unterdrückte ein Lachen. Fontane nahm sich zusammen und sagte einfach die Wahrheit: Wie schwer es manchmal sei, seine Frau und die drei Kinder zu ernähren, die noch zu Hause lebten. Schreiber nickte verständnisvoll. Und er hielt sich mit einem Kommentar zurück. So gab er nicht den Rat, den Fontane öfter einmal von Emilie zu hören bekam, nämlich sich um eine Anstellung zu bemühen, möglichst beim preußischen Staat. Bei dem Fontane ja schon gearbeitet und den er mit einem lachenden und einem weinenden Auge verlassen hatte.

Das Gespräch war in Schwung gekommen, und Schreiber wollte wissen, ob Menzel seine Abreise aufschöbe.

Er habe, sagte der Maler, bei seinen Besuchen in der Eisenspalterei die Kluft zwischen sich als bürgerlichem Künstler und den Arbeitern nie überwinden können; nach anfänglicher Verunsicherung waren die Männer zwar unbefangen an die Arbeit gegangen, aber er habe nie einen Blick in ihre Wohnungen erhaschen können, denn zu einer solchen Nähe sei es nie gekommen. Nun wolle er die Gelegenheit nutzen, ein paar Interieurskizzen in einer Proletarierbehausung zu machen, und wisse nicht, wie viel Zeit das erfordere. Wenn nötig, fahre er vielleicht erst später nach Berlin zurück.

Die Arbeitersiedlung der Eisenspalterei bestand aus langgestreckten, flachen Häusern, die mehrere Eingänge hatten und aussahen wie in die Länge gezogene Bauernkaten. Konrad Zimmermann hatte keine eigene Wohnung gehabt, sondern als Untermieter bei einer sage und schreibe siebenköpfigen Familie gelebt, die ihm ein Zimmer abgetreten hatte. Ein Zimmerchen, wie die drei Männer feststellten, nachdem ihnen die Hausfrau die Tür geöffnet hatte.

Der Kinderlärm war ohrenbetäubend. Zimmermanns winziger Raum zeichnete sich durch eine penible Ordnung aus, die Fontane einem »Umstürzler« nie und nimmer zugetraut hätte, sicher weil sich mit dem Wort Umsturz für ihn die Vorstellung von Chaos verband. Auf dem eisernen Bett links vom Fenster lag eine karierte Decke, die so glatt gestrichen war, dass jeder Feldwebel oder Gendarmerie-Leutnant seine wahre Freude an ihr gehabt hätte. Auf dem Nachttisch am Kopfende wie auch auf dem Fensterbrett lagen Stapel von Büchern. Fontane stürzte sich auf den am Fenster, Schreiber nahm sich den Nachttisch vor. Menzel blieb an der Tür stehen und begann zu skizzieren.

»Oha!«, rief der Wachtmeister, nachdem er das oberste Buch in die Hand genommen hatte, und zeigte es Fontane: das *Manifest der Kommunistischen Partei*. Unter diesem lag eine billige Druckausgabe des Gothaer Programms, in der eine Postkarte als Lesezeichen steckte. Schreiber zog sie heraus: Es handelte sich laut Aufschrift um ein *Gedenkblatt des Einigungskongresses d. deutsch. Soz.-Demokr. z. Gotha. 22.–27. Mai 1875*, das sofort Fontanes Interesse weckte. Auch Menzel trat näher. Den Mittelpunkt des Blattes bildete ein Medaillon mit Halbfigurenbildern von Marx und Lassalle, für die Unwissenden erschienen die Namen daneben. In kleineren Rahmen wurden die Konterfeis weiterer Kongressteilnehmer wiedergegeben, und es gab noch eine Liste *Delegirte am Congress*. Sowohl unter den Bildern wie auch auf der Liste erschienen bekannte Namen wie Bebel und Liebknecht, dann Wilhelm Hasenclever und Georg Wilhelm Hartmann, die auf dem Kongress zu gleichberechtigten Vorsitzenden der SAP gewählt worden waren, sowie weitere Prominente der vereinigten Parteien wie Geib, Auer und Derossi. Außerdem fehlten weder das Schriftband mit dem etwas hausbackenen Spruch *Den Alten zur Ehr', den Jungen zur Lehr'!* noch das revolutionäre *Proletarier aller Länder, vereinigt euch!*

»Das Nest eines Staatsfeindes«, murmelte der Wachtmeister, während er sich zu dem kleinen runden Tisch begab, auf

dem eine Wasserflasche und ein poliertes Glas neben einem akkurat ausgerichteten Zeitungsstapel standen.
Fontane schaute sich inzwischen die Werke auf dem Fensterbrett an und entdeckte die dickleibigen Romane *Problematische Naturen* von Friedrich Spielhagen und *Soll und Haben* von Gustav Freytag, die bewiesen, dass Konrad Zimmermann nicht nur ein politischer Kopf war, sondern auch der schönen Literatur nicht abgeneigt. Als Fontane sein Buch *Jenseit des Tweed* entdeckte, fühlte er, dass er rot wurde. Einerseits erfüllte es ihn mit Stolz, diesen Reisebericht im Haushalt eines Arbeiters zu finden, und er musste den eitlen Impuls niederkämpfen, den Deckel zu öffnen und nach Unterstreichungen zu suchen; ein bisschen peinlich aber war es auch. Nicht vor dem Wachtmeister, der nichts davon mitbekam, sondern vor Menzel, der ihn zeichnete, wie er das Buch in die Höhe hob.
»Das Nest eines Staatsfeindes«, wiederholte Schreiber etwas lauter. Bei den Zeitungen handelte es sich um diverse Ausgaben des *Volksstaat*, dem Organ der Sozialdemokratischen Arbeiterpartei, aber da sich Zimmermann offenbar einen gründlichen Überblick verschaffen wollte, lagen zwischen ihnen auch ein paar Nummern des ADAV-Organs *Neuer Social-Demokrat*; beide Druckschriften existierten im Übrigen noch, denn hier war die Vereinigung noch nicht vollzogen. Offenbar hatten aber nicht allein die Zeitungen den Ausruf des Wachtmeisters provoziert, sondern vor allem auf schlechtes, Löschblättern ähnliches Papier gedruckte Flugblätter. Sie hatten ein handliches Format und trugen die Überschrift: *Die Knechte des Kapitals / Wie die Vorarbeiter uns verraten.*
Fontane trat näher und überflog den Text, in dem die Behauptung aufgestellt wurde, die sogenannte Arbeiteraristokratie wie Vorarbeiter, Meister und Schichtmeister würden von den Fabrikbesitzern und ihren Chefingenieuren oder

Hüttenmeistern dafür bezahlt, dass sie die gewöhnlichen Proletarier bespitzelten. Ohne einen Namen zu erwähnen, schien der Text eine Anspielung auf die Eisenspalterei AG zu sein, möglicherweise waren aber auch andere Fabriken aus dem märkischen Wuppertal gemeint, vielleicht sogar alle.

»Ist das nicht schon ein Fall für das *Central-Nachrichten-Bureau*?«, sinnierte Schreiber. »Oder wenigstens für die Politische Polizei?«

Er öffnete den Schrank, der sich an der dem Fenster gegenüberliegenden Wand befand. Wie nicht anders zu erwarten, enthielt er Kleidungsstücke, auf dem Boden Schuhe und ein Paar Stiefel. Der Gendarm tastete hinter die Leibwäsche, Socken, Hemden und Strickjacken, er tastete im mittleren, im unteren, im oberen Fach – und plötzlich veränderte sich sein Gesichtsausdruck. Deutlich sah man ihm Überraschung und eine gewisse Anspannung an. Dann präsentierte er Fontane und Menzel, was er gefunden hatte: ein Terzerol.

Fontane und Menzel warteten in der Kutsche. Schreiber wollte der Familie, bei der Zimmermann wohnte, die Waffe vorhalten und sie zugleich zu ihrem Untermieter befragen. Natürlich wäre Fontane gern dabei gewesen, aber der Wachtmeister hatte es nicht gestattet. Als sie das Häuschen verließen, hatten sie nur eines noch mitbekommen: wie der Kinderlärm erstarb.

Die Sonne brannte unbarmherzig. Die Pferde dösten, und Beetz' Stimme hatte einen trägen Klang, als er nach einer Weile fragte: »Ist das wirklich ein Umstürzler?«

»Wer?«

»Na, der vom Gerüst gestürzt wurde …«

Fontane schnellte hoch. »Wieso gestürzt wurde?«

»Ja, das sagt man so. Wir Droschkenkutscher hören ja das ein und andere von unseren Fahrgästen. Oder wenn wir uns auf ein abendliches Fuhrmatz treffen … Schon des Namens

wegen trinken wir kein anderes Bier.« Er schaute über die Schulter und lächelte.
»Und da haben Sie gehört, dass ein Umstürzler vom Gerüst gestürzt wurde?«, vergewisserte sich Fontane.
»Der gestürzte Umstürzler«, murmelte Menzel mit unbewegter Miene.
»Die Leute reden viel, wenn der Tag lang ist.« Beetz zuckte mit den Schultern.
»Wer soll denn hinter dieser Untat stecken?«
»Die ... die La...« Der Kutscher rieb sich mit dem Zeigefinger die Nasenflügel. »Andere Arbeiter. Andere umstürzlerische Arbeiter ... Ick kenn mir damit nich so aus! Lassaller?«
»Lassalleaner?«
Beetz nickte eifrig. »Genau so heißen die. Es ist immer von Vorteil, gebildet zu sein.«
»Und Sie meinen, dass die Lassalleaner den Bebelianer Konrad Zimmermann umbrachten, nachdem sie sich vor Kurzem erst mit den Eisenachern vereinigt haben? Vielleicht sind sie nicht immer einer Meinung, aber sie sind jetzt in einer Partei. Nein, das ergibt keinen Sinn.«
»Ich sage nur, was man so redet. Wie gesagt, von Politik verstehe ich nichts. Rein gar nix.«
»Und man glaubt nicht, dass ein Kapitalist oder ein Kapitalistenknecht hinter dem Mord steckt?«
»Man weiß doch gar nicht, ob es überhaupt ein Mord war«, zischte Menzel.
»Nee, das kann ja nicht sein. Dass ein Fabrikant auf'n Kirchturm steigt, um wen runterzuschubsen. Kann ich mir nicht vorstellen. Das sind ja feine Leute. Und *das* kann ich beurteilen!«
Schreiber trat aus der Tür. Er war sichtlich nicht mehr angetan von Menzels und Fontanes Begleitung. Mit düsterer Miene stieg er zu ihnen in die Kutsche.

»Was haben Sie herausgefunden?«, fragte Fontane.
Doch der Wachtmeister schüttelte nur den Kopf. Fontane spürte, dass er mit sich rang, doch Schreiber blieb eine Antwort schuldig.
Schweigend fuhren sie zurück nach Eisenspalterei, wo der Wachtmeister noch einmal mit dem Direktorium und mit ausgewählten Arbeitern sprechen wollte. Menzel glaubte, für sein Gemälde noch einiger Skizzen zu bedürfen, und Fontane schloss sich ihm an.
Als der Wachtmeister zur Villa mit dem Bureau schritt, drehte er sich noch einmal nach dem Schriftsteller und dem Maler um. Sein Blick verriet Skepsis. Nachdem er in der Villa verschwunden war, verlieh auch Menzel seinen Zweifeln Ausdruck. »Was wollen Sie eigentlich hier, Lafontaine?«, fragte er grimmig.
»Und Sie, Rubens?«
»Das wissen Sie doch!«, erwiderte Menzel grob.
»Skizzen machen? Wie viele haben Sie schon?«
»Hundert?« Menzel zuckte mit den Schultern. »Oder mehr?«
»Mein lieber Freund, Sie sind der aberwitzigste Perfektionist, den ich kenne. In Wahrheit brauchen Sie keine Zeichnungen mehr – es gibt bestimmt kein einziges Motiv in der Fabrik, das ungezeichnet geblieben ist. Ich kenne Sie doch, Maestro.«
»Das ist Ihre Wahrheit, Schreiberling. Meine sieht anders aus. So, und noch einmal: Was wollen Sie hier? Mir über die Schulter blicken?«
Fontane stippte den Zeigefinger in die heiße Luft: »Exactement!«
Menzel klemmte sich seine Mappen und Utensilien unter den Arm und machte einen resoluten Schritt in Richtung Werkhalle. »Das habe ich gar nicht gern.«
»Dann werde ich mich so aufstellen, dass ich Sie gar nicht sehe.«

»Sie sind einfach unverbesserlich, Lafontaine, mit Ihrer Neigung zum Detektivspiel«, murrte Menzel.

Es bereitete Fontane einige Mühe, die in das riesige Tor eingelassene Tür zu öffnen, die aus dicken Holzbohlen bestand und zweifellos einem Feuer eine gute Weile standhalten konnte. Bereits an der Tür war die mörderische Hitze im Innern zu spüren. Der Eingang war ein wahres Höllentor, über das man getrost hätte schreiben können *Lasciate ogni speranza, voi ch'entrate!* – die Worte Dantes, die zu Fontanes geringem italienischen Sprücheschatz gehörten.

Menzel hatte offenbar einen festen Standpunkt, den er entschlossen ansteuerte; dabei kam er an Schichtmeister Mädewein vorbei, der in der Nähe eines großen Schwungrades stand und ihm zunickte. Obwohl draußen hochsommerliche Temperaturen herrschten, empfand Fontane den Gluthauch in der Halle, zu dem Rauch und pestilenzialischer Geruch kamen, als atemraubend. Dort, wohin Menzel offenbar steuerte, war ein Dutzend Arbeiter damit beschäftigt, ein soeben aus dem Ofen gekommenes glühendes Eisenstück in die erste Walze des Walzenstranges zu schieben. In der dunklen Umgebung blendete die weiße Glut. Fontane kniff die Augen zusammen.

Menzel hatte seinen Standort erreicht und entfaltete dort eine kleine Staffelei, die er in seinem Tornister bei sich trug, da er nicht im Sitzen zeichnen konnte, jedoch eine Auflage für seine Blätter brauchte. Fontane trat zu ihm heran und betrachtete die Arbeiter, die Lederschürzen, Mützen und schwere Pantinen trugen, deren Füße aber nackt waren. Keine anderthalb Ruten von ihm entfernt zogen zwei Männer einen geschmiedeten Eisenblock auf einen Wagen.

»Man könnte Ihr Gemälde auch *Cyclops modernes* nennen«, schrie er zu Menzel hinüber.

»Moderne Zyklopen? Weil Sie Riesen der Arbeitswelt zu sehen glauben, stark und dämonisch? Etwas Derartiges möchte ich eigentlich nicht zum Ausdruck bringen.« Menzel knöpfte seinen Gehrock auf, behielt ihn aber an, auch setzte er den Hut nicht ab. Fontane, der unmäßig schwitzte und dem der Schweiß bereits in die Augen lief, griff sich an den Kopf.

»Lassen Sie ihn lieber auf dem Haupt«, rief ihm Menzel zu. »Falls Funken fliegen. *Cyclops modernes!*«

»Aber es sind die Gehilfen des Vulkan in seiner Schmiede.«

»Nun ja, Gehilfen. Hier sind sie sozusagen der Vulkan selbst, hier stehen sie allein im Mittelpunkt. Sie und die Maschinen. Mais *volcans modernes*? Non!« Entschieden schüttelte Menzel das Haupt und legte ein Blatt Karton auf die Staffelei. Nur einen Lidschlag später war er tief in seine Arbeit versunken.

Nicht weit von ihm hockten mehrere Arbeiter auf einem Karren; sie machten augenscheinlich eine Pause. Fontane trat näher, lüpfte den Hut und deutete eine Verbeugung an.

»Fontane, Schriftsteller und Journalist«, stellte er sich vor. Die Männer sahen ihn skeptisch an.

»Ja?«, fragte ein alter Arbeiter.

»Haben Sie auch vorvorgestern hier gearbeitet?«

Der Alte formte seine Hand wie einen Schalltrichter um die Ohrmuschel: »Wie?«

»Vor-vor-ges-tern! Haben Sie vor drei Tagen hier gearbeitet?«

»Wann?«

Verstand der Alte wirklich nicht? »Vor drei Tagen … als der schreckliche Unfall passiert ist!«

»Unfall?«

War der Alte schwerhörig? Fontane überlegte, ob er sich an einen der anderen wenden sollte, als ihm jemand auf die Schulter tippte. Er fuhr herum und schaute ins Gesicht des Schichtmeisters Mädewein.

»Kommen Sie weg hier, das ist eine gefährliche Zone«, sagte er.

»Aber die Arbeiter …«, setzte Fontane an.
»Die sind die Nähe der Öfen und Schmiedehämmer gewöhnt. Aber Sie, Sie dürfen sich hier nicht aufhalten.«
Bei dem zentralen großen Transmissionsriemen schoben sich Wachtmeister Schreiber und Chefingenieur von Seyfarth durch die Arbeitenden, sodass nicht mehr daran zu denken war, irgendjemandem irgendeine Frage zu stellen. Fontane verließ die Halle. Als er auf den gepflasterten Hof trat, kam ihm die Hitze draußen wie ein Labsal vor.

»Kann ich guten Gewissens abreisen?«, fragte Menzel, als sie ins Hotel zurückgekehrt waren und in der Gaststube einen Kaffee nahmen. Es war später geworden als erwartet, der letzte Zug nach Berlin hatte vor mehr als einer Stunde Neustadt verlassen. »Mir scheint nämlich, dass Sie eine Amme brauchen, Lafontaine.«
»Ich? Eine Amme? Wollen Sie mich beleidigen, Rubens?«
Menzel schaute zum Fenster hinaus auf den Platz, auf dem wieder Markt abgehalten wurde. Er öffnete seinen Ranzen, zog Zeichenkarton und Zeichenkohle hervor und warf rasch ein paar Striche aufs Papier. Unter seinen geschickten Händen entstanden Skizzen der Marktfrauen und ihrer Stände, der Mägde mit ihren Einkaufskörben und auch zweier vornehmer Damen mit weißen Sonnenschirmen, die sicher Badegäste waren.
»Nun, ich werde morgen wirklich abreisen, und ich denke, ich sollte in Berlin ein Billett an Ihre werte Gattin schicken.«
»Und was wollen Sie ihr mitteilen?«
»Das Sie dringend hierher kommen und Sie unter Kuratel nehmen soll.« Menzel lachte. Er war nicht unbedingt als fröhlicher Mensch bekannt, aber nun lachte er.
»Ich bin gar nicht sicher, ob Emilie überhaupt noch in Berlin oder ob sie schon auf dem Weg ins Schlesische ist«, sagte Fontane versonnen.

»Auf jeden Fall bleibe ich diesen Abend noch. Wir können also ein wenig spekulieren«, sagte Menzel.
Für Spekulationen gab es einigen Anlass, nicht nur wegen des bei Zimmermann hinter der Kleidung verborgenen Terzerols. Schreiber hatte sich fast eine halbe Stunde mit den offenkundig Not leidenden Vermietern unterhalten, vom Inhalt des Gesprächs aber nur preisgegeben, dass der Sozialdemokrat sich am Vorabend mit seinen Gesinnungsgenossen im *Eisenfresser* hatte treffen wollen.
»Was eine Absichtserklärung war«, sagte Fontane zu Menzel. »Wir wissen nicht, ob er dort gewesen ist.«
»Richtig. Aber er war auf dem Fest. Sollte er also in dieser Proletarierkneipe gewesen sein, muss er danach noch in die Schicklersche Vorstadt gegangen sein.«
»Wissen wir das sicher? Ich meine, die drei Ziegeleiarbeiter haben es behauptet ... Mir kommt immer noch ominös vor, dass sie Zimmermann haben fallen sehen wollen. Bei Nacht ...«
»Vergessen Sie nicht seinen Schrei!«
»Ja. Aber könnten sie nicht ebenso hinter der Tat stecken? Mein alter Freund und Kupferstecher Kommissar Aschinger hat schon öfter von Verbrechern erzählt, die vorgeben, sie hätten ihr eigenes Opfer gefunden und dann die Polizei gerufen. Sie spielen sogar Entsetzen vor.«
»Entsetzt schienen mir die drei nicht gewesen zu sein. Und wir wissen nicht, ob es wirklich eine Tat gibt.«
»Wir spekulieren unter der Prämisse, es hätte eine gegeben. Oder zwei. Von Aschinger habe ich gelernt, dass ein guter Kriminalbeamter immer die letzten Stunden des Opfers rekonstruiert und ...«
Menzel machte sofort eine ablehnende Handbewegung. »Ohne mich!«
»Aber Sie wissen gar nicht ...«
»Doch! Sie wollen mich dazu bewegen, mit Ihnen in den *Eisenfresser* zu gehen.«

»Die Eichwerderstraße ist nicht weit von hier entfernt.«
»Egal! Keine zehn Pferde kriegen mich in eine solche Kneipe.«
Wenn Menzel sich verweigerte, konnte man mit Engelszungen singen, es war unmöglich, ihn umzustimmen. Fontane versuchte es trotzdem. »Haben Sie sich nicht beklagt, dass es so schwer ist, die Standesgrenzen zu überwinden? Besonders wenn man überheblich ist …«
Menzel schlug mit der flachen Hand auf den Tisch. »Ich überheblich? Ich bin ein Citoyen, Fontane, und kein Mann von Adel, der seine kretinöse Visage zum Himmel erhebt, damit sie niemand sehen kann.«
»Und doch überheben Sie sich, Rubens«, sagte Fontane. »Tagelang haben Sie die Walzwerker bei der Arbeit beobachtet, aber immer schön Abstand gehalten, oder irre ich mich?«
»Was wollen Sie mir unterstellen? Ad eins: Um ein Motiv vollständig zu erfassen, braucht ein Künstler *Distanz*. Ein Maler ebenso wie ein Schriftsteller, will mir scheinen, auch wenn ein Schriftsteller wohl kein Künstler ist.« Fontane schüttelte den Kopf. »Und ad zwei: Der Abstand war auch von den Arbeitern gewollt. Sie wünschten kein Fraternisieren mit dem Mann aus Berlin, der längst gestorbene Könige beim Flötenspiel malt … Verstehen Sie mich, Fontane? Sie würden mit uns kein Fuhrmatz trinken gehen, sowenig wie sie mit dem Chefingenieur oder gar mit Direktor Wittbrodt eins trinken gehen, und das würden sie nicht einmal tun, wenn sich Seyfarth oder Wittbrodt ihnen an den Hals würfen.«
»Weil sie auch ihre Ehre haben?«
»So kann man es nennen. Arbeiterehre. Nicht alle Arbeiter stehen der Geschäftsleitung feindlich gegenüber, denn immerhin sorgt sie ja für Lohn und Brot. Es sind auch keineswegs alle für die Enteignung des Kapitalisten und die Abschaffung des Kapitals. Ich glaube sogar, dass die meisten

Arbeiter konservativ sind und sich dem Kleinbürger verwandter fühlen als dem Sozialisten ... dass ihnen Preußens Glanz und Gloria durchaus etwas bedeutet ... dass sie lieber in der *Gartenlaube* schmökern als im *Volksstaat*.« Menzel zuckte die Achseln und leerte seine Tasse.

Fontane sah ein, dass er bei ihm auf Granit biss, und allein mochte er nicht in den *Eisenfresser* gehen. Er erhob sich. »Zum Fest der Messerschmiede könnten wir doch aber? Ich meine, dass es sich gewiss lohnt, dort Skizzen zu machen. Aus der Distanz natürlich.«

»Lafontaine, Sie sind gerissen.« Menzel grinste. »Skizzen machen, ja? Aus der Distanz? Könnte es sein, dass Sie einen gewissen Ireneusz suchen wollen?«

»In der Menge werde ich ihn kaum finden. Zumal er sicher kein Mal auf der Stirn trägt ...«

»Aber Sie wollen es trotzdem versuchen. Also gut.« Der Maler erhob sich und langte nach seinem Gehrock. »Ich könnte meinem Gemälde *Eisenwalzwerk* gut und gern ein *Fest der Messerschmiede* hinzufügen. Also: On y va?«

»Oui, oui«, erwiderte Fontane und verbarg sein zufriedenes Lächeln, indem er die Schnürung seiner Schuhe kontrollierte.

Auf dem Schicklerschen Markt saßen die Arbeiter dicht gedrängt auf den Bänken, aber der Platz reichte nicht aus. Viele der vor allem jungen Menschen mussten stehen. Das Fuhrmatz wurde aus großen Fässern gezapft und von drei Bierkutschen herab ausgeschenkt, die an drei Seiten des Platzes standen, der eigentlich eher eine Verbreiterung der Schicklerstraße war.

Für Menzel war die Menschenmenge eine Qual, weil es ihm unmöglich war, sie zu überschauen. Fontane dagegen konnte sich einen gewissen Überblick verschaffen, aber gerade das belehrte ihn über die geringen Erfolgsaussichten seines Vorhabens: Wie sollte er hier jemanden ausmachen können?

Als er sich mit einem höflichen »Pardon!« durch das Gedränge zu schieben begann, machte man ihm hie und da bereitwillig Platz, aber er wurde auch mit ärgerlichem Brummen bedacht. Er wandte sich um und erblickte hinter sich die verkniffene Miene Menzels, dem es missfiel, dass Fontane die Vorhut machte, der er zu folgen hatte. Nach einigem Gedränge, sie hatten die erste Bank erreicht, sah Fontane den Sozialdemokraten Paul Strack. Er stand in der Nähe einer Bierkutsche, hatte einen riesigen Humpen in der Hand und kehrte ihnen sofort den Rücken zu. Fontane sah sich um, weil er auch mit Veidt oder Roloff rechnete, aber er konnte sie nicht entdecken.

Menzel zupfte ihn am Ärmel. »Es ist zwecklos. Lassen Sie uns umkehren.«

Fontane nickte. Für einen Augenblick schloss er die Lider und lauschte dem babylonischen Stimmengewirr der großen Menge: Er hörte Berlinerisch, was zweifellos Eberswalder Kanaldeutsch war, aber auch ein paar polnische Laute vernahm er sowie oberschlesischen Dialekt – beides war ihm nicht unvertraut, da er Schlesien durchaus kannte. Ob Emilie wohl schon auf dem Weg nach Liegnitz war, oder war sie womöglich bereits eingetroffen? Sie würde dort unter dem weiten, sich über nahezu endlose Zuckerrübenfelder wölbenden Himmel frei atmen können, was ihm in diesem Gedränge und der Hitze wie ein Traum erschien.

»Was sehen Sie bloß, wenn Sie in Ihr Inneres blicken? Eine endlose Wüste?«, spöttelte Menzel, dem gleichwohl anzuhören war, dass er jede Verzögerung ihrer Rückkehr zum Hotel enervierend fand.

Fontane öffnete die Augen, machte einen Schritt, stieß sich das Knie an einer Kante des langen Tisches, ließ seinen Blick über die Bierkrüge und Kartoffelschnapsflaschen schweifen – und hielt inne: Fast exakt in der Mitte der Tafel saß

Beate Jonas. Sie war nicht allein, sondern befand sich in Gesellschaft des Schichtmeisters Mädewein; zumindest hatte dieser den Platz neben ihr eingenommen und kümmerte sich insofern um sie, als er ihr einen kleinen Schnaps einschenkte, eine Weiberportion sozusagen. Ausgerechnet Mädewein, den Beate doch zu hassen schien? Fontane tippte Menzel, der sich schon durch die Feiernden zurückzuzwängen begann, auf die Schulter und zeigte über den Tisch. Mit bärbeißiger Miene kehrte der Maler zu ihm zurück, schaute in die gewiesene Richtung, verzog das Gesicht noch mehr und sagte: »Die Loeffler bekommt noch recht.«

Es gab keine auffällige Nähe zwischen Beate Jonas und Gotthelf Mädewein, aber Fontane wollte es doch genauer wissen. Also schickte er sich erneut an, sich durch die Menschenmassen zu drängen, jederzeit damit rechnend, aus Versehen mit Bier begossen zu werden; er drehte sich nicht um, damit er Menzel nicht ins Gesicht sehen musste. Schließlich gelangte er an sein Ziel. Mädewein sah ihn als Erster und flüsterte es Beate ins Ohr.

Fontane war, als berühre die Begegnung Beate peinlich. Aber hatte sie nicht auch allen Grund für ein schlechtes Gewissen? Nicht allein dass sie gerade ihren Verlobten verloren hatte, verbot eigentlich, sich so rasch wieder ins Vergnügen zu stürzen, sie hatte auch ein kleines Kind, um das sie sich kümmern sollte.

Fontane nickte den beiden zu. Es war unmöglich, auf der Bank Platz zu finden. Mädewein rückte zwar etwas beiseite, aber er tat es nur, um guten Willen zu demonstrieren; in die entstandene winzige Lücke passte gerade einmal ein schmales Buch, während es eine Schwarte wie Spielhagens *Problematische Naturen* schon schwer haben würde. Seltsamerweise fiel Fontane der erste Satz des dickleibigen Romans ein: *Es war an einem warmen Juniabend des Jahres 1847, als ein mit zwei schwerfälligen Braunen bespannter Stuhlwagen müh-*

sam in dem tiefen Sandwege eines Tannenforstes dahinfuhr. Wieso kannte er ihn auswendig?
»Es geht Ihnen besser, Beate?«, erkundigte er sich.
»Ach, nein«, seufzte sie und blickte zu Boden. Mädewein betrachtete Fontane auf eine Weise, die seinen Unmut über die Störung deutlich zum Ausdruck brachte. »Aber ich muss hinaus, verstehen Sie?« Sie hob das Gesicht ein wenig. »Mir fällt in Lichterfelde die Decke auf den Kopf. Immer muss ich an …« Sie schluchzte und schaute Fontane an. Tränen glitzerten in ihren Augen, und trotzdem hatte er den Eindruck, dass es sich um Theater handelte. »Immer nur Arnold, Arnold, Arnold! Ich brauche Ablenkung.«
Mädewein nickte. Er zog eine Flasche mit einer klaren Flüssigkeit aus der Jackentasche, langte nach zwei schon etwas klebrigen Gläsern und füllte sie, eines bis zum Rand, eines bis zur Hälfte.
»Und Frau Loeffler gewährte einen freien Abend?«
»Die?« In Beates Augen blitzte Hass. »Die möchte mich am liebsten einsperren und anbinden. Nein, ihr Mann, der hat ihn mir gewährt.«
»Und nun vergnügen Sie sich ein wenig?«
»Nicht vergnügen!«, mischte sich der Schichtmeister ein. »Sie haben doch gehört, was sie sagte: Sie muss sich ablenken. Auf andere Gedanken kommen.«
»Wobei Sie ihr helfen?«
»Ich bin ja auch für die Arbeiter verantwortlich. Natürlich schaue ich zu, dass … Na ja, wenn es einen Unfall gibt, muss man sich doch um die Hinterbliebenen kümmern.«
Ein junger Arbeiter, eher noch ein Lehrling, der direkt neben Mädewein saß, stemmte sich mit beiden Armen von der Tischplatte in die Höhe. Mit einer unmissverständlichen Geste bedeutete er seinen Trinkkumpanen, dass er hinaus müsse, und schwankend schob er sich an Fontane vorbei. Der wollte den freien Platz sofort okkupieren, doch Menzel

war schneller. Er hatte noch nicht einem Schritt gemacht, da saß Menzel schon und bedachte den Freund mit einem triumphierenden Lächeln.
»Das ist ja sehr ehrenwert, dass Sie sich um Beate kümmern«, bemerkte Fontane ärgerlich.
»Aber wer kümmert sich um das Kind?«, fragte Menzel.
Mädewein schob das halb gefüllte Glas mit einer abrupten Bewegung in Beates Richtung: »Gott, sehen Sie denn nicht, dass sie in Trauer ist? Was sind Sie nur …?«
Beate starrte auf das Glas vor sich und sagte: »Frau Loeffler behandelt mich schlecht, aber zu meinem Kind ist sie gut. Sie kann ja wohl selbst keine Kinder kriegen …« Sie schlug mit der flachen Hand auf den Tisch, haarscharf neben das Schnapsglas. »Aber wegnehmen lasse ich es mir nicht!«
»Und wenn das Kleine Hunger hat?«
»Dafür gibt's eine Amme im Dorf«, erwiderte die junge Frau.
Plötzlich wurde die Lage brenzlig. Der mutmaßliche Lehrling kehrte zurück und fand seinen Platz von Menzel besetzt. Nun hatte bei diesem Fest zweifellos niemand ein Anrecht auf einen bestimmten Sitz, aber Menzel war kein Arbeiter, zumindest keiner, der dem Vierten Stand angehörte, und das nahm ihm der Junge offenbar übel.
»Steh auf!«, fuhr er ihn an. »Da hab ich gesessen!«
Menzel, immerhin fast sechzigjährig, entgegnete scharf: »Hat dich dein Vater nicht Respekt vor dem Alter gelehrt? Nein? Das lernen junge Leute heutzutage nicht mehr, was? Oder sie vergessen die Lektion schnell wieder.«
»Kapitalistenknecht!«
»Was bildest du dir ein? Ich bin zwar kein Fabrikarbeiter, aber ich bin gleichwohl auch Handarbeiter – so wie du.«
Ein paar umstehende ältere Arbeiter verhinderten eine handfeste Auseinandersetzung, indem sie den Lehrling beauftragten, für sie Bier zu holen. Mädewein stand auf. Fontane und

der Maler hätten ihm den Abend verdorben, sagte er ärgerlich, dann schob er sich durch die Menge in Richtung Schicklerstraße. Als Fontane sich wieder zur Bank umwandte, bemerkte er, dass Beate die Gelegenheit genutzt hatte, um zu verschwinden.
Doch schon wenig später sah er sie wieder. Gemeinsam mit Menzel hatte er den Markt verlassen, da erkannte er auf Höhe der Forstakademie Beate Jonas und Paul Strack, die sich anscheinend angeregt unterhielten. Als Strack die beiden sich nähern sah, sagte er etwas zu Beate; sie verabschiedeten sich voneinander, und Beate wandte sich nach links und folgte der Schwärze, Strack ging geradeaus in Richtung Markt, von wo er vielleicht zu der Unterkunft der Ziegeleiarbeiter nach Macherslust wandern wollte, vielleicht auch nur bis in den *Eisenfresser*.
Menzel und Fontane folgten der jungen Frau, ohne sich darüber verständigen zu müssen. Als sie sich auf Höhe der Schwärze befanden, sahen sie Beate mehr als zwanzig, fünfundzwanzig Ruten entfernt vor sich. Sie war nicht allein. Ein Mann begleitete sie, und obwohl man ihn nur von hinten sah, war Fontane auf Anhieb überzeugt, dass es sich um Gotthelf Mädewein handelte.

Im *Hotel zum Deutschen Haus* begab sich Menzel nach dem Abendessen umgehend auf sein Zimmer, um seine Habseligkeiten zu packen, während Fontane an die Rezeption trat, auf deren Tresen wie immer das *Oberbarnimer Kreisblatt* lag. Er nahm die aktuelle Ausgabe und ging mit ihr zu einem der Sessel, die in einer gemütlichen Ecke standen, abgetrennt von der kleinen Halle durch eine Art Pergola. Er blätterte durch die Zeitung: Auf Seite fünf des Kreisblattes fand er eine Nachricht über den Unfall im Walzwerk. *Schreckliches Unglück in Neustädter Fabrik*, war sie überschrieben, der Text selbst war kurz:

Neustadt-E/W. In der Eisenspalterei AG hat sich soeben ein fürchterlicher Unfall ereignet, bei dem ein junger Arbeiter zu Tode kam. Die Umstände dieses Ereignisses werden auf Befehl des Landrates des Oberbarnimer Kreises von einer Gendarmerie-Abteilung untersucht; auch wurde ein Fabrikinspektor eingeschaltet. Man nimmt allgemein an, dass ein Zusammenhang des Unglücks mit dem bekannten Fest der Messerschmiede besteht, weil Alkoholgenuss als Unfallursache nicht ausgeschlossen werden kann. E.W.-N.

Hinter dem Kryptogramm verbarg sich sicher der Schreiber der Zeilen, der vielleicht in Eberswalde wohnte oder der nach dem Hörensagen arbeitete – Fontane mochte darüber nicht weiter nachdenken, aber es konnte nicht schaden, sich das Kürzel wenigstens zu merken. Er notierte es sogar in sein Notizbuch, das er immer bei sich trug. Da er von seinem Sessel aus die Hoteltür im Blick hatte, sah er Menzel die Treppe hinunterkommen. Im selben Augenblick stürmte Wachtmeister Schreiber in die Halle und trat an die Rezeption. Fontane stand auf und begab sich hinüber. Schreiber schien außer Atem, er nahm die Pickelhaube ab und wischte sich mit einem Tuch den Schweiß von der Stirn.

»Mit Ihnen wollte ich sprechen«, sagte er knapp.

»Ist etwas vorgefallen?«, fragte Fontane gepresst. »Noch ein Unfall?«

Schreiber schüttelte den Kopf. Er senkte die Stimme und erwiderte: »Amtsrichter Berg hat mich in sein Büro bestellt und mich Maß genommen. Wie ich mich anheischig machen könne, in der Behausung Zimmermanns herumzuwühlen, der ja wohl von einem Gerüst gefallen sei, das nicht in seinem Zimmer stand. Eine derartig herablassende Behandlung habe ich mir lange nicht gefallen lassen müssen, Leutnant von Grünberg ist daneben ein Waisenknabe. Jedenfalls ist die Untersuchung beendet.«

»Auch für Beutler?«, fragte Menzel überrascht.

»Nur was die Eberswalder Gendarmerie betrifft. Laut Richter Berg handelt es sich um zwei Unfälle, die aufgrund fataler Verknüpfungen so dicht aufeinander folgten, aber nichts miteinander zu tun haben. Leichtsinn und Schicksal – diese beiden Worte fielen wohl ein Dutzend Mal. Tja, meine Herren, das wäre es dann. C'est la vie!« Er zuckte mit den Achseln.

»Aber was meinen denn Sie?«, wollte Fontane wissen. »Schließen Sie sich dem Richter an?«

»Das ist völlig unerheblich. Die polizeiliche Enquête ist eingestellt. Was ich denke und fühle … ach, herrje! Ich bin Gendarm und gehorche Befehlen. Gehaben Sie sich wohl.« Schreiber setzte die Haube auf und strich über den Uniformrock. »Nach zwei, drei Tagen in Berlin haben Sie die Sache sowieso vergessen. Auf Wiedersehen!« Er schlug die Absätze zusammen, wandte sich zur Tür und ging hinaus auf den Marktplatz. Menzel und Fontane wechselten einen Blick.

»Recht hat er«, meinte der Maler. »Zwei, drei Trage im Trubel der Hauptstadt, und die hiesigen Ereignisse werden zur Anekdote, bevor sie im Vergessen versinken. Wenn Sie Ihre Mission bezüglich der Sparrs erfüllt haben, können Sie mich doch morgen begleiten.«

»Ich weiß nicht.«

»Was haben Sie denn hier noch zu tun? Sie haben das Lichterfelder Schloss gesehen und mit dem prophetischen Knecht gesprochen. Sie waren bei dem Fabrikanten Schinkel und haben die Gegend in Augenschein genommen – den Rest erledigen Sie in der Königlichen Bibliothek. Ich frage mich ohnehin, wieso Sie reisen, wo Sie doch lesen können?«

»Ich weiß nicht recht«, wiederholte Fontane unentschlossen, »ein, zwei Tage bleibe ich wohl noch.«

»Na, dann reiten Sie mal weiter Ihr Steckenpferd.« Menzel schüttelte den Kopf und wandte sich zur Gaststube. »Ich jedenfalls reite morgen das Dampfross, und nichts kann mich halten.«

Fontane ging auf sein Zimmer, wo er eine Weile ruhelos auf und ab ging. Dann rief er nach dem Dienstjungen und ließ sich Papier, Tinte und Feder bringen, und während durch das offene Fenster hin und wieder das Geräusch von Schritten oder luftbereiften Rädern drang, schrieb er einen Brief an den Berliner Kriminalkommissar Aschinger. Auf dessen Hilfe konnte er nicht rechnen, nicht hier in Neustadt-E/W. Aber vielleicht mit dessen Rat.

Für ein angemessenes Pourboire war der Hotelpage bereit, Fontane mit dem Fuhrwerk des Hotels zum Bahnhof zu kutschieren. Da Stationsvorsteher Kniep höchstselbst den Morseapparat bediente, ließ sich nicht vermeiden, dass er auch vom Inhalt der Depesche Kenntnis erhielt. Als preußischer Beamter war Kniep ein Mann, der Stillschweigen wahren konnte, und Fontane bat ihn inständig, das Kabel möglichst umgehend zu vergessen. Der Stationsvorsteher schaute ihn mit einem schwer zu deutenden Ausdruck an, vielleicht eine Mischung aus Bewunderung und Verachtung, und versprach, dass kein Sterbenswörtchen über seine Lippen käme.

Es war schon fast dunkel, als sie den Bahnhofsvorplatz verließen. In der Eisenbahnstraße waren sämtliche Gaslaternen entzündet, und hoch über den Häusern und Fabrikgebäuden stand eine schmale Mondsichel. Auf der Straße war wenig Betrieb; vier Männer in ausgelassener Stimmung näherten sich von der Stadt her, rechterhand war ein einsamer Passant im Cutaway unterwegs, dessen Schwanken bedrohlich wirkte und der Mühe hatte, sich überhaupt auf dem Beinen zu halten. Sein Bowler hatte sich so weit geneigt, dass er jeden Augenblick zu Boden fallen konnte. Fontane sah den Mann zwar von hinten, aber er war sicher, dass es sich um den Fabrikinspektor handelte, und so gab er dem Pagen den Befehl, ihn zu überholen und zu halten. Er stieg von der Kutsche und wartete.

Beutler sah furchtbar aus. Nicht nur der offene Cut verriet, dass er nicht mehr in der Lage war, sich herzurichten, auch die Weste war falsch geknöpft und der Binderknoten hatte sich geöffnet, sodass die Enden traurig über die Brust herabhingen. Die kleinen Augen und die aufgequollenen Wangen verrieten, dass sich der Mann wieder zu lange in irgendeiner Wirtschaft aufgehalten hatte. Beutler stierte Fontane an und schien ihn nicht zu erkennen. Nach einer Weile jedoch formte er mühsam die Worte »Sie sind der Schriftsteller«, dann nickte er, kicherte und wollte seinen Weg zu Fuß fortsetzen. Doch nach einem Schritt schon knickte er um und fiel Fontane in die Arme.

Es war ein mühsames Geschäft und nur mit Hilfe des Pagen zu bewältigen, Beutler auf das Fuhrwerk zu verfrachten. Er protestierte sinnlos, gab an, noch alle Gasthäuser Neustadts aufsuchen zu wollen und hernach – alle Frauen! Die vier Männer, vielleicht Gäste des Messerschmiedefestes, waren stehen geblieben und lachten.

Der Page fuhr besonders vorsichtig, aber Beutler schwankte dennoch wie Riedgras im Wind. Vom Hotel leuchteten ihnen warm die Fenster des Gastraumes entgegen, und auch die Laterne über dem Eingang verbreitete ein anheimelndes Licht. Fontane und der Junge hakten Beutler unter, der aber strauchelte schon am Treppenansatz. Sofort eilte der Wirt herbei und schlug die Hände über dem Kopf zusammen. Gemeinsam beförderten sie Beutler in den ersten Stock und auf sein Zimmer, wo sie ihn erst einmal in einen Sessel setzten. Fontane schickte den Pagen kaltes Wasser holen und bat den Wirt, ihn mit dem Inspektor allein zu lassen. Dann schloss er die Tür.

Beutler hatte sich erhoben und war an den Kleiderschrank getreten. Noch immer hatte er Mühe, sich aufrecht zu halten,

aber es gelang ihm doch, die Schranktür zu öffnen. Schon hielt er eine Flasche aus grünlichem Glas in der Hand, entkorkte sie mit dem Mund, und sofort verriet der Geruch den Inhalt. *Gut ... brand seit Anno 18..*, las Fontane auf dem Etikett.
Beutler setzte die Flasche an den Hals, nahm einen gewaltigen Schluck und stürzte wieder in den Sessel. Fontane wusste, dass es Trinker in allen Schichten gab und dass diese Unsitte oder Sucht nicht nur dem vierten Stand vorbehalten war, gleichwohl war er erschüttert. Ein trunksüchtiger Fabrikinspektor, der zwei *Unfälle* ausgerechnet auf übermäßigen Alkoholgenuss zurückführte ... ein Trauerspiel.
»Warum müssen Sie nur so viel trinken?«, fragte er, wobei die Frage gar nicht an den Inspektor, sondern eher an alle haltlosen Zecher der Welt gerichtet war.
»Was soll ich ... soll ich sonst tun an den langen Abenden auswärts?«, erwiderte Beutler erstaunlich deutlich.
»Aber wenn Sie zurückkehren von Ihren Enquêtes, erwartet einen Mann wie Sie doch sicher eine Familie?«
»Nichts erwartet mich.« Beutler schluckte. »Nicht einmal ein Hund.«
Der Schrecken der Einsamkeit in den großen Städten, dachte Fontane, aber er sagte: »Aber Sie werden doch Angehörige haben, Eltern, Geschwister ...«
»Eltern! Das ist doch wohl das Widerwärtigste, was uns Menschen angetan wird: Eltern zu haben. Sie erbleichen? Sind Sie gar Vater? Wer weiß, vielleicht pflanzen auch Sie Tag für Tag tiefen Hass in die Brust Ihrer Kinder? Nein, das können Sie nicht wissen!« Beutler lachte hysterisch. Auf dem Flur waren Schritte zu hören. Fontane öffnete und schaute hinaus. Der Page brachte das Wasser. Er bedeutete ihm, die Schüssel auf dem Boden abzusetzen und sich davonzumachen.
»Eltern!«, rief der Inspektor. »Was gäbe ich drum, wenn man sie sich aussuchen könnte. Auch wenn es jetzt zu spät ist.«

Fontane schloss die Tür. »Immer wurden mir die älteren Brüder vorgehalten ... Ja, August Wilhelm, der ist schon Geheimer Kanzleirat – und du? Und Gustav Maria ist Oberbeamter bei Borsig – und du? Und wie gut verheiratet sie sind!« Er nahm einen großen Schluck. »Da kann man doch nur mit dem Trinken anfangen, oder? Huren statt Hochzeit, Schnaps statt Titel ... ach, Willibald Beutler, aus dir ist nichts Rechtes geworden und wird auch nichts mehr!«

Der Kopf sank ihm auf die Brust, aber die rechte Hand hielt noch immer die Flasche umklammert. Fontane entwand sie ihm. *Guter Lichterfelder Kartoffelbrand seit Anno 1823*, stand auf dem Etikett. Beutler hatte seinen Schnaps also von der Lichterfelder Brennerei bezogen. Vermutlich gab es auf allen oder den meisten Gütern der Umgebung Brennereien, die einen Teil der Kartoffeln und vielleicht auch des Getreides in allerlei Brände verwandelten.

Fontane schüttelte den Kopf. Er ließ den schnarchenden Beutler, wo er war, öffnete weit das Fenster, löschte das Licht der Petroleumlampen und verließ das Zimmer. Aus der Gaststube drangen die Geräusche einer angeregten Unterhaltung, aber er begab sich auf sein Zimmer, aus dem ihm die Luft einer finnischen Schwitzstube entgegenschlug.

Ein Gewitter, dachte er, ich bete um ein Gewitter!

Nachdem er sich Stunden schlaflos im Bett gewälzt hatte, wurde sein Gebet in den frühen Morgenstunden erhört. Es krachte und blitzte, und eine Sintflut ergoss sich über Neustadt-Eberswalde. Eine Stunde lang tobte die Natur.

Danach war es keinen Deut kühler.

Sechstes Kapitel

Freitag, 30. Juli 1875

Die Glocken von St. Maria Magdalena schlugen elf, als sich Fontane in der Gaststube des *Deutschen Hauses* zu einem zweiten Frühstück niederließ. Zuvor hatte er Menzel zum Bahnhof gebracht, der den ersten Personenzug genommen hatte, der um sieben Uhr fünfzehn Stettin verließ und von Neustadt-E/W. sechs nach zehn abfuhr. Da die preußischen Staatsbahnen ihrem Namen alle Ehre machten und fast immer pünktlich waren, würde der Malerfürst in fünfundzwanzig Minuten den Stettiner Bahnhof an der Invalidenstraße in Berlin erreichen. Unverständlicherweise war Menzel III. Klasse gereist, obwohl er sich doch mindestens II. leisten konnte … Wobei, dachte Fontane, das so unverständlich doch nicht war, der Herr Professor war nun einmal geizig.

Eigentlich wollte er nur einen Kaffee trinken, doch der Wirt nötigte ihm ein Brot mit frisch mit Äpfeln und Grieben ausgebratenem Schmalz auf, und dagegen war Widerstand zwecklos.

Die Kirchglocken schlugen Viertel zwölf, und von der Breiten Straße, der Kirchgasse und der Brautstraße näherten sich mehrere Droschken der Konditorei Zietemann am Markt. Fontane trank den letzten Schluck, da verließen mehrere Männer Zietemanns Etablissement. Einige waren ihm bekannt: die Direktoren Wittbrodt und Schinkel, Chefingenieur von Seyfarth, Amtsrichter Berg. Insgesamt waren es neun

Herren, allesamt sonntäglich gekleidet: Sie trugen schwarze Gehröcke, Krawatten und Zylinder.

Fontane spürte den Wirt sich nähern, und bevor er den Blick wenden konnte, fragte dieser schon: »Noch Kaffee gefällig? Ich habe noch genug für eine Tasse auf dem Herd.«

»Gern.«

Der Wirt folgte Fontanes Blick. »Ah, Sie haben einige der führenden Honoratioren Neustadts im Fokus«, meinte er. »All diese Herren befleißigen sich der Bonhomie. Die Armut ist ihnen ein Gräuel, und sie versuchen, die Not zu lindern, wo sie nur können.«

Die Männer hatten sich inzwischen voneinander verabschiedet und begannen, ihre Droschken zu besteigen. Dabei wurde von Seyfarth eingeladen, Direktor Wittbrodt zu begleiten, und auch der Amtsrichter und ein Fontane unbekannter Mann bestiegen gemeinsam eine Chaise.

»Nehmen sie sich jeglicher Form von Armut an?«, wollte Fontane wissen.

»Keineswegs. Nur der unverschuldeten Armut. Wer durch Faulheit, Trunksucht, Unzucht und umstürzlerische Tätigkeit in eine Notlage geraten ist, der bekommt nicht Mark noch Pfennig. Vor allem helfen sie mittellosen Arbeitern und ganz besonders Witwen und Waisen.«

»Gute Menschen«, murmelte Fontane vor sich hin. Die Droschken rollten eine nach der anderen von dannen.

Der Wirt zuckte mit den Schultern.

»Ich bringe Ihnen dann den Kaffee«, sagte er.

Die Frage hieß nicht Sein oder Nichtsein, sondern Droschke oder Fußwanderung. Um sich nichts vorzuwerfen, wollte Fontane sich noch einmal nach Lichterfelde begeben, um letztes Wissen über die Sparrs aus wem auch immer zu pressen – und um sich ein wenig mit der Schnapsherstellung zu befassen.

Gegen die Droschke sprachen die Gebote der Sparsamkeit: Würde er zu viel ausgeben, bekäme er es mit Emilie zu tun. Gegen eine Fußwanderung sprach, und zwar lauter, das Wetter. Er feilschte sozusagen mit sich selbst. Die Sparsamkeit verlor.

Der Hoteljunge wurde zu Beetz geschickt, der auch prompt nach einer Viertelstunde eintraf. Ausgerechnet zur Mittagsstunde, unter gleißender Sonne und in staubtrockener Luft, machte man sich auf den Weg. Die Pferde trotteten, der Kutscher wirkte missgelaunt.

»Was ist mit Ihnen, Beetz?«, erkundigte sich Fontane nach einer Weile.

»Ich mache nur meine Arbeit.« Der Kutscher hob die Peitsche. Die Pferde liefen davon nicht schneller.

»Daran zweifle ich nicht. Aber was wollen Sie mir damit sagen?«

»Ganz Neustadt spricht von Ihrem Telegramm!«

»Beetz!«, entfuhr es Fontane, dabei hätte er eher *Kniep!* rufen müssen. »Welches Telegramm?«

»An die Polizei in Berlin.«

»Ich habe kein Telegramm an die Polizei in Berlin geschickt.«

»Nein?« Beetz warf einen scheelen Blick über die Schulter.

»Nein. Mein Telegramm ging an einen Kriminalkommissar, mit dem ich persönlich bekannt bin. Wer hat Ihnen eigentlich von dem Kabel berichtet?«

Beetz hob demonstrativ die Schultern.

»Stationsvorsteher Kniep?«

»Ich weiß es von anderen Kutschern.«

»Aber die haben es von Kniep, nicht wahr? Als sie am Bahnhof auf Kundschaft warteten, hat er es ihnen brühwarm aufgetischt. Und nun ist es Ihnen nicht recht, mich zu chauffieren? Fürchten um Ihren Ruf, weil ich einem Polizeikommissar telegrafiert habe?«

»Ich sage doch: Ich mache nur meine Arbeit!«
Sie hatten die Arbeitersiedlung erreicht, in der Konrad Zimmermann gewohnt hatte, und plötzlich hatte Fontane eine Eingebung. Eine Eingebung, die, in die Tat umgesetzt, ihm allerdings leicht den Unwillen des Gendarmerie-Wachtmeisters zuziehen könnte … Aber erst einmal musste er mit Beate Jonas sprechen, denn er brauchte Kösters Adresse.
Gut Lichterfelde lag wie tot im Sonnenglast, aber der Anschein täuschte, denn kaum dass Beetz' Gefährt das Tor passiert hatte, wurde die große Flügeltür des Schlosses geöffnet – und Amtsrichter Berg trat heraus. Ihm folgte der Herr, der am Markt zu ihm in den Wagen gestiegen war, und sofort kam hinter einer Ecke ein kleiner barfüßiger Junge hervorgeschossen, der über den verbrannten Rasen zum Tor lief, wohl weil auch der Kutscher der beiden Herren die Wartezeit in der Bauernschänke totschlug. Beetz ließ den Wagen ausrollen, Fontane sprang auf den Kiesweg. Richter Berg schaute ihm mit einer Mischung aus Misstrauen und Verachtung entgegen.
»Ah, der Herr Schriftsteller«, sagte er mit herablassendem Unterton.
»Dieser Herr aus Berlin, von dem du mir erzählt hast?«, mischte sich sein Begleiter ein, ein breitschultriger Mann, der den Richter um ein paar Zoll überragte und aussah, als könne er kräftig zupacken. Eine dicke goldene Uhrkette und eine brillantbesetzte Krawattennadel zeigten, dass er zum wohlhabenden Teil der Bevölkerung gehörte. »Mach uns doch bitte bekannt!«
»Ja, das ist der Herr …?«
»Fontane. Theodor Fontane.«
»Sehr erfreut.« Der Großgewachsene entledigte sich seiner weißen Glacéhandschuhe und bot seine Rechte dar. In Fontanes Ohren klang es wie: nie gehört. »Schmidt. Direktor Schmidt. Auch aus Berlin.«

»Dann kuren Sie wohl in Neustadt?«, wollte Fontane wissen.
»Oh, nein, im Sommer wohne ich hier. Direkt am Gesundbrunnen, also in der Brunnenstraße. Ich bin Bauunternehmer, wissen Sie? Ich habe bei Neustadt – in der Nähe der Irrenanstalt und auf dem Weg nach Machersluft – ein großes Tonvorkommen und eine Ziegelei erworben. Und ich habe mich in die Natur dieses Landstrichs – ich scheue mich nicht zu sagen – verliebt.«
»Vermutlich sind Sie mit dem Rittergutsbesitzer Karbe gut bekannt«, schoss Fontane einen Pfeil ins Blaue.
»Flüchtig, sehr flüchtig. Außerdem wissen wir, dass er gar nicht hier ist. Nein, wir haben uns um die arme Beate Jonas und das Kind zu kümmern; das empfinden wir als unsere Pflicht.«
Der Kutscher des Richters oder des Bauunternehmers fuhr vor.
»Nachgerade patriotische Pflicht«, ergänzte Berg unwillig.
»Sollten Sie länger in Neustadt verweilen, so besuchen Sie mich unbedingt«, sagte Schmidt und reichte Fontane eine Carte de visite. »Ich bin sehr an Literatur interessiert, und meine Frau … Mein Gott, sie wird nicht von Ihrer Seite weichen.«
Mit einem Lächeln stieg Schmidt in den Wagen. Berg folgte ihm mit unverwandt arroganter und ablehnender Miene.
»Guten Tag, Herr Fontane«, sagte Majordomus Loeffler, der eben in der Tür erschienen war. Mit lautem Räderknirschen entfernte sich die Kutsche, rollte vom Hof und verschwand hinter der Mauer.
»Einen guten Tag«, erwiderte Fontane. »Ich darf doch eintreten?«
»Aber gern.« Loeffler machte einen Schritt beiseite und ließ dem Gast den Vortritt. »Ich habe allerdings nicht besonders viel Zeit. Sie treffen uns in einer gewissen Aufregung an«, fügte er hinzu.

»Aufregung? Was ist denn geschehen?«

»In der vergangenen Nacht ist in die Gutsbrennerei eingebrochen worden«, entgegnete Loeffler und schloss die Tür. »Nun schon zum dritten Mal.«

»Und es wurde vom guten *Lichterfelder Kartoffelbrand* gestohlen?«

»Nein, eben nicht. Nur Flaschen. Zum dritten Mal nur Flaschen. Die auch einen gewissen Wert darstellen, das sollte man nicht vergessen, aber Reichtümer kann man mit ihnen nicht anhäufen, abgesehen von einem sinnlosen Reichtum an Flaschen.« Ein ironisches Lächeln huschte über sein Gesicht. »Vielleicht kann man sie der Glashütte in Neuglobsow verkaufen, die sie einschmilzt oder gar vielleicht nur reinigt? Es ist verwirrend, denn eigentlich trifft das Wort Einbruch gar nicht zu. Die Tür wurde bei Nacht mit einem Schlüssel geöffnet, dann wurden an die vierzig, fünfzig Flaschen fortgeschafft – und niemand will etwas gehört oder gesehen haben.«

»Wer hat denn aber einen Schlüssel?«, fragte Fontane interessiert.

»Der Brennmeister, der in Heegermühle wohnt, Herr Karbe und ich. Im Moment habe ich auch den Schlüssel des Herrn Karbe in Verwahrung. Beide sind in meiner Wohnung unter Verschluss.«

»Dann liegt es doch nahe, dass der Brennmeister …«, begann Fontane, wurde aber von Frau Loeffler unterbrochen, die im Vestibül erschien, wieder einmal das Kind der Beate Jonas auf dem Arm.

»Ich hörte Stimmen«, sagte sie, augenscheinlich enttäuscht, dass Fontane ohne Menzel erschienen war. »Willkommen, Herr Fontane. Was führt Sie zu uns?«

»Ich habe noch ultimative Fragen zur Geschichte des Hauses …«

»Hatten Sie die nicht schon bei Ihrem letzten Besuch?« Frau Loeffler legte die Stirn in Falten.

»Ja, Sie haben recht … Aber nachdem ich in Neustadt Herrn Schinkel von der Chemischen Fabrik, einen Kenner der örtlichen Geschichte, befragt habe, wurden *mes questions* nicht weniger. Es ist die alte Geschichte: Man ergreift einen Zipfel der Wahrheit und merkt, an ihm hängt die ganze Welt. Und dann komme ich hierher, und sofort wird meine Neugierde angestachelt: Mit Verlaub, aber untersucht der Herr Amtsrichter den Flaschendiebstahl?«

»Amtsgerichtsrat«, berichtigte Frau Loeffler. Das Kleine auf ihrem Arm begann sich zu rekeln.

Ihr Mann sagte: »Für Flaschendiebstähle bemüht sich der Richter nicht persönlich, das überlässt er der Gendarmerie. Nein, er und Fabrikdirektor Schmidt überbrachten eine Zuwendung für Beate.«

»Die ich sofort an mich genommen habe!«, ergänzte Frau Loeffler. »Das Mädchen weiß doch mit Geld nicht umzugehen und wird nur übermütig … noch übermütiger, wenn ich nicht aufpasse. Wir werden das Geld mündelsicher anlegen, für ihn.« Sie deutete auf das Kind. »Dann hat er vielleicht einmal bessere Aussichten als seine Mutter.«

Fontane enthielt sich jeglichen Kommentars, registrierte aber für sich, dass sich die Loeffler Gedanken um die Zukunft eines fremden Kindes machte, fast so, als handle es sich um das eigene.

»Wie hoch ist denn die Zuwendung?«

»Zehn Mark.«

»Zwei Goldfüchse? Donnerwetter!«

Frau Loeffler runzelte die Brauen zum Zeichen, dass sie ein solches vulgäres Wort nicht benutzte, wiegte das Kind und ging langsam zu der Tür, die in den Park führte.

»Wen soll ich rufen? Oder kann ich Ihnen meine Kenntnisse zur Verfügung stellen?«, fragte Loeffler.

»Wieso bekommt Beate Jonas eine Zuwendung von diesen Herren?«

»Dies Faktum hat Ihr Interesse an den Sparrs wohl in den Hintergrund gedrängt? Bonhomie, mon cher. Die Herren gehören der Vaterländischen Gesellschaft der Freunde des Kaisers an, der Amtsgerichtsrat Berg und der Fabrikdirektor Schmidt … Entre nous: Das ist ein Bauspekulant übelster Sorte.« Loeffler hob beide Hände. »Ich habe nichts gesagt. Er muss in der Gründerzeit Millionen gemacht haben. Schauen Sie sich nur seine Villa in der Brunnenstraße an – das reinste Märchenschloss. Aber zurück zum Geld: Die beiden haben einige Zeit nach dem ersten Streik, der unsere Gegend jemals erschütterte, diese Gesellschaft gegründet. Um unverschuldet in Not geratene Vertreter des vierten Standes zu unterstützen.«
»Halten Sie diese Selbstlosigkeit für eine Herzenssache?«
»Altruismus, sagt man wohl auch? Nein. Kommen Sie!« Loeffler öffnete die Tür zum Salon und ließ Fontane eintreten. »Nein, ich verstehe nicht, warum die Vaterländische Gesellschaft Beate unterstützt.«
»Sie meinen, weil sie in wilder Ehe lebte?«
»Oh, nein, das ist es nicht. Sie war schließlich mit Köster verlobt, war seine Braut … Aber das Kind! Ein Kind vor der Ehe! Die Herren empfinden vaterländisch, und das heißt ja wohl, moralisch … nun, sagen wir: prinzipienfest.«
»Empfinden Sie nicht vaterländisch? Sind Sie kein Patriot?«
»Wissen Sie«, Loeffler deutete auf einen der Sessel, und Fontane nahm Platz, »ich habe unsere Gegend nie verlassen. Während die Herren viel gereist sind, Paris, London und Rom kennen, von all den Casino- und Badeorten zu schweigen. Nicht alle natürlich … Ich meine, nicht alle von ihnen sind reiselustig, aber viele. Und trotzdem … Als junger Mann habe ich ein paar Semester an der Forstakademie studiert, und ich habe mir sechs Sprachen selbst beigebracht, sogar Polnisch. Ich weiß, einem Gutsverwalter traut man keine höhere Bildung zu; man meint, der kenne nur Kar-

toffelsorten. Was will ich sagen? Wenn vaterländisch bedeutet, nicht über den eigenen Tellerrand zu gucken und selbst in Neapel zu erwarten, es möge gut preußisch zugehen, dann bin ich kein Patriot. Wenn Patriotismus allerdings einen wohlwollenden Blick auf andere Völker erlaubt, mir nur möglich durch Lektüre – dann bin ich vaterländisch durch und durch.«

»Ich verstehe.« Fontane nickte. Loeffler hatte sich inzwischen ebenfalls gesetzt. »Sie kennen keine Voreingenommenheit gegenüber Beate und wollen ihr helfen. Besser gesagt, dem Kind.«

Loeffler senkte den Blick. »Meine Frau hat einen Narren an dem Kleinen gefressen …«

»Manchmal sieht es aus, als wäre sie selbst gern seine Mutter«, sagte Fontane unbedacht.

»Mein Herr!« Der Verwalter fuhr in die Höhe. »Was erlauben Sie sich? Meine Frau handelt aus reiner Güte, und Sie … Sie …«

»Pardonnez-moi!« Reine Güte, dachte Fontane, und eben sagt er noch, dass er nicht an Altruismus glaubt. »Ich hoffe nur, dass Beate Jonas diese Hilfe auch zu schätzen weiß.«

»Noch vielleicht nicht.« Loeffler fuhr sich nervös über das Gesicht.

Es klopfte an der Tür, und bevor Loeffler öffnen konnte, stand bereits Wachtmeister Schreiber im Raum. Überrascht von Fontanes Anwesenheit, schlug er andeutungsweise die Hacken zusammen.

»Ah, Monsieur Fontane! Bon jour! Herr Loeffler, wir fahren dann.«

»Haben Sie mit allen gesprochen?«

»Mit allen, die wir erreichen konnten.« Schreiber fixierte Fontane kurz, dann wandte er sich wieder an den Verwalter. »Sie vermissen wirklich keinen der Schlüssel?«

»Nein, beide sind da.«

»Irgendjemand muss doch aber Zugang zu ihnen gehabt haben.«
»Ich bewahre sie nicht einmal im Büro auf, sondern in meiner Wohnung«, erklärte Loeffler. »Dort schaltet und waltet meine Frau … Also, ich wüsste wirklich nicht …«
»Hatten Sie vielleicht Besuch?«
»Wir empfangen selten Besuch. Meistens sind es die Verwalter anderer Güter. Oder frühere Studienkollegen.«
»Verwalter anderer Güter? Die auch brennen?«
»Nein. Außer uns …« Loeffler überlegte. »Beschwören kann ich es nicht, aber … Sie müssen wissen, dass sich in unserer Gegend allein in Lichterfelde und in Hohenfinow eine gutsherrliche Eigenwirtschaft entwickelt hat, wie sie eigentlich für die ostelbischen Verhältnisse typisch ist. Ich glaube, dass es auch nur auf diesem Grundbesitz gutseigene Brennereien gibt. Ich bin sogar fast sicher. Und der Verwalter von Hohenfinow verkehrt nicht mit uns. Außerdem, wenn ich Ihrem Gedankengang einmal folge: Wie soll ein fremder Verwalter gestern Abend an die Schlüssel gelangt sein, wie soll er sie des Nachts wieder zurückgelegt haben? Wir hatten gestern keine Gäste.«
»Man hätte einen Nachschlüssel anfertigen können. Ich habe mir die Schlösser angeschaut, das kann jeder Dorfschmied.«
»Und Sie haben mit dem hiesigen gesprochen?«, mischte sich Fontane ein.
Schreiber runzelte die Stirn. »Was denken Sie denn!? Natürlich haben wir das getan. Und er behauptet, keine Nachschlüssel angefertigt zu haben. Ein Dorfschmied fertigt Deichselnägel, Achsen und Pflüge an, er beschlägt Pferde, das Herstellen von Schlüsseln wird nur selten von ihm verlangt. Und dann noch Schlüssel nach Vorlage anderer Schlüssel – daran könnte er sich bestimmt erinnern. Aber ich frage Sie: Bekümmern Sie sich auch um Flaschendiebstähle auf dem Lande?«

»Nein, nein«, versicherte Fontane. »Ich habe nur en passant davon mitbekommen. Eigentlich wollte ich noch einmal – ein letztes Mal – mit … äh, mit dem Knecht Johann sprechen. Er kennt so wunderbare Anekdoten.«
»Dann tun Sie es«, riet Schreiber. »Wie gesagt, wir fahren zurück. Mir will nicht in den Kopf, warum jemand Schnapsflaschen stiehlt, es sei denn, er brennt selbst und will Kosten sparen. Aber wenn es nur auf Hohenfinow noch eine Brennerei gibt …«
»Das Gut des Landrates«, ergänzte Fontane.
Der Wachtmeister funkelte ihn an. »Ein Landrat steht nicht über dem Gesetz!«
Nach dem Gesetz nicht, dachte Fontane, aber in Wahrheit war ein Landrat in seinem Landkreis ein kleiner Landgott. Nein, ein großer sogar. Der Kreisgott schlechthin.
»Ich will mich nicht einmischen«, sagte er. »Aber dieser Brennmeister, der auch einen Schlüssel hat und in Heegermühle wohnt …«
»Was meinen Sie wohl, wem mein nächster Besuch gilt? Auch wenn unwahrscheinlich ist, dass dieser Mann seinen eigenen Schlüssel den Dieben zur Verfügung gestellt hat, weil er mit ihnen unter einer Decke steckt. Das wäre höchst unvorsichtig.«
»Es gibt eine Arroganz des Verbrechens«, zitierte Fontane den Kommissar Aschinger.
»Die gibt es wohl. Und auch eine Dummheit des Verbrechens. Aber *so* arrogant und *so* dumm?« Der Wachtmeister schüttelte den Kopf. »Ich wünsche Ihnen einen guten Tag. Auf Wiedersehen, die Herren.«

Als Beetz sein Gespann durch die Breite Straße dem Markt entgegenlenkte, war es bereits später Nachmittag. Fontane hatte einen Umweg über Heegermühle einlegen lassen: Er wollte einfach nur einen Blick auf den Ort werfen, an dem

der Lichterfelder Brennmeister wohnte. Über Jahrhunderte musste Heegermühle ein verschlafenes Dorf am Finowkanal gewesen sein, und von diesem dörflichen Charakter hatte sich noch einiges erhalten, die Dorfkirche etwa; ansonsten rauchten auch hier die Schlote.
Während man von Heegermühle gen Wolfswinkel und Eisenspalterei gezuckelt war, hatte Beetz einen erstaunlichen Vortrag gehalten. Im Jahr des Herrn 1856 hatte der Eberswalder Industrielle und Königliche Baurat Hoffmann den Ziegel-Ringofen erfunden, der auf der Pariser Weltausstellung von 1867 einen Grand Prix erhalten habe! Der Baurat Hoffmann sei überhaupt eine hochbedeutende hiesige Persönlichkeit, er habe seinerzeit mit dem Mühlenbaumeister Büscher die bekannten *Dachpappen- und Asphaltwerke* in der Nähe des Bahnhofes gegründet, wo man dann die weltweit geschätzte Endlospappe und die Asphaltfilzplatten erfand. Ringöfen, Endlospappe und Asphaltfilz – woher der schriftunkundige Beetz sein Wissen hatte, wurde schnell offenbar: Er hatte sowohl den genannten Baurat als auch die Herren der Pappen und Filze mehrmals durch die Stadt kutschiert, namentlich von ihren Villen zum Bahnhof oder auch vom Bahnhof zu ihren Villen.
Vor dem *Deutschen Haus* stand ein schwarzer Zweispänner mit geschlossenem Wagenkasten, dessen Außenhaut tiefschwarz lackiert war.
Die Tür der Kutsche wurde geöffnet, ein Gentleman hielt sie einer Dame auf, dann sah man ein helles Satinkleid … ein Kleid, das Fontane bekannt vorkam … sehr bekannt … Er sprang auf und erbleichte.
Emilie stieg aus der Kutsche, eine Hutschachtel in der Hand. Ihr Mann wurde abwechselnd blass und rot. Ein Träger trug einen Koffer ins Hotel: blass. Emilie gab ihm eine Münze: rot. Sie nahm Fontane ins Visier: blass. Dann stieg auch noch Aschinger aus: dunkelrot bis violett.

»Théodore!«, rief Emilie mit erhobener Stimme, »wünschst du deine Gattin nicht zu begrüßen?«
»Ja, äh … die Überraschung … äh, ist dir gelungen. Und dass Sie, Herr Kommissar …«
Aschinger grinste. »Ich wollte schon immer einmal nach Eberswalde, der berühmten Spritzkuchen wegen. Geben Sie mir die Ehre, Madame Emilie, mit mir gemeinsam die Konditorei Zietemann aufzusuchen?«
Emilie lächelte, dann wandte sie sich wieder Fontane zu. »Keine Minute kann man dich aus den Augen lassen, Théodore … Aber gehen wir doch erst einmal hinein. Die Hitze ist ja unerträglich.«
Im Empfangsraum schaute Emilie sich nach einer Möglichkeit um, die Hutschachtel abzulegen, steuerte entschlossen den Gastraum an und entschied sich für den nächstbesten Tisch. Fontane hatte sich so weit gefasst, dass er zu seiner Frau treten konnte. Nicht in seinen kühnsten Träumen hatte er damit gerechnet, dass sie nach Neustadt-Eberswalde kommen würde, hatte er sie doch längst auf dem Weg nach Liegnitz gewähnt.
Emilie zog sich einen Stuhl heran, und bevor einer der Herren ihn zurechtrücken konnte, saß sie schon. »Ach, das Reisen!«, seufzte sie, so als müsse man von Berlin nach Neustadt die halbe Erde umrunden. »Rauch, Staub – und Durst!«
»Was darf ich dir bestellen, meine Liebe?«
»Was trinkst du?«
»Ein Bier.«
»Eine Limonade«, sagte Emilie.
»Und Sie, Herr Aschinger?«
»Für mich auch ein Bier.«
Fontane war froh, die Gesellschaft für einen Moment verlassen zu können, um die Bestellung aufzugeben. Als er zurückkehrte, saß man um den Tisch, und alles sah nach einer entspannten Plauderei am frühen Freitagabend aus.

»Mein Besuch erstaunt dich, nicht wahr, Théodore?« Emilie löste die Hutnadeln und nahm das mit Blumen und Bändern versehene Strohhütchen ab. »Du dachtest sicher, die ist mit den Kindern im fernen Schlesien, da kann ich auf dem Tische tanzen.«

»Ich denke nicht so ...«, wollte Fontane widersprechen.

»Nun, du weißt, ich saß quasi schon auf gepackten Koffern, aber eine leichte Sommergrippe bei Mete und Friedel ließen mich zögern – Gott sei Dank! Gestern erhielt ich dann eine Nachricht von Ru... von Professor Menzel mit einem tief besorgten Bericht von deinen Eskapaden.«

»Und die Kinder?«, fragte Fontane, der noch benommen war von diesem unerwarteten, überfallartigen Besuch.

»Theo passt auf. Nicht begeistert – er wäre lieber hier –, doch kann ich mich auf ihn verlassen. So, Théodore, und nun erwarte ich *deinen* Bericht!«

»Ich schließe mich an«, sagte Aschinger. »Erzählen Sie!«

Siebentes Kapitel

Samstag, 31. Juli 1875

Fontane war recht schnell gewahr geworden, dass Emilie und Aschinger nicht wegen des Spritzkuchens nach Neustadt gekommen waren und auch nicht wegen des Casus, sondern seinetwegen. Der Kommissar hatte sein Telegramm zwar erhalten, war aber offenbar nicht ganz klug daraus geworden, also hatte er Emilie aufgesucht, die gerade Menzels Brief in den Händen hielt. Und nun hatten sie sich gegen ihn, Fontane, verschworen. Aschinger verehrte Emilie ebenso wie ihren Kalbsbraten, und da ihm ein freies Wochenende bevorstand, hatte er sich erboten, sie zu begleiten, um ihren Mann vor Torheiten zu bewahren. Mit anderen Worten: Sie wollten Fontane so schnell wie möglich nach Berlin zurückexpedieren.

Deshalb war Fontane zu einer Zeit aufgestanden, zu der er beide noch in den Federn wusste, zumindest hoffte. Der Wirt hatte noch kein Frühstück für ihn, aber immerhin den gewohnt starken Kaffee.

Dem Anschein nach hatten sich an diesem Samstagmorgen alle Droschkenkutscher Neustadts gegen Fontane verschworen, denn es war unmöglich, einen Wagen zu bekommen, sodass er sich entschloss, sein Ziel per pedes anzusteuern. Auf halbem Wege zwischen der Stadt und der Eisenspalterei nahm ihn schließlich ein Bauernwagen mit, der Rüben geladen hatte und nach Schöpfurth unterwegs war. Ein Segen, denn unzweifelhaft hatte es mindestens 25 Grad Réaumur.

Wie er von Beate Jonas wusste, hatte Arnold Köster wie sein Freund Zimmermann in einem der oftmals werkseigenen Familienhäuser gewohnt, wie man die barackenähnlichen Arbeiterhäuser auch beschönigend nannte: ein ähnlicher Euphemismus wie die Bezeichnung für die Berliner Mietskasernen, die auch Familienhäuser hießen – wohl weil in ihnen Familie umkamen. Die Eberswalder Arbeiterhäuser waren flach, ragten nicht mehrstöckig in die Höhe, aber auch sie sahen nach billigen Materialien und nassen Wänden aus.
Beate hatte ihm das Haus nach seiner Lage beschrieben, denn es gab hier weder einen Straßennamen noch eine Nummerierung; es lag ein paar Dutzend Meter von der Eisenspalterei entfernt in Richtung Heegermühle auf der nördlichen Seite des Finowkanals und war nicht Eigentum des Walzwerkes, sondern der vor kurzem eröffneten Ziegelfabrik des Johann Schiller. Die beiden Schornsteine ein paar Ruten westwärts gehörten vermutlich zur Ziegelei.
Fontane, der sich bei der Eisenspalterei hatte absetzen lassen, ging erst einmal an dem Familienhaus vorbei, um sich das Ganze anzusehen. Er musste ein wenig die Böschung hinaufklettern, um über deren Rand hinweg den Ringofen zu sehen, über dessen Erfindung er dank der Auskünfte von Beetz hinreichend informiert war. Etwa zwanzig Arbeiter waren damit beschäftigt, Hunderte und Aberhunderte von frisch geformten Ziegeln zum Trocknen im Freien auszulegen, bevor sie im Ringofen gebrannt wurden.
Bevor er zu dem Wohnhaus zurückkehrte, um sich Kösters Behausung vorzunehmen, warf Fontane noch einen Blick auf die beiden Ziegelkähne, die am Kanalufer vor sich hindümpelten. Beide Rümpfe waren schwarz gestrichen, und je ein weißer Schriftzug verkündete ihre Namen: *Marianne* und *Johann*. Dass sie zu exakt dieser Ziegelei gehörten, unterlag keinem Zweifel, denn am breiten Heck prangte die Inschrift *Ziegelfabrikation J. Schiller Neustadt/Ew.*

Das Familienhaus war grau verputzt, mit gelblichen Ziegeln gedeckt und hatte sieben Eingänge. Die Haustüren und die Läden der winzigen Fenster waren grün gestrichen, von Eingang zu Eingang erstreckten sich handtuchgroße Vorgärten, in denen Sommer-Adonisröschen, Vergissmeinnicht, Silberdisteln und der Wasserdost blühten. Neben jeder Tür stand ein grauer Briefkasten mit dem Emblem der Reichspost, dessen Farbe sich vom Putz der Wände kaum abhob. Beate Jonas hatte behauptet, nicht genau zu wissen, hinter welcher Tür Arnold Köster zur Untermiete wohnte, als alleinstehender Arbeiter hatte auch er keinen eigenen Haushalt unterhalten.
Fontane würde fragen müssen. Also trat er näher an den Postkasten vor der äußeren linken Tür und warf zugleich einen zerstreuten Blick in Richtung der Zugbrücke. Vom gegenüberliegenden Ufer rollte eine Kutsche mit schwarzem Wagenkasten auf die Brücke. Er nahm noch wahr, dass sie vor dem Treidelpfad hielt, dann beugte er sich ein Stück vor, um die Aufschrift zu lesen: Caspar. Hier also wohnte die Familie Caspar.
Fontane war drauf und dran, an die Tür zu pochen, als ihn ein unbehagliches Gefühl beschlich. Er schaute noch einmal zur Brücke, und tatsächlich – Aschinger kam den Pfad entlang auf ihn zu. Konnte der Mann Gedanken lesen?
»Ah, Monsieur Fontane!«, rief der Kommissar beim Näherkommen. »Man lustwandelt wohl?«
»Und Sie? Heften sich an meine Fersen?«
»Bei großer Hitze schlafe ich schlecht. Da schaue ich also am frühen Morgen aus meinem Fenster, und was sehe ich? Den Dichter Fontane, der sich wie ein Dieb fortschleicht.«
»Und meine Frau?«
»Schläft sicher noch. Ich habe sie jedenfalls nicht wecken wollen.«
»Und woher wussten Sie, dass ich …?«

»Ich bin Ihnen gefolgt.«

Fontane riss die Augen auf. »Sie haben mich den halben Weg zu Fuß zurücklegen lassen, obwohl es ein Leichtes gewesen wäre, mich mitzunehmen?«

Aschinger hob beide Arme. »Die Strafe des Unbelehrbaren.« Er schaute sich nun intensiver um. »Was tun Sie hier, wenn ich frage darf, Herr Detektiv?«

»Ich schaue nur, wo Köster wohnte.«

»Ja, so, Sie schauen nur ... Was sehen Sie denn, und was sahen Sie bisher?«

»Hier wohnt eine Familie Caspar.«

»Na, dann klopfen Sie doch!«

Fontane tat, wie ihm geheißen. Nach einer Weile öffnete ein großer, verschlafener Mann, der nur ein Lendentuch trug, das er sich offensichtlich in Eile um den Leib geschlungen hatte. Er war jung und bärtig, hatte glattes Haar von nahezu staatsgefährdender Länge und sah fast wie eine Christusskulptur aus. Er kniff die Augen zusammen und schaute die beiden Besucher wütend an. »Wat ...?«

»Kriminalpolizei«, erwiderte Aschinger gleichmütig. »Wo wohnte der Walzwerkarbeiter Arnold Köster?«

»Da.« Der falsche Christus zeigte mit dem Daumen nach links. »Bei Mädeweins.«

Fontane fuhr zusammen. »Wo?«

»Na, bei Mädewein. Soll ich's aufschreiben?«

»Beim Schichtmeister Mädewein?« Fontane konnte es kaum glauben.

Christus gähnte. Mit so schlechten Zähne hatten Maler und Bildhauer ihn nie ausgestattet. »Sieht das aus, als würden hier Fabrikbeamte wohnen? Nee, sein Bruder, der Treidler ... Karl Aujust ... Arbeitet vor allem für die Ziegelei Johann Schiller, aber auch auf eigene Rechnung. Bei dem war der Köster Aftermieter. Darf ich wieder schlafen?«

»Hart gearbeitet?«, fragte Aschinger.

»Nee.« Der proletarische Christus grinste. »Hart jesoffen!« Aschinger begann, die Namensschilder der Briefkästen zu studieren, und hob jetzt den rechten Arm zum Zeichen dafür, dass er bei der dritten Tür fündig geworden war. Während das Schild der Familie Caspar eine Treibarbeit in Metall war, handelte es sich bei dem Mädeweins um einen in kindlich anmutender Schrift mit Tinte beschriebenen weißen Zettel, der nach jedem Regen, so stand zu fürchten, neu angefertigt werden musste. Da es bei solch schlichten Bauten keine Glocke gab, pochte Aschinger mit dem Zeigefingerknöchel gegen die Tür.

Eine hagere Frau, trotz der Hitze mit einem wollenen Tuch über den Schultern, öffnete ihnen. Sie hatte einen vielleicht zweijährigen Jungen auf dem Arm, zwei weitere Kinder versteckten sich hinter ihr. Lautes Schnarchen drang aus der Wohnung.

»Ja?«, fragte die Frau, überrascht angesichts des Besuches zweier Vertreter höheren Standes.

»Aschinger, Kriminalkommissar. Herr Fontane.«

»Was wünschen Sie?«

»Ist Ihr Mann nicht da?«

»Schläft.« Ihre ernste, müde Miene veränderte sich nicht. »Wie Sie hören können …«

»Hier sind wohl alle Langschläfer …«

»Er war gestern auf dem Fest der Messerschmiede. Außerdem hat er heute nichts zu tun. Erst am Montag wird wieder ein Kahn mit Ziegeln beladen. Dienstag hat er einen Kartoffelkahn, Mittwoch Ziegel für Schiller, am Donnerstag für Schmidt in Macherslust.«

»Mein Gott«, sagte Aschinger anerkennend, »Sie haben seine Termine im Kopf!«

»Nur ich. Er würde glatt jeden zweiten vergessen. Nun, wie gesagt, es wird schwer bis unmöglich, ihn zu wecken. Auf dem Fest …«

»… fließt Fuhrmatz in Strömen. Ja, das habe ich schon gehört, Frau Mädewein. Zeigen Sie uns bitte das Zimmer Ihres Untermieters.«
»Das von Köster?«
»Haben Sie noch einen weiteren?«
Frau Mädewein schüttelte den Kopf und trat zur Seite. Fontane erlaubte sich zu fragen: »Sind Sie möglicherweise mit dem Schichtmeister Mädewein vom Walzwerk Eisenspalterei verwandt?«
»Das ist der Vetter meines Mannes«, lautete die Antwort.
Arnold Köster hatte das Zimmer bewohnt, das gleich links von der winzigen Diele abging, in der Frau Mädewein und die beiden Kinder gestanden hatten, die sich nun schüchtern abwandten und durch eine andere Tür verschwanden.
Das Zimmer des Untermieters war eine niedrige Stube, in der ein schmales, mit blauem Kattun überzogenes Bett stand, ein Schrank sowie Tisch und Stuhl. Bis auf drei große Jutesäcke, die an der Wand neben dem Schrank lehnten, machte es einen aufgeräumten Eindruck, und da der Fußboden sorgfältig mit Sand bestreut war, sah es eigentlich aus, als harre es eines neuen Schlafburschen. Den Säcken entströmte ein erdiger Geruch, vermischt mit einem schwachen nach Brot wie dem von Brauereien. Durch die dünnen Wände drang das exorbitant laute Schnarchen des Treidlers Mädewein.
»Ich könnte das keine Minute aushalten«, bemerkte Aschinger und öffnete den Schrank. Dort befanden sich noch die Habseligkeiten des Eisenwerkers. »Nichts, was der Rede wert wäre«, meinte er, nachdem er die Fächer in Augenschein genommen hatte. »Nur Kledage.«
»Sie müssen ja auch nicht so leben«, entgegnete Fontane.
Aschinger wandte sich zum Fenster und bedachte die Säcke mit einem kritischen Blick. »Nein. Der preußische Staat bezahlt seine Kriminalschutzleute so gut, dass sie im Luxus schwelgen.« Er machte sich an den Säcken zu schaffen.

Fontane gab einen Seufzer von sich. Es gab da noch etwas, das er Aschinger mitzuteilen hatte. »Bei Zimmermann …«

»Ja?« Aschinger ließ von dem Sack ab und nahm Fontane ins Visier.

»Der vom Gerüst gestürzt ist …«

»Ich weiß, wer das ist!«

»Dort wurde hinter der Leibwäsche ein Terzerol gefunden.«

»Ach? Ein Terzerol? Von wem?«

»Der Gendarmerie.«

»Waren Sie auch dabei?«

Fontane nickte. Aus der Diele waren Stimmen zu hören, und wenig später wurde die Tür zu Kösters Stube geöffnet. Im Rahmen stand Wachtmeister Schreiber. In Zivil.

»Guten Tag, die Herren«, grüßte er, »ich habe schon gehört, dass Sie hier sind.«

»Ebenfalls guten Tag«, erwiderte Aschinger. »Mit wem haben wir die Ehre?«

»Gendarmerie-Wachtmeister Schreiber«, stellte Fontane vor. »Kommissar Aschinger.«

»Gendarmerie-Wachtmeister?« Aschinger zog die Brauen zusammen. »Tragen die Gendarmen im Kreis Oberbarnim keine Uniform?«

»Doch, schon. Aber selbst im Kreis Oberbarnim haben Gendarmen manchmal einen freien Tag.«

»Ja, so? Die Berliner Kriminalpolizei kennt so etwas nicht … Wo haben Sie das Terzerol dieses Zimmermann?«

»In der Waffenkammer der Kaserne.«

Aschinger widmete sich wieder dem Jutesack und löste endlich die Verschnürung. »Oh! Was ist das?«

Fontane trat neben den Kommissar. »Kartoffelschalen?«

»Allerdings.« Aschinger öffnete einen weiteren Sack. »Hier auch.« Im dritten: »Und Brot. Krumen und Kanten.« Er stieß mit dem Finger hinein. »Altbacken. Es fängt schon an zu schimmeln.«

»Was kann man denn damit anfangen?«, fragte Fontane ratlos.
»Man kann es an Schweine verfüttern«, meinte Schreiber.
»Richtig. Herr Wachtmeister Schreiber, würden Sie sich bitte bei der Hausfrau erkundigen, ob die Familie Schweine hält.«
Schreiber verließ die Stube und ließ die Tür offen stehen. Das Schnarchen im Nebenzimmer war unbeschreiblich; eines der Kinder, wohl das kleinste, hatte inzwischen zu weinen begonnen, und es weinte herzzerreißend. Den betrunkenen Vater focht das nicht an.
»Nun?«, fragte Aschinger, als Schreiber zurück war.
»Keine Schweine, nur Hühner.«
»Ah, ja.« Aschinger nickte. »In Berlin lebt man so weit weg von der guten Landwirtschaft – aber mir ist doch, als könne man Kartoffelschalen auch an Hühner verfüttern?«
»Wenn man sie dämpft«, erläuterte Schreiber. »Aber nicht in diesen rauen Mengen. Brot übrigens auch. Aber auch damit sollte man sparsam sein.«
»Sie meinen, der Inhalt der Säcke reichte für eine ganze Hühnerzucht?«
»Ganz sicher.«
»Und haben Sie gefragt, wie viele …«
»Sieben.«
Aschinger stieß einen der Säcke leicht mit dem Fuß an. »Und überhaupt, warum steht dieser Kram in einer Stube herum? Das gehört doch in den Stall oder in einen Schuppen.«
»Man sollte einmal daran denken, was Brot und Kartoffeln in prima linea enthalten«, warf Fontane ein. »In vorderster Front enthalten sie Stärke.«
»Dann sollten wir also nach einem Destillierapparat suchen«, sagte Aschinger grimmig.
Der Kriminalschutzmann und der Landgendarm schauten sich in der Wohnung der Familie um, die nur noch aus einem größeren Raum, einer Kammer und einer winzigen Küche

bestand. Sie schauten unter dem lauten Schnarchen des Hausherren und dem leisen Protest der Hausfrau in alle Schränke und Truhen und in die Speisekammer, sie visitierten sogar den Hühnerstall und einen kleinen Schuppen, aber ein Destilliergerät kam nicht zum Vorschein. Sie habe die Säcke längst fortschaffen wollen nach Kösters Tod, versicherte Frau Mädewein. Die Schalen und das altbackene Brot hätten ihrem Untermieter gehört, sie habe sich schon lange gefragt hätte, was er damit wohl anfinge. Angeblich habe er es immer seiner Geliebten gebracht, der Lichterfelder Magd Beate Jonas, die es gebrauchen könne für das gutsherrliche Vieh.

Mehr war hier nicht auszurichten. Sie verließen das Haus; Aschinger und Fontane gingen voran zur Zugbrücke, Schreiber, der sein Pferd am Zügel führte, folgte ihnen.

Aschinger wandte sich Fontane zu. »Ich hoffe bloß, dass Sie mich nicht wegen eines Hirngespinstes herzitiert haben«, sagte er. »Dass in Berlin die Verbrecher auf dem Tisch tanzen, während ich in der Walachei nach Kartoffelschalendieben suche, würde mir nicht gefallen.«

»Herbeizitiert? Ich denke, Sie haben frei?«

»Wie bereits erwähnt: Ich habe niemals frei!«

»Ja, natürlich. Konnte ich Sie überzeugen, dass wir es mit einem Kriminalfall zu tun haben?«

»Mit altem Brot und schimmligen Kartoffelschalen?« Aschinger feixte.

»Wegen Kartoffelschalen bringt man niemanden um.«

»Was meinen Sie, wegen welcher Lächerlichkeiten Menschen einander umbringen – schon wegen eines Huhnes, habe jedenfalls ich erlebt. Und wer wurde überhaupt umgebracht? Offiziell handelt es sich um Unfälle.«

»Zwei Unfälle, das kann kein Zufall sein.«

»Die Un- keine Zufälle? Bei Zimmermann wurde kein altes Brot gefunden?«

Fontane schüttelte den Kopf.
»Aber ein Terzerol?«
»Ja.«
»Absurd. Vollkommen absurd.« Aschinger wandte sich zu Schreiber um. »Herr Kollege«, sagte er, »ich denke, es wäre das Beste, wenn Sie mir referierten, was Sie bisher herausgefunden haben.«
Schreiber zögerte. »Sie wissen, dass Amtsgerichtsrat Berg die Einstellung der Untersuchungen angeordnet hat?«
»Aber heute ist doch Samstag und Ihr freier Tag«, erwiderte Aschinger aufgeräumt. »Da können Sie doch einen kleinen Erfahrungsaustausch mit einem Kollegen aus der Stadt pflegen?«
Schreiber nickte erfreut, und der Kommissar öffnete die Wagentür. »Steigen Sie ein.« Aschinger seufzte. »Da ich nun einmal hier bin, so bin ich auch fest entschlossen, zu ermitteln.«
»Und in welcher Sache?«, fragte Fontane, der Morgenluft witterte.
»Das ist doch egal. Irgendetwas. Hauptsache, ich ermittle.«

Im Gastraum des *Deutschen Hauses* hockte als einziger Gast der Fabrikinspektor Beutler über der Schnapsflasche. Umso erfreuter war der Wirt, als die drei Männer die Stube betraten. Fontane erkundigte sich bangen Herzens nach seiner Frau und erfuhr, dass diese ob der Abwesenheit der beiden Herren – das sagte er mit leicht süffisantem Unterton – nach dem Frühstück ausgegangen sei: in einem grünen Satinkleid, wie er betonte, sowie mit Sommerhut und Sonnenschirm. Vielleicht promeniere sie ja wie die vielen Badegäste …
Sie orderten Kaffee, und Fontane kam nicht umhin, ein paar gleichgültige Worte mit Beutler zu wechseln. Als er an Aschingers und Schreibers Tisch zurückkehrte, wollte der Kommissar wissen, wer dieser Potator sei.

»Fabrikinspektor Beutler, eine traurige Gestalt.«
»Mit dem muss ich wohl auch sprechen?« Aschinger seufzte schon wieder. »Sie wissen, dass Säufer mir ein Graus sind … Aber zunächst werde ich diesen Doktor Zinn besuchen. Er soll mir etwas über die Sektionen erzählen. Und ich wollte schon immer einmal eine Irrenanstalt in Augenschein nehmen … Ob's da wirklich zugeht wie in der Hölle? Schreien, Jaulen, Zähneklappern?«
»Nun, ich habe Bau und Eröffnung der Provinzialanstalt verfolgt«, sagte Schreiber, »und wie ich der Zeitung und den Verlautbarungen des Gründungsdirektors, Doktor Sponholz, und auch des jetzigen Chefs, Doktor Zinn, entnehmen zu können glaube, ist die moderne Irrenheilkunde ganz anders, als wir sie uns gemeinhin vorstellen. Es wird nämlich ein sogenanntes *No-restrain-system* angewendet, das es erfordert, bei den Kranken auf jegliche Zwangsmittel zu verzichten. Also keine Absonderung, kein Fesseln, und auch das Anspritzen mit kaltem Wasser wird wohl nicht mehr praktiziert.«
»*No restrain*, soso!« Der Kaffee war gebracht, Aschinger rührte Zucker in seine Tasse. »Diese Ärzte und namentlich die Irrenärzte erfinden ständig etwas Neues. Der Wechsel der Therapien und Paradigmen vollzieht sich immer schneller; jedenfalls ist das mein Eindruck. Nur, Wachtmeister, was macht man mit den unruhigen oder den tobsüchtigen Kranken? Dürfen die alles kurz und klein schlagen?«
»Nein, das wohl nicht. Ich habe mit der Anstalt noch nicht zu tun gehabt … genauer gesagt, ich bin nicht weiter als bis zur Pforte gekommen … Jedenfalls gibt es Unruhigen-Abteilungen und Tobhäuser.«
»Mehrere?«
»Nach Geschlechtern getrennt.«
»Ah, natürlich. Aber was, Wachtmeister, bewog Sie eigentlich, heute eine quasi private Visitation im Hause des Treidlers Mädewein zu unternehmen?«

»Tja ...« Schreiber blickte sich unruhig um. »Ich weiß nicht, ob ich Ihnen ...«

Aschinger hob beide Hände. »Sie können mir vertrauen.«

»Es geht hin und her. Der Landrat wünscht gründliche Ermittlungen, Richter Berg wünscht sie nicht. Mein Vorgesetzter, Leutnant von Grünberg, steckt in der Klemme, sozusagen zwischen beiden Parteien, und hat sich heute vorsorglich mit Migräne ins Bett gelegt – an mir bleibt es also hängen.«

»Legt sich mit Migräne ins Bett, wenn es brenzlig wird?« Aschinger zog die Augenbrauen hoch. »Aber Sie haben meine Frage nicht beantwortet.«

»Mir lässt die Sache einfach keine Ruhe. Zwei tödliche Unfälle innerhalb kurzer Zeit, die Opfer beide Sozialdemokraten ... Ich weiß nicht, ich weiß nicht ...«

»Wenn ich diese Überlegungen nicht ins Reich der *idées fixes* verweisen soll, müsste man schon einige Fragen zumindest ansatzweise beantworten können. Par exemple: Wem nützt es? Wer hat etwas davon, dass Köster und Zimmermann tot sind?«

»Direktor Wittbrodt. Zimmermann war ein Aufwiegler.«

»Und Köster?«

»Tja ...« Schreiber warf einen ratlosen Blick zu Fontane.

»Köster wohl nicht«, sagte der.

»Sehen Sie, die Motivfrage ist schwierig, während die scheinbar oberflächlichen Antworten des Amtsrichters einleuchten: Unachtsamkeit und Leichtsinn. Köster hatte getrunken, Zimmermann auch. Vielleicht ist er deswegen auf das Gerüst geklettert, um irgendeinen Männlichkeitsbeweis abzulegen, oder einer Wette wegen. Warum ist das so unwahrscheinlich?«

»Wir wissen bisher von niemandem, vor dem er einen solchen Beweis hätte ablegen wollen oder der mit ihm gewettet hätte«, sagte Fontane.

»Haben Sie denn gesucht?«
»Nein, wie auch?«
»Weil Sie keine Polizeibefugnisse haben?« Aschinger runzelte die Stirn. »Der Wachtmeister hat. Aber Sie wollen unbedingt einen Mörder finden. Oder mehrere. Was Ihrer These widerspricht, schlagen Sie in den Wind. Das können Sie alles gerne tun, aber nun haben Sie auch mich mit dem Casus ange… äh, belästigt. Glauben Sie mir, ich werde alles daransetzen, die Sache aufzuklären, und wenn ich Tag und Nacht arbeiten muss, und zwar aus einem einzigen Grund: Ich möchte übermorgen wieder zu Hause sein.«

Emilie hatte sich tatsächlich in der Stadt umgeschaut und fand sie sogar »ganz hübsch«. Was sie von Fontanes Benehmen nicht sagen konnte. Er musste eine Kopfwäsche über sich ergehen lassen und hoch und heilig geloben, sie nie wieder unwissend im Hotel zurückzulassen. Es blieb ihm also nichts übrig, als sie zum Fest mitzunehmen – aber das hätte er ohnehin getan, war die Begleitung einer Frau doch eine gute Tarnung. Was er ihr natürlich nicht sagte.
Eine Droschke brachte Fontane, Emilie und Aschinger bis zur Forstakademie; von dort konnte man nur zu Fuß weiter gelangen. Sie hatten vereinbart, sich getrennt auf den Festplatz zu begeben. Polizeibegleitung kam nun einmal unter der Arbeiterschaft und namentlich auf einer Feier nicht gut an, und es war nicht auszuschließen, dass die Nachricht von der Ankunft des Kommissars aus Berlin schon die Runde gemacht hatte.
Auf dem Schicklerschen Markt und in den angrenzenden Straßen herrschte Volksfeststimmung. Es war Samstag, und es schien, dass heute wirklich *tout le monde* das Vergnügen besuchte. Emilie war begeistert. Ihr Mann hatte ihr einmal geschrieben: »Du bist, nicht nur Deiner tatsächlichen Abstammung, sondern auch Deinem ganzen Menschen nach,

halb aus Beeskow und halb aus Toulouse« – und während in der Potsdamer Straße 134 c in Berlin vor allem Beeskow regierte, bekam auf Festen gern einmal Toulouse die Oberhand. Nicht einmal die Sorge um ihr Kleid hielt sie davon ab, sich durch die Menge zu drängen und einen Ausschank zu suchen.

Fontane hielt den Kopf gereckt und bemühte sich, Emilie nicht aus den Augen zu verlieren. Auf der gegenüberliegenden Seite des Festplatzes meinte er Aschinger zu sehen; ganz genau aber war das nicht zu erkennen. Nach einer Weile bemerkte Fontane jedoch jemand anderen: Schichtmeister Gotthelf Mädewein, der an einem der langen Holztische saß. Neben ihm der Mann, den Fontane am Vormittag schlafend und schnarchend gesehen hatte: sein Vetter, der Treidler und Zimmervermieter Karl August Mädewein. Beide tranken Fuhrmatz und sprachen mit einem blonden Mittzwanziger, der seine Worte mit wilden, ausholenden Gesten begleitete, und doch hatte Fontane den Eindruck, dass die drei die Köpfe zusammensteckten und nichts besprachen, was für andere Ohren bestimmt war.

Vielleicht täuschte er sich? Entschlossen zwängte er sich durch die Umstehenden, um so nahe wie möglich zu den Mädeweins zu gelangen. Emilies Strohhut war mittlerweile vor einem Ausschank aufgetaucht.

In Lauschweite gelangte er nicht, aber immerhin so nahe, dass er die drei Männer in Augenschein nehmen konnte. Der Gesprächspartner der Mädeweins hatte ein junges, rundliches Gesicht und blaugraue Augen, eine lange Nase und volle Lippen. Jemand zupfte an Fontanes Rockschößen. Er wandte sich um, erkannte Aschinger, der ihm zuzwinkerte und wieder hinter grobleinenen Jacken und Schirmmützen verschwand.

Fontane bekam von der Unterhaltung der drei fast nichts mit. Nur hin und wieder, wenn der Blonde besonders leidenschaftlich gestikulierte, wehten ein paar nichtssagende Worte herüber, die aber eines verrieten: den slawischen Akzent. Handelte es sich etwa um den gewissen Ireneusz? Den Mann, mit dem Köster am Abend vor seinem Tod gestritten hatte? Aschinger schien Ähnliches zu vermuten, er schob sich näher an die Bank heran, so nahe, wie es Gedränge und Vorsicht erlaubten. Eine knappe, kaum wahrnehmbare Kopfbewegung signalisierte Fontane, er möge sich zurückziehen.

An der Ecke des Marktplatzes zur Schicklerstraße stieß er auf Emilie. Sie war aufgebracht.

»Wie kannst du mich nur in diesem Gewimmel allein lassen«, schimpfte sie und fuhr mit gedämpfter Stimme fort: »Und dann unter diesen Arbeitern! Unter angetrunkenen oder gar betrunkenen Männern der Unterschicht! Was meinst du, wie viele anzügliche Bemerkungen ich mir anhören musste.« Emilie seufzte. »Und selbst um diese Männersache musste ich mich kümmern!« Sie hielt einen Bierkrug in die Höhe.

»Du hast dich so forsch durch die Menge geschoben«, protestierte Fontane, »du warst gar nicht zu halten …«

Fontane war verstummt. Der Blonde mit dem slawischen Akzent schälte sich aus der Menge. Er war allein, und er verließ das Fest. Bei der Forstakademie bog er nach links in den schmalen Pfad, der die Schwärze bis zu ihrer Mündung in den Finowkanal begleitete. Fontane schaute sich um: Aschinger war nicht zu entdecken.

Der Blonde schien es eilig zu haben. Fontane und Emilie folgten ihm.

Man musste auf der Hut sein. Emilie kam auf die Idee, ihren Sonnenschirm aufzuspannen. Wie Badegäste sahen sie nun aus.

Hohe, an Mietskasernen erinnernde Arbeiterhäuser versperrten die Sicht auf die Eisenbahnstraße, und schließlich hatten sie den Kanal erreicht. Der junge Mann wandte sich nach rechts. Er schritt wacker aus und sang ein Lied, unzweifelhaft ein polnisches, das in etwa klang wie *Na zielonej turni* und das Fontane nicht zum ersten Mal hörte. Nicht nur in der schlesischen Sommerfrische, auch in Berlin war es ihm schon zu Ohren gekommen.

Emilie kannte es auch. »Die Lina singt das so gern«, sagte sie versonnen.

»Welche Lina?«

»Na, Johannas Kammerzofe auf dem Gut. Eigentlich Ewelina, aber alle nennen sie nur Lina, auch die polnischen Bediensteten.«

Fontane hörte sehr deutlich die gegen ihn gerichtete Spitze: Ein Gut, ein Herrenhaus und eine Kammerzofe würde Emilie an seiner Seite nie bekommen. Mehr als die Wohnung in der Potsdamer Straße mit drei Zimmern, Alkoven und Kammer und das *die Ente* genannte Dienstmädchen Luise war nicht drin; mit Zuckerrüben wurde man eher reich als mit Büchern.

Fontane hatte nur eine ungefähre Vorstellung, wo sie sich befanden. Schon vor geraumer Zeit hatten sie die Neustädter Schleuse hinter sich gelassen, und inzwischen senkte sich die Dämmerung über Eberswalde. Im Kanal stimmten die Frösche und Kröten ihre Liebesgesänge an. Emilie schob ihren linken Arm unter Fontanes rechten. »Mir ist nicht wohl«, sagte sie, als sie unter einer Eisenbahnbrücke hindurchgingen.

Sie vergrößerten den Abstand zu dem Blonden, der nach einer Viertelstunde Wegs den Treidelpfad verließ. Er stieg die Böschung hinauf und nahm einen von zahllosen Füßen ausgetretenen Weg quer über eine Weidefläche, auf der ein paar Rinder lagen und wiederkäuten. Sein Ziel schien die Fabrik jenseits der befestigten Chaussee zu sein, die nach Fontanes Orientierung jene nach Oderberg sein musste. Emilie pfiff darauf, welche Chaussee das war; sie schien sich mittlerweile zu fürchten und wäre am liebsten umgekehrt.

Die Fabrik an der Chaussee war eine Ziegelei, wie Fontane an den Ringöfen erkannte. Zudem war an der Stirnwand eines zweistöckigen Backsteingebäudes auf weißem Grund eine Inschrift angebracht, die im warmen Licht der untergehenden Sonne aufleuchtete: *Ziegelfabrik F. Schmidt, Machers-lust*. Fontane erinnerte sich der Visitenkarte und zog sie aus der Westentasche: Das F stand für Friedrich.
Das Ziegeleigelände war von einer Mauer umgeben, an die sich zwei aus Holzlatten zusammengezimmerte Baracken schmiegten. Die Fenster standen sämtlich wegen der Hitze offen, und vielstimmiger Gesang schallte heraus. Der junge Mann steuerte zielstrebig auf die Baracken zu und verschwand in einer. Fontane und Emilie blieben an der Chaussee stehen. Keine zehn Pferde, betonte Emilie, würden sie dort hineinbringen. Also beschlossen sie, nach Neustadt zurückzukehren.
Nach wenigen Schritten fielen ihnen in einigem Abstand zur Straße einige flache Gebäude auf, die im letzten Licht des Tages einen rötlich-gelben Ton angenommen hatten. Aus Richtung Stadt kamen ihnen mehrere Berittene entgegen, die zwei Droschken zu begleiten schienen. Als die Kolonne näher kam, war zu sehen, dass die Reiter Gewehre auf dem Rücken trugen. Es sah aus, als ritten sie zur Jagd. Die Kutschen rollten an ihnen vorbei, und Fontane erkannte in einer – Richter Berg.
Vor den Baracken hielt der Zug, die Reiter saßen ab. Fontane konnte sie jetzt zählen, es waren acht. Vier nahmen die Gewehre vom Rücken, andere zündeten Laternen an. Auch die Kutschen kamen zum Stehen. Richter Berg stieg aus und außer ihm noch ein zweiter Herr im Gehrock und mit Bowler, den Fontane auf diese Entfernung und wegen der Lichtverhältnisse nicht erkennen konnte und vielleicht sowieso nicht kannte. Der Schlag der zweiten Kutsche wurde geöffnet, und heraus stieg – der Bauunternehmer Friedrich

Schmidt. Was wollte der Mann am Samstagabend bei seiner Ziegelei?
»Komm«, sagte Fontane entschlossen, hakte Emilie unter und zog sie von der Chaussee hinüber zu den Ziegeleibaracken.
»Théodore«, flüsterte Emilie, »ich weiß nicht …«
»Richter Berg und Gendarmerie«, beruhigte Fontane sie. »Wir haben nichts zu befürchten.«
Er wurde gewahr, dass er den Herrn neben Berg schon einmal gesehen hatte: Er war einer der Männer der Vaterländischen Gesellschaft, die sich in der Konditorei Zietemann trafen. Mit Bonhomie aber hatte das, was hier vor sich ging, nichts zu tun.
Mit vorgehaltenen Gewehren stürmten die Bewaffneten jetzt in die Baracken. Der Platz davor wurde von einem Dutzend transportabler Laternen erleuchtet. Richter Berg stand eher am Rande und beobachtete das Geschehen, sein Begleiter aus der Kutsche stand neben ihm, während Schmidt auf einen gewissen Abstand bedacht war, so als wolle er mit der Aktion auf seinem Firmengelände nichts zu tun haben.
Man hörte Geschrei aus den Baracken, aber auch wütende Befehle. Berg schmunzelte, der Mann an seiner Seite schien bleich. Schmidt wirkte gelassen.
Emilie krallte sich an Fontanes Arm.
»Ah, der Herr Schriftsteller! Bonsoir!« Schmidt beugte leicht den Kopf. »Und in Damenbegleitung …«
»Ich darf vorstellen: meine Frau«, sagte Fontane.
»Enchanté, Madame!« Schmidt beugte sich weiter und hauchte Emilie einen Kuss auf den Handrücken.
»Da ergeht man sich in der Abendkühle am Kanal …«, versuchte Fontane sein Erscheinen zu erklären.
»Nun, viel Kühlung vermag der Kanal sicher nicht zu bieten, dafür Myriaden von Mücken. Aber die Chaussee ist kein Privatbesitz, Sie dürfen hier entlanggehen, wann immer Sie wollen.«

Aus den Baracken vernahm man laute Befehle; es hörte sich an, als stürzten Gegenstände um und ginge Glas zu Bruch. Zwei Bewohner wurden zur Tür hinausgestoßen; einer konnte sich gerade noch fangen, der andere stürzte zu Boden. Schmidt blies geräuschvoll Luft aus.

Amtsgerichtsrat Berg trat zu ihnen.

»Guten Abend, Herr Amtsrichter!«

Berg hielt es nicht für nötig, zu grüßen.

»Zuerst habe ich mich gewundert und gefragt: Wer sind denn nur die fremde Dame und der fremde Herr? Ich habe Sie nicht erkannt, Herr Fontane, weil Sie sich in weiblicher Begleitung befinden. Aber bei näherem Hinschauen …« Er räusperte sich, seine Stimme wurde lauter. »Was tun Sie hier? In der Dunkelheit?«

»Das frage ich Sie«, gab Fontane zurück. »Was geht hier vor?«

»Wir suchen nach staatsgefährdenden Schriften. Auch unter den Saisonarbeitern befindet sich der ein und andere Agitator, außerdem soll dieser Zimmermann versucht haben, die Männer hier aufzuwiegeln.«

Fontane kniff die Augen zusammen. »Zwei gewöhnliche Unfälle lösen eine Razzia wegen staatsgefährdender Schriften aus? Das verstehe, wer will.«

»Konstruieren Sie keinen Zusammenhang, wo keiner besteht«, blaffte Berg aufgebracht.

Ein Bewaffneter trat aus einer der Baracken und verlangte nach dem Richter und nach Schmidt. Berg eilte sofort in die Unterkunft, Schmidt schüttelte den Kopf und blieb, wo er war.

In der Baracke schien es einen Tumult zu geben; man hörte Beschimpfungen und Flüche; es polterte und schepperte.

»Wahrscheinlich habe ich mir einen Bärendienst erwiesen.« Schmidt seufzte.

»Was sagen Sie?«, fragte Fontane erregt.

»Nun, ich habe diese Durchsuchung zu verantworten.«
»Was hat Sie dazu veranlasst?«
»Eine Broschüre, die mein Ziegelei-Inspektor in der Unterkunft fand: *Die untragbare Lage der oberschlesischen und der polnischen Saisonarbeiter im Finowtal.* Ich habe sie dem Gericht übergeben. Es handelt sich um eine Aufforderung, sich gegen die angeblich schlechte Behandlung zur Wehr zu setzen. Auch gewaltsam. Als Autor firmiert ein I. Cieśla. Ein polnischer oder zumindest polnisch klingender Name, wie Sie zugeben müssen. Ich hielt ihn für ein Pseudonym. Die Broschüre übergab ich dem Amtsrichter, der wohl ein aus dem Osten stammendes Dienstmädchen hat … Nun, Cieśla bedeutet Schreiner oder Zimmermann.« Schmidt verschränkte die Arme vor der Brust und schaute Fontane mit einem gewissen Triumph an.
»Sie glauben, dass Konrad Zimmermann diese Schrift verfasst hat? Wieso sollte er sich einen so leicht zu durchschauenden *nom de guerre* zugelegt haben? Hunderte Arbeiter können ihn sofort übersetzen. Sogar das Dienstmädchen von Berg kann es.«
In diesem Moment traten vier der Bewaffneten auf den Vorplatz. Sie trugen zwei Holzkisten mit Flaschen aus der Baracke. Wenig später folgte Richter Berg. Außer den Flaschen schien man nichts gefunden zu haben. Die Bewaffneten begannen, die Flaschen zu leeren. Sie machten sich nicht die Mühe, sie zu öffnen und den Inhalt auszugießen, sondern sie zerschlugen sie auf einem Stein am Boden.
Ein Mann mit blankem Oberkörper erschien gestikulierend im Fenster und protestierte auf Polnisch.
»Schnapstrinken ist auf dem Ziegeleigelände verboten, so steht es im Kontrakt«, erklärte Schmidt.
Auf der ausgetrockneten, harten Erde bildeten sich Pfützen, und sofort verbreitete sich der Geruch von billigem Fusel.

Der Mann im Barackenfenster schrie immer lauter, es sah aus, als wolle er sich aus dem Fenster und auf die Männer stürzen, aber etliche Arme hielten ihn zurück.

Fontane näherte sich dem Scherbenhaufen und klaubte einen der Zettel zwischen den Glassplittern auf. Erst als er dem Geschehen den Rücken zuwandte und zu Emilie zurückging, schaute er auf das Etikett.

Guter Lichterfelder Kartofelbrand, stand dort, *seit Anno 1823.*

Achtes Kapitel

Sonntag, 1. August 1875

Fontane und Emilie hatten Aschinger berichtet, was sie in Macherslust erlebt hatten. Der Kommissar stocherte in seinem Rührei und starrte mit mäßigem Interesse auf das Flaschenetikett.

»Kartoffel wird mit Doppel-F geschrieben«, brummte er mit vom Fuhrmatz rauer Stimme. Am liebsten hätte er sich sofort nach dem Frühstück aus diesem schrecklichen festwütigen Eberswalde verabschiedet. »Was wollen Sie damit?«

»Die Handschrift?«

»Wenig flüssig.«

»Das kommt mir auch so vor.«

»Warum fragen Sie mich dann nach meiner Meinung?«, grollte der Kommissar. Vermutlich war er erbost, dass sich Fontane ohne ihn an die Fersen des jungen Polen geheftet hatte.

»Werden Sie bleiben?«, wollte Fontane wissen.

»Ich habe nicht den geringsten Anhaltspunkt, dass …«

»O bitte, bleiben Sie, Herr Aschinger«, bat Emilie. »Stehen Sie mir schwachen Frau zur Seite.«

Der Kommissar legte die Stirn in Falten. Was mache ich hier?, schien er sich zu fragen. »Wenn Sie alles allein können, mein lieber Fontane, warum haben Sie mich dann überhaupt herbestellt?«, schimpfte er, warf aber doch einen zweiten Blick auf das Flaschenetikett. »Ich fahre jedenfalls nach Lichterfelde hinaus und lasse mir Schriftproben geben.«

»Wegen der falschen Kartoffeln?«, wollte Emilie wissen. »Oder der richtigen Kartoffeln im falschen Schnaps?«
Aschinger erhob sich. »Begleiten Sie mich?«
Der Hoteljunge wurde zu Beetz geschickt, und keine halbe Stunde später befand man sich auf der Chaussee. Die Sonne brannte unbarmherzig vom Himmel. Der Kommissar betrachtete wieder das Etikett und hielt es dann Emilie hin.
»Was meinen Sie?«
»Zu der Schrift?«
»Hm!«
»Wenig ausgeschrieben … dem Schreiber fällt das Schreiben nicht leicht.«
»Drückt er deswegen so fest auf?«
»Sie meinen, wie es Kinder machen, die gerade das Schreiben lernen?«
»Exactement.«
»Das halte ich für möglich«, sagte Emilie. Fontane missfiel das Vertrauliche zwischen ihr und dem Kommissar. »Ich denke, dass die Person selten zur Feder greift.«
»Vielleicht nur zum Beschreiben der Etiketten«, überlegte Aschinger. »Er weiß nicht, dass man Kartoffel mit zwei F schreibt. Wenn wir es mit einem Fall von Schwarzbrennerei zu tun haben, wie ich vermute – die Schalen und Brotreste bei Köster, die gestohlenen Flaschen –, wenn es also um Schwarzbrennerei gehen sollte, dann hat der Schreiber Komplizen, die es auch nicht wissen. Fahren wir erst einmal nach Heegermühle.«

Der Brennmeister Kehlmann war gerade vom Kirchgang zurück. Angetan mit seinem Hausrock, hatte er es sich im Garten unterm Birnbaum bequem gemacht und rauchte zufrieden eine Pfeife.
»Ein echter Spitzweg«, flüsterte Fontane Emilie zu, die er demonstrativ untergehakt hatte.

»Oder Wilhelm Busch«, flüsterte sie zurück.
Allerdings wich Kehlmanns zufriedener Gesichtsausdruck, nachdem seine Frau ihm die Besucher als Polizeibeamte nebst Begleitung vorgestellt hatte. Er schien verdutzt, aber es sah nicht aus, als hätte er ein schlechtes Gewissen.
Ein Mädchen trug Stühle herbei, und nachdem alle Platz genommen hatten, kam Aschinger ohne Umschweife auf die Flaschendiebstähle zu sprechen.
»Absurd, nicht wahr?« Kehlmann verbreitete Dampf wie eine Lokomotive. »Ich verstehe nicht, was man mit den Flaschen anfangen will. Sicher, man kann sie zu Geld machen, aber das große Geld ist es nicht gerade. Das holt man sich eher in der Brunnenstraße, wo die reichen Herrschaften inmitten ihres Silberzeugs wohnen.«
»Woher wissen Sie das?«, fragte Aschinger.
»Woher? Na, wohnen nicht reiche Herrschaften immer inmitten von Silberzeugs?«
»Sie sprechen, als hätten Sie schon einmal erwogen, sich in einer der Villen zu bedienen?«
»Unsinn! Das ist nur, wie man so redet ... Wenn ich auf die Flaschendiebe zu sprechen komme, sagt mir jeder, dass bei Schmidt oder bei Müller am Gesundbrunnen wirklich was zu holen sei. Flaschendiebstahl ist Idiotie. Selbst auf dem Gut fände sich Wertvolleres!« Kehlmann paffte.
»Kann man denn mit den Flaschen nichts weiter anfangen, als sie an eine andere Brennerei zu verkaufen?«
Der Brennmeister legte die Stirn in Falten. »Woran denken Sie?«
»Schwarzbrennen.«
»Neiin.« Kehlmann zog das Wort in die Länge. »Hier bei uns in der Gegend? Das kann ich mir nicht vorstellen. Wer sollte so etwas tun?«
»Schwarzbrenner vermutlich«, sagte Aschinger trocken.
»Also, den letzten Fall von Schwarzbrennerei, an den ich

mich erinnere, gab es vor zwanzig Jahren«, sagte Kehlmann. »Ein paar Bauern in Niederfinow, wenn ich mich recht entsinne …«

»Vielleicht wird es da Zeit, dass es mal wieder wer probiert«, meinte Aschinger. »Das Fest der Messerschmiede, das Sängerfest, die vielen Saisonarbeiter, das sind doch gewiss lukrative Abnehmer.«

»Das stimmt.« Der Brennmeister kratzte sich mit dem Pfeifenstiel am Kinn. »Wir verkaufen unseren Kartoffelbrand in dieser Zeit sehr gut. Genauer gesagt, noch besser als sonst. Wir haben insgesamt eine gute Marktlage. Was auch passiert und selbst in der schlimmsten Krise: Getrunken wird immer.«

Aschinger zog das Etikett aus der Rocktasche und präsentierte es Kehlmann. Der warf nur einen kurzen Blick darauf, schüttelte den Kopf und sagte: »Kartoffel schreibt man mit Doppel-F.«

»Wer beschriftet auf Gut Lichterfelde die Schilder?«, fragte der Kommissar.

»Ich.« Kehlmann legte die Pfeife beiseite und straffte seinen Oberkörper. »Das lasse ich mir nicht nehmen. In Stoßzeiten hilft mir manchmal Herr Loeffler. Ich weiß nicht, wer von den Knechten und Bauern, die mir in der Brennerei assistieren, überhaupt schreiben kann.«

»Beate Jonas?«, fragte Fontane. Aschinger bedachte ihn mit einem unfreundlichen Blick.

»Die Magd, die sich ein Kind hat andrehen lassen?«, sagte Kehlmann voll Verachtung. »Ich weiß nicht, ob sie schreiben kann. Mit der Brennerei hat sie jedenfalls nichts zu tun.«

»Hat sie keinen Zugang?«

»Sie hat vor allem keinen Grund, die Brennerei zu betreten.«

Aschinger nahm einen neuen Anlauf. »Sie haben sich doch sicher Gedanken gemacht, wer aus Lichterfelde hinter den Flaschendiebstählen stecken könnte?«

»Aus Lichterfelde?« Kehlmann runzelte die Stirn. »Ich bin eigentlich immer davon ausgegangen, dass es sich um Ortsfremde handelt.«
»Aber wie sollen die an die Schlüssel gekommen sein?«
»Ja«, meinte der Brennmeister, »das ist eben das große Rätsel.«

Dass auch er eine Schriftprobe abgeben sollte, hatte Kehlmann zunächst nicht einsehen wollen, schließlich genügte doch das Etikett einer Flasche vom *Guten Lichterfelder Kartoffelbrand* für den Vergleich. Der fiel natürlich zu seinen Gunsten aus: Sowohl Aschinger als auch Emilie und Fontane schlossen den Brennmeister als Urheber des gefälschten Klebezettels aus.
»Aber könnte er nicht seine Schrift verstellt haben?«, wollte Emilie wissen. Sie waren unterwegs nach Lichterfelde und hatten das Dorf fast erreicht.
»Dann hätte er die Abweichungen von seiner wirklichen Handschrift vermutlich übertrieben. Schauen Sie, seine Schreibschrift ist sehr exakt und einer Druckschrift ähnlich; es gibt nur ganz wenige Ligaturen. Die Unterzüge sind kurz. Und das trifft auch für das falsche Etikett zu.«
»Womit Sie sagen wollen …?«
»Der Fälscher hat sich an seiner Vorlage orientiert. Er hat versucht, wie Kehlmann zu schreiben.«
»Vielleicht ein besonderer Trick des Brennmeisters«, überlegte Fontane. »Auch den Fehler mit dem Doppelkonsonanten kann er bewusst eingebaut haben.«
»Dann wäre er allerdings sehr gewieft und müsste ein Experte für Schriften sein«, befand Aschinger. »Lassen wir das Spekulieren. Der Mann bleibt auf der Liste der Verdächtigen, aber da gibt es noch andere.«
»Sie haben eine ganze Liste von Verdächtigen?«, erkundigte sich Fontane.

»Aber sicher.« Der Kommissar spreizte sich ein wenig.
»Und wer steht darauf?«
»Tja, das möchten Sie wissen ...« Er spreizte sich etwas mehr.
»Soll ich Sie auf Knien bitten?«
»Das wäre in der Kutsche doch sehr unbequem.« Aschinger grinste. »Nur so viel: Der Verwalter und seine Frau stehen bei mir sehr weit oben.«
»Weil sie den Schlüssel zur Brennerei haben?«
»Auch. Aber vor allem, weil Sie mir gesagt haben, lieber Fontane, dass die Frau Verwalter ungern in der Provinz lebt«, Aschinger betrachtete die Häuser und Katen des Dorfes, »sondern residenzstädtische Ambitionen hat. Vielleicht legt man sich ja etwas zurück für einen mondänen Lebensabend.«
»Aber so alt sind die Loefflers noch nicht«, gab Fontane zu bedenken.
Aschinger grinste noch immer. »Die notwendigen Mittel vorausgesetzt, beginnen manche ihren Lebensabend schon um die Lebensmitte ... ja, man kann in die lebenslange Rolle des Rentiers hineingeboren werden.«
Der Wagen rollte durch das von den Löwen bewachte Tor auf den Kiesweg zum Schloss. Unter dem Portikus standen der Verwalter und der über Nacht von seiner Migräne genesene Gendarmerie-Leutnant, und hinter diesem Wachtmeister Schreiber. Leutnant von Grünberg machte wie immer eine gute Figur: Er verabschiedete sich gerade, indem er die Hacken zusammenschlug und salutierte. Loeffler wirkte gebeugt und war aschfahl; Schreiber nickte ihm zum Abschied aufmunternd zu. Als Beetz' Kutsche ausgerollt war, gingen die Landpolizisten gerade die Treppe hinunter. Von Grünberg salutierte, diesmal zur Begrüßung; Schreiber war schon bei den Pferden.
Aschinger stieg als Erster aus der Kutsche, deutete eine Verbeugung vor dem Leutnant an und stellte erst Emilie, dann

sich selbst vor. Grünberg erbleichte. Einen Berliner Kommissar konnte er hier ganz sicher nicht brauchen. Steif begrüßte er Emilie und Fontane.
»Wenn ich mir den Herrn Verwalter anschaue, haben Sie offenbar eine unschöne Nachricht überbracht«, sagte Aschinger.
»Ja, aber es war meine Pflicht.« Grünberg knallte die Hacken.
»Schon wieder ein Unglück?«
»Das kann man wohl sagen. Heute wollte in Joachimsthal der Sohn des Fischers Freege die Tochter des Ziegeleiarbeiters Mundt heiraten. Aber zu der Hochzeit wird es nicht kommen. Kann es nicht kommen, weil der Bräutigam verstorben ist.«
»Oh«, sagte Aschinger. »Noch ein Unfall?«
»Das möchte ich nicht beurteilen. Gestern auf dem Polterabend trank man jedenfalls Lichterfelder Kartoffelbrand, und schon am frühen Abend wurde den ersten Gästen übel. Also schickte man nach dem Doktor. Als dieser eintraf, war der Bräutigam bereits blind, und wenig später starb er. Vermutlich eine Methanolvergiftung.«
Aschinger wiegte den Kopf. »Haben die Leute wirklich so viel getrunken?«
»Eine andere Erklärung gibt es nicht, erwiderte der Leutnant.
»Unverständlich, vollkommen unverständlich«, ließ sich Loeffler vernehmen. »Unser Brand hat noch nie derartige Folgen gezeitigt. Ich muss in die Bücher schauen ...«
Frau Loeffler erschien in der Tür, wieder einmal mit Beate Jonas' Kind auf dem Arm. Ein Knecht, gefolgt von Schreiber, führte die Pferde der Gendarmen vor. Grünberg schlug abermals die Hacken zusammen und legte die Hand an die Pickelhaube. »Der Landrat erwartet unseren Bericht«, verabschiedete er sich.

»Selbstverständlich«, entgegnete Aschinger. »Sie müssen noch nach Freienwalde?«
»Nein, es ist Sonntag, der Herr Landrat hält sich auf seinem Gut Hohenfinow auf. Gehaben Sie sich wohl, meine Damen, die Herren!« Von Grünberg verbeugte sich knapp, dann schwang er sich in den Sattel und ließ sich von Schreiber die Zügel reichen. Auch der Wachtmeister bestieg sein Pferd, und schon wirbelte der Staub auf dem Kiesweg auf.
Loeffler trat zu seiner Frau, legte ihr eine Hand auf den Rücken, strich mit der anderen gedankenverloren über den Kopf des Kindes und flüsterte ihr etwas zu, worauf sie ins Haus zurückging. Der Verwalter hielt die Tür auf und machte eine schwache einladende Geste zu den Besuchern hin. Fontane stellte Emilie und Aschinger vor, und gemeinsam trat man ein.
»Ich bin eigentlich sicher«, sagte Loeffler, nun schon gefasster, »dass wir keinen Brand nach Joachimsthal verkauft haben. Jedenfalls nicht in diesem Monat und nicht für eine Hochzeit. Kehlmann ist korrekt, er hätte mir davon berichtet. Es müsste auch in den Büchern stehen. Jede Bestellung und jede Lieferung trägt er ein.«
»Wo bewahrt er diese Bücher auf?«, erkundigte sich Aschinger.
»In der Brennerei. Warten Sie, ich hole die Schlüssel.« Loeffler verließ das Vestibül.
Aschinger schaute sich um, runzelte die Stirn, wandte sich Fontane zu. »Hier gibt es gar keine Treppe! Obwohl ich zwei Stockwerke gesehen habe …«
Fontane konnte ihn aufklären und erzählte die Anekdote, die er bereits in sein Notizbuch eingetragen hatte. Aschinger schüttelte den Kopf.
Loeffler kehrte mit dem Schlüssel zurück. Emilie bat darum, die Herren nicht begleiten zu müssen, da ihr die große Hitze zu sehr zusetze; sie wolle stattdessen lieber der Frau des

Hauses Gesellschaft leisten, wenn es erlaubt sei? Natürlich war es erlaubt, und Loeffler geleitete sie in den Salon.
Die Männer machten sich auf den Weg ins Dorf, vorbei an der Bauernschänke, in der Beetz vermutlich beim Fuhrmatz saß. Die Schnapsbrennerei, aus den gelblichen Ziegeln der Gegend errichtet, war an dem hohen Schornstein zu erkennen, der in den blauen Himmel ragte. Zur Dorfstraße hin gab es eine Rampe mit breiter Schiebetür, die ein großes Vorhängeschloss sicherte, und neben dem Ziegelbau befand sich eine hölzerne Remise, in der man zwei Pferdewagen erkennen konnte. Es war so heiß, dass sich keine Lerche empor wagte, und die wenigen Schritte vom Schloss bis hierher brachten alle zum Schwitzen.
Loeffler kletterte zur Rampe hinauf, Aschinger und Fontane folgten seinem Beispiel. Während Loeffler aufschloss, ließ Aschinger den Blick über das Dorf schweifen.
»Wie idyllisch«, sagte er trocken.
Von der Halle mit den Destillier- und den anderen für die Branntweinerzeugung erforderlichen Geräten ging eine Tür zum Kontor ab, die ebenfalls abgeschlossen war. Das Kontor war das Reich des Brennmeisters, in dem er thronte, wenn er Papierkram zu erledigen hatte, denn von einem guten Brennmeister wurde verlangt, dass er anwesend war – um seinen Arbeitern auf die Finger zu schauen, um Proben zu nehmen, Klarheit und Geschmack zu prüfen.
Loeffler schien sich hier auszukennen. Er öffnete zielstrebig den ebenfalls verschlossenen Rollschrank und nahm ein Kontorbuch heraus. Er blätterte es durch zur letzten beschriebenen Seite, legte es auf den Schreibtisch und fuhr mit dem Zeigefinger die Einträge entlang, dann schüttelte er den Kopf. »Keine Bestellung aus Joachimsthal oder Umgebung und keine Lieferung dorthin in den letzten zehn Tagen«, konstatierte er und schlug eine Seite zurück, wo er die Prozedur wiederholte. »Hier haben wir etwas: eine Hochzeit in

Holländisch Papiermühle am 2. Juli. Das ist am Südzipfel des Werbellinsees. Zwanzig Flaschen Kartoffelbrand. Sie sehen, nach dem 2. gab es keine Bestellung für eine Hochzeitsgesellschaft mehr.«
»Aber auf dem Polterabend in Joachimsthal wurde Lichterfelder Kartoffelbrand konsumiert«, sagte Aschinger. »Wo kommt der her?«
»Nicht von uns.«
»Es wurden noch nie volle Flaschen gestohlen?«
»Nein.« Loeffler schaute den Kommissar ärgerlich an. »Aber selbst wenn, unser Branntwein ist kein Fusel, mit dem man sich vergiften kann.«
»Was denken Sie also?«
»Dass es sich um Betrug handelt. Dass jemand unsere Flaschen mit seinem Gesöff füllt und unter dem Namen *Lichterfelder* verkauft.«
Aschinger sah skeptisch aus. »Das erscheint logisch.«
»Sie wirken aber so, als würde Ihnen diese Theorie nicht gefallen?«
»Ja, die Theorien, die logisch klingen …« Aschinger streckte die Hand nach dem Kontorbuch aus. »Verbrechen sind wie das Leben – nur selten folgen sie den Gesetzen der Logik. Aber gut. Ich möchte Beate Jonas sprechen.«
Da Fontane den Weg kannte, übernahm er es, Aschinger zu der Dachstube zu führen.
Die junge Frau saß auf dem Bett und weinte, fuhr aber sofort hoch, als die Tür ging und die Männer eintraten.
»Gibt es neue Nahrung für Ihre Trauer?«, wollte Fontane wissen.
Beate Jonas grub ein Schnupftuch aus der Schürze und schnäuzte sich, womit sie zugleich ihr Gesicht verbarg.
»Was ist geschehen?«, fragte Aschinger freundlich.
»Wer sind Sie?«, kam es dumpf durch das Tuch.
»Kriminalkommissar Aschinger.«

»Kriminalkommissar? Oh, mein Gott!« Beate Jonas nahm das Tuch fort und schaute Aschinger von unten herauf an. »Die Frau Loeffler …«, schluchzte sie. »Immer muss ich mir schlimme Dinge an den Kopf werfen lassen. Ich sei eine Herumtreiberin und keine gute Mutter …«

Das stimmt allerdings, dachte Fontane, schwieg jedoch.

»Das sagt sie nur, weil sie mein Kind will«, heulte Beate. »Sie wird dafür sorgen, dass man es mir wegnimmt. Und dann adoptiert sie es.«

»Warum sollte sie das tun?«, erkundigte sich Aschinger. »Hat sie selbst keine Kinder?«

»Sie kann keine bekommen, die alte, garstige Hexe!« Beates eben noch trauriges Gesicht nahm einen hämischen Ausdruck an.

»Woher wissen Sie das?«, fragte Aschinger. Die Magd wich seinem Blick aus. »Man sagt so.«

»Wer sagt so?«

»Die Leute.«

»Welche Leute?«

Beate verzog das Gesicht. »Na ja, Sie wissen doch … Die Leute auf dem Gut, im Dorf …«

Aschinger nahm auf dem einzigen Stuhl Platz, Fontane lehnte sich gegen das Fensterbrett. »Hat Arnold das auch geglaubt?«

»Was?«

»Dass Frau Loeffler Ihnen das Kind nehmen will?«

»Das hätte er nicht zugelassen!«

»Ja, vielleicht. Aber das ist keine Antwort auf meine Frage.«

Beate tupfte sich die Augen. Man konnte den Mühlrädern hinter ihrer Stirn bei der Arbeit zusehen. Schließlich kam der Satz heraus: »Wir haben nie darüber gesprochen.«

»Sie haben nie mit Ihrem Liebsten darüber gesprochen, dass die Frau des Gutsverwalters Ihnen das gemeinsame Kind wegnehmen will?«

Beate senkte den Blick. »Es ergab sich nicht.«
»Es ergab sich nicht.« Aschinger schüttelte den Kopf. »Oder war das vielleicht nicht wichtig? Bedeutet Ihnen Ihr Kind wirklich so viel, wie Sie vorgeben? Und brechen Sie jetzt nicht in Tränen aus, hören Sie! Ich verbiete Ihnen zu weinen.«
Ihrer wirkungsvollsten Waffe beraubt, wurde Beate Jonas ausgesprochen kleinlaut.
»Ich liebe mein Kind«, sagte sie kaum hörbar. »Und ich habe Arnold geliebt.« Es klang merkwürdig nüchtern und wenig überzeugend.
»Warum hat Arnold in seinem Zimmer altbackenes Brot und Kartoffelschalen gehortet?«
Ohne nachzudenken, behauptete sie: »Davon weiß ich nichts.«
»Sie kennen aber sein Zimmer beim Treidler Mädewein, oder nicht?«
»Das Zimmer nicht.«
»Was meinen Sie, was hatte Arnold mit den Schalen und dem alten Brot vor?«
»Tja …« Beate zuckte mit den Schultern. »Vielleicht wollte er es verfüttern. An Schweine oder so etwas?«
»Hielt er Schweine oder so etwas?«
»Glaub nicht.«
»Andere Tiere, die Brot oder Kartoffelschalen fressen?«
»Davon hat er nie gesprochen.«
Aschinger lehnte sich auf dem Stuhl zurück und musterte die junge Frau. »Beschreiben Sie mir den Abend vor Kösters Tod«, verlangte er.
»Das hab ich doch schon …«
»Nicht mir.«
Beate sah ihn unsicher an, dann begann sie: »Ja, also wir waren auf dem Fest der Messerschmiede …«
»Wer?«

»Ich und Arnold und Konrad.«
»Wo trafen Sie sich?«
»Wie?« Beate schien unsicher und verwirrt.
»Wo haben Sie sich mit Köster und Zimmermann getroffen?«
»Zuerst mit Arnold. Ich hab ihn abgeholt.«
»Beschreiben Sie mir das bitte ausführlicher. Wann und wo?«
»Ich bin von Lichterfelde nach Eisenspalterei gelaufen …«
»Das ist eine schöne Entfernung.«
»Ja, aber ich habe das schon oft gemacht. Ich bin nicht die Gutsherrin und auch keine reiche Bauersfrau, ich habe kein Pferd und keinen Wagen. Manchmal nimmt mich eine mitleidige Seele mit … Also, früher hat mich öfter jemand mitgenommen. Aber seitdem die Loeffler böse Sachen über mich verbreitet …« Sie hob die Schultern. »Ich bin jung, ich kann das laufen.« Und mit einem bösen Grinsen: »Und die Loeffler ist eine alte Schachtel. Manchmal denk ich, die ist neidisch auf mich.«
»Sie sind also nach Eisenspalterei gelaufen«, beharrte Aschinger.
»Und ich habe an der Zugbrücke gewartet. Gegen sechs wollte Arnold dort sein.«
»Haben Sie eine Uhr?«
»Wozu?« Beate war ehrlich überrascht. »Es gibt doch die Sonne.«
»Ah, ja.« Aschinger nickte. »Kam Arnold pünktlich?«
»Ja, so ungefähr.«
»Und woher kam er?«
»Von seiner Wohnung. Er musste sich doch umziehen nach der Arbeit.«
»Natürlich. Sie gingen dann …?«
»Den Kanal entlang. Bis zur Neustädter Schleuse. Dann zum Markt hoch.« Sie verstummte.

»Wenn Sie zur Schicklerschen Vorstadt wollten, ist das doch ein Umweg«, konstatierte Aschinger freundlich.
»Dahin sind wir erst später.« Beate stülpte kurz die Unterlippe vor. »Erst waren wir im *Eisenfresser.*«
»Ach?« Aschinger verschränkte die Arme vor der Brust. »Was wollten Sie denn da?«
»Wir haben Konrad getroffen.«
»Sie haben eine umständliche Art, sich zu verabreden«, bemerkte der Kommissar.
»Das ist doch ein guter Ort, um sich zu treffen«, sagte Beate.
»Ich persönlich fände den *Löwenbrunnen* besser. Zentraler. Aber gut …« Er hob die Stimme. »Warum waren Sie im *Eisenfresser*? Was hatte Arnold dort vor?«
»Ich hab doch gesagt, weil es ein guter Ort …«
»Ach, Fräulein Beate!«, Aschinger seufzte übertrieben. »Nun erzählen Sie mir doch, wer noch im *Eisenfresser* war. Außer Konrad Zimmermann.«
»Na, der Strack-Paul.«
»Wer ist denn das?«
»Ein Bekannter. Von mir und von Arnold.«
»Ein Bekannter?« Aschinger lächelte breit. »Mit dem Sie auch was hatten?«, fragte er.
Beate wurde rot.
»Was hatte ich mit ihm?«
»In den Kreisen, deren Zaungast Sie als Gutsmagd sind, würde man es eine Affäre nennen«, sagte der Kommissar kühl. »Sie sind doch eine schöne junge Frau. Da werden Ihnen sicher auch andere den Hof gemacht haben?«
Beate lächelte erfreut.

Es war Aschinger tatsächlich gelungen, aus Beate Jonas einige Namen herauszuholen, bevor sie wieder Zuflucht unter Tränen suchte: Außer mit Paul Strack war sie auch einige Zeit mit Konrad Zimmermann zusammen gewesen, ausgerechnet mit dem Freund ihres Geliebten Arnold Köster, sodass Zweifel angebracht schienen, ob er überhaupt Vater ihres Kindes war. Dieses Geflecht von Beziehungen mochte die Voraussetzungen für das Austreiben eines besonders giftigen Pilzes geschaffen haben: der Eifersucht – so vermutete es Aschinger, als sie Beate verlassen hatten und sich durch das angebaute Treppenhaus hinabbegaben.

Im *Eisenfresser* war es allerdings nicht um Liebesdinge gegangen. Beate, die doch angeblich so gar nichts vom Klassenkampf verstand, hatte sich plötzlich erinnert, dass man über eine Broschüre gesprochen hatte, die Paul in den Schmidtschen Ziegelwerken verteilen sollte – an Weiterverteiler sozusagen. Arnold Köster hatte Teile des Inhalts als zu radikal zurückgewiesen und war darüber in Streit mit Zimmermann geraten. Strack hatte sich auf Zimmermanns Seite geschlagen; nach einer weiteren Runde Fuhrmatz hatte man sich aber schnell versöhnt, und Köster hatte der Broschüre dann doch seinen Segen erteilt. Später auf dem Fest der Messerschmiede aber war der Streit nach noch mehr Fuhrmatz wieder ausgebrochen – vielleicht am Ende doch eher wegen Stracks oder Zimmermanns schönen Augen als wegen der Politik?

Aschinger hatte Beate eine Schriftprobe abgenötigt und bat nun auch beide Loefflers und die verfügbaren Gutsmitarbeiter darum. Etliche von ihnen hatten am Sonntag frei und waren nicht aufzufinden. Aschinger würde am folgenden Tag noch einmal zurückkehren müssen. Zuvor musste er allerdings seinem Vorgesetzten, dem Kriminaldirektor, telegrafieren, um dessen Erlaubnis einzuholen, einen Tag in Neustadt-Eberswalde bleiben zu dürfen.

»Ich werde die Sache ordentlich dramatisieren müssen«, sagte er verschmitzt, als sie auf dem Gutshof auf den Wagen warteten.

»Vielleicht hilft Ihnen, was mir Frau Loeffler erzählt hat«, warf Emilie ein. Sie hatte sich in der verflossenen Zeit angeregt mit der Frau des Gutsverwalters unterhalten.
»Und das wäre?«
»Beate hat wohl auch mal dem Brennmeister Kehlmann schöne Augen gemacht.«
»Ah, très bien!« Die Kutsche war da. Aschinger kam Fontane zuvor und war Emilie beim Einstieg behilflich. »Wenn ich mir morgen weitere Proben geben lassen, fühle ich ihr noch einmal auf den Zahn. Und ich werde nicht einmal die Schreibunkundigen auslassen«, erklärte er, während Beetz die Kutsche vom Gutshof rollen ließ. »Man könnte einen dazu veranlasst haben, eine Vorlage abzupinseln. Ohne zu verstehen, was er da schreibt.«
Beetz lenkte den Wagen auf die staubige Landstraße nach Eisenspalterei. »Das Resultat ist insgesamt bislang wenig befriedigend«, sagte Aschinger. »Ich muss noch einen gründlicheren Vergleich unter Zuhilfenahme einer Lupe anstellen. Der erste Augenschein lässt mich zaudern, einen Verdächtigen zu benennen. Hier, sehen Sie.« Er hielt Fontane verschiedene Blätter mit Schriftproben hin. »Anno wurde beispielsweise häufiger mit nur einem N geschrieben, bei Guter schlich sich zwei Mal ein H ein, und Brand wurde mehrfach mit T geschrieben, auch mit D und T. Das inkriminierte Fehlen des Doppel-F bei Kartoffel allerdings ...« Er legte eine Bedeutungs- oder Spannungspause ein.
»Nun?«, fragte Fontane.
»Beate Jonas hat diesen Fehler gemacht.«
»Ah, ja.« Fontane nickte, als hätte er mit diesem Ergebnis gerechnet. »Nur sie?«
»Nein.« Aschinger schüttelte den Kopf. »Stellen Sie sich bloß vor, auch die ach so kultivierte Frau Loeffler schreibt Kartoffel nur mit einem F.«

Zurück im *Deutschen Haus*, wünschte Emilie eine Visite bei Zietemann. Sie räumte ein, nicht nur die Sorge um ihren Théodore habe sie bewogen hatte, die Sommerfrische zu verschieben, sondern auch der Ruf des Eberswalder Spritzkuchens habe sie verlockt, und eben diesen hatte Zietemann erfunden. Fontane bestand darauf, seine Frau zu begleiten. Aschinger zog sich auf sein Zimmer zurück.

Vor der Konditorei standen Tische und Stühle unter Sonnenschirmen, zwischen denen die Bedienmädchen, angetan mit Schürzchen und Häubchen, hin und her huschten. Wie nicht anders zu erwarten, wurde das Lokal an einem Sonntagnachmittag gut frequentiert, aber es fanden sich noch freie Tische an dem gegen die Stadtkirche gelegenen Teil des Platzes.

Einen Tisch weiter saß Ziegeleibesitzer Friedrich Schmidt. Fontane kam nicht umhin, ihn zu begrüßen.

»Was für ein angenehmer Nachmittag«, sagte Schmidt, »mit angenehmen Menschen. Dabei war mein Begehr nur, hier mit den Herren der Industrie, die sich gelegentlich des Sonntags einfinden, einen Kaffee zu trinken. Dass man dann auch noch auf einen Mann der Kunst und eine ehrenwerte Dame trifft, umso besser.« Er streckte sich zufrieden. »Sie nehmen doch auch Kaffee und Cognac?«

»Ich hätte gern einen Spritzkuchen«, sagte Emilie.

»O ja, natürlich, den müssen Sie probieren. Er ist eine hiesige Erfindung wie … nun, wie die Lötlampe.« Schmidt winkte einer Bedienung und gab die Orders auf. »Und der Herr Schriftsteller«, er verbeugte sich leicht gegen Fontane, »was möchten Sie?«

»Kaffee«, sagte Fontane knapp zu dem Bedienmädchen. »Und von Ihnen«, wandte er sich an Schmidt, »von Ihnen wüsste ich gern, ob einer Ihrer Kampagnearbeiter ein Pole namens Ireneusz ist?«

»Ireneusz«, wiederholte Schmidt. »Männer dieses Namens beschäftigen wir zweifellos. Meine Werkmeister werden wohl

alle Arbeiter kennen, die so heißen. Wenn Sie wünschen, kann ich sie Ihnen morgen vorführen lassen. Und jetzt entschuldigen Sie mich bitte … Ich werde erwartet.«
Schmidt erhob sich, verneigte sich knapp vor Emilie und schritt über den Marktplatz davon.

Neuntes Kapitel

Montag, 2. August 1875

Es musste Aschinger gelungen sein, den Kriminaldirektor von der Notwendigkeit seines Einsatzes in Neustadt-Eberswalde zu überzeugen: Am Morgen lag ein Telegrammkuvert neben seinem Frühstücksteller, das als Absender das Berliner Polizeipräsidium nannte, und nachdem der Kommissar es aufgerissen und den Inhalt gelesen hatte, grinste er. Zwei Tage hatte ihm sein Chef bewilligt. Wie er ihn hatte überzeugen können, behielt er für sich; nur so viel verriet er, dass er die Formulierung »möglicherweise gefährliche politische Intrige« verwendet hatte.

Ein Telegrammbote betrat das Hotel. Wenig später kam der Wirt an ihren Tisch und überbrachte ein zweites Telegramm, das ebenfalls den Absender des Präsidiums in Berlin trug. Aschinger fürchtete, wegen eines Verbrechens zurückgerufen zu werden. Dann aber stellte sich heraus, dass Kriminalkommissar Völker der Verfasser des Schreibens war: Völker, der Leiter der Politischen Polizei und als »Spinne im Netz« von allen, auch von seinen Mitarbeitern, gefürchtet. Sein Telegramm enthielt die Anweisung, ihn, Völker, sofort einzuschalten, wenn es sich tatsächlich um eine politisch brisante Straftat handele.

Auf der Agenda stand Joachimsthal, und Beetz war für den ganzen Tag als Retourkutscher geordert. Der Kutscher lenkte den Wagen in Richtung der Chaussee. Aschinger reckte und streckte sich.

»Eine Ermittlung wie Ferien«, meinte er und schaute auf die Wiesen zu beiden Seiten der Straße. »Ich taufe sie hiermit Enquête à les vacances.«
Die Fahrt führte durch die Dörfer Britz und Golzow, und wäre nicht die schreckliche Hitze gewesen, so hätte man durchaus von einem Feriengefühl sprechen können. Wiesen und Felder waren ständige Begleiter, über etliche Meilen ging es durch märkischen Wald. Auf dem letzten Abschnitt zwischen Golzow und Joachimsthal zog Aschinger Völkers Telegramm aus der Innentasche seines Paletots, faltete es auf und las mit amüsierten Gesichtsausdruck vor: »Viele kommunistische und sozialistische Verschwörer sinnen Tag und Nacht darauf, die Verhältnisse in Deutschland zu verwickeln und zu verwirren, tunlichst in Deutschland einen allgemeinen Krieg zu entflammen, und entsenden Agenten und Emissäre mit Instruktionen und aufrührerischen Schriften durch die Lande, um das Volk gegen die rechtmäßige Regierung aufzuwiegeln.«
»Was hat denn das mit unserem Fall zu tun?«, fragte Fontane, der bemerkt hatte, wie Beetz bei diesen Worten zusammengezuckt war.
»Unseren Fällen, mon cher. Noch sind es mehrere.« Aschinger drehte das Telegramm in den Händen. »Damit hat es nichts zu tun. Aber so ist Völker, Sie kennen ihn doch.«
»Für diese allgemeinen und für uns eher nutzlosen Hinweise hat er ganz schon viel Geld ausgegeben«, meinte Fontane.
»Ist ja nicht das seine.«
»Aber wie kommt er nur auf so etwas?«
»Tja«, Aschinger grinste, »ich habe natürlich den Fund des Kommunistischen Manifestes breit ausgemalt. Wozu er natürlich auch etwas zu sagen hat. Wollen Sie hören?«
»Unbedingt!«
»Die Broschüre des von einem bekannten Führer der kommunistischen Partei, dem Literaten Marx, verfassten Mani-

festes ist niemals im Buchhandel erschienen, sondern stets im Geheimen verbreitet worden, und so deutet der Besitz derselben auf verdächtige kommunistische Beziehungen hin«, las Aschinger vor. Wieder zuckte Beetz zusammen.
Sie erreichten Joachimsthal, immerhin eine Stadt, wenn auch eine kleine. Herauszufinden, wie man nach dem Fischerdorf Grimnitz gelangte, erwies sich als Kinderspiel; auf dem Markt sprach Beetz einen durch Beffchen und schwarze Kleidung als Geistlichen zu erkennenden Mann an, der ihnen ohne Zögern den Weg beschrieb. Auch den Fischer Freege ausfindig zu machen, war nicht schwierig, in Grimnitz war er wohlbekannt, und auch von seinem Unglück schien man auf der Straße zu wissen; als sich Aschinger erkundigte, machten die Leute die üblichen bedenklichen Gesichter, mit denen sie ihrem Mitleid Ausdruck verliehen und zugleich die Sensationslust kaschierten.
Die Fischerei machte nur selten reich, aber bei Freege schien es sich immerhin um einen wohlhabenden Mann zu handeln, denn das Zimmer, in das er sie führte, verströmte bürgerliche Behaglichkeit. Vor den kleinen Fenstern hingen sorgfältig gebügelte, strahlend weiße Stores, die Dielen waren geschrubbt und geölt, ein riesiges Sofa verriet einen gehobenen Haushalt. Ein Schaukelstuhl stand in der Nähe des offenen Kamins, der mit holländischen Fliesen gekachelt war, es gab ein paar einfache, aber bequem anmutende Sessel und Stühle mit Seitenlehnen, an der Wand hing eine große Uhr mit Ebenholzgehäuse und einem Zifferblatt aus Emaille, und auch hier hatte die Photographie als Wandschmuck Einzug gehalten. Die Wand über der Anrichte war dem Kruzifix vorbehalten, die übrigen schmückten Aufnahmen von Festlichkeiten: Kirchweihfest, Taufen, Geburtstage, Leichenbegängnisse und Totenfeiern. Fontane, der im Zeitalter vor der Photographie aufgewachsen war, musste immer wieder feststellen, dass das Bild allmählich die niedergeschriebene

Erinnerung ergänzte oder ersetzte; irgendwann würde vielleicht das Photoalbum zum Tagebuch werden.
Im Haus des Fischers herrschte Leichenbitterstimmung. In einem der Sessel saß eine große, kräftige Frau über einer Näharbeit, hatte aber die Hände in den Schoß sinken lassen und war in Tränen aufgelöst. Zwei junge Frauen, deren Gesichter sowohl der Älteren als auch Freege ähnelten, versuchten sie zu trösten, musste sich dabei aber selbst immer wieder die Tränen trocknen. Alle drei trugen schwarze Kleider, schwarze Strümpfe, schwarze Schuhe und die Älteste, zweifellos die Mutter, eine schwarze Haube. Nur die Taschentücher waren bunt.
Freege erklärte, wer die Herren waren, die sie zu sprechen wünschten. Dass sich die Berliner Kriminalpolizei für den Tod des ältesten Sohnes interessierte, hatte einen ungeahnten Effekt: Die Tränen versiegten, und etwas wie Stolz schwellte den Mutterbusen. Was denn ausgerechnet die Polizei aus Berlin bewöge, in dieser Gegend zu ermitteln, wollte die Frau des Fischers wissen.
»Das ist eine lange und verzweifelt komplizierte Geschichte«, sagte Aschinger. »Eine Häufung tödlicher Ereignisse, die auf den ersten Blick wie Unglücksfälle aussehen, hat uns auf den Plan gerufen. Ich möchte Ihnen mein Beileid ausdrücken, Frau Freege.«
»Danke«, erwiderte die Matrone. Ihre Töchter nickten. Man pflegte gern von einer alles überwältigenden Trauer zu sprechen, aber eines hatte die Trauer nicht zu überwältigen vermocht: die Neugierde. Sie war den Frauen quasi überdeutlich anzusehen.
Als Erstes erkundigte sich Aschinger nach den Freunden des Verstorbenen, die sich nach Aussage Grünbergs in komatösem Zustand befanden. Zwei waren ebenfalls Fischer, der dritte ein Bauernsohn. Allen ging es nach wie vor bedenklich; einer der Fischer, so hieß es, sei erblindet.

Den Schnaps, so stellte sich heraus, hatte Freege senior beschafft. Er hatte die bevorstehende Verehelichung seines Sohnes mit der Tochter des Ziegeleiarbeiters Mundt im *Landboten* annonciert, wie es sich für eine anständige Familie gehörte. Drei Tage nachdem die Anzeige erschienen war, sei ein sonntäglich gekleideter Mittdreißiger am Steg unten beim Grimnitzsee aufgetaucht; er, Freege, und seine Söhne hätten gerade die Reusen geleert und den Fang an Land gebracht. Der Mann, der sich als Brennmeister Mankehl aus Lichterfelde vorstellte, habe sich erboten, die Hochzeitsgesellschaft mit dem besten Schnaps zu beliefern, den man bei einer solchen Gelegenheit verzehren könne, und er wollte auch einen guten Preis machen, wenn man wenigstens zwanzig Flaschen abnähme.

Was er unter sonntäglich gekleidet verstünde, wollte Aschinger wissen.

»Sonntagsstaat eben«, lautete die Antwort. »Anzug mit Weste, weißer Kragen und dunkle Krawatte. Auf dem Kopf einen Homburger.«

»Hatte der Herr … Mankehl vielleicht irgendein besonderes Merkmal?«

»Fischerhände«, sagte Freege sofort.

»Was?«

»Hände mit Schwielen, so wie wir Fischer sie haben. Vom Ziehen der Netze oder Reusen aus dem Wasser.«

»Haben Sie diesem Mankehl vertraut?«, wollte Aschinger wissen.

»Warum sollte ich nicht? Ich bekam die Flasche zu zwei Dritteln des gewöhnlichen Preises, und der Lichterfelder Kartoffelschnaps hat einen so guten Ruf wie der von Hohenfinow, den wir üblicherweise kaufen.«

»Quasi landrätlicher Schnaps, nicht wahr?«

»Wir haben dort schon Schnaps gekauft, als Herr von Bethmann Hollweg noch nicht Landrat war. Wegen der Güte.

Außerdem gehören Joachimsthal und Grimnitz zum Kreis Angermünde.«
»Aber gibt es denn keine näher gelegene Brennerei? Ich meine, bis nach Hohenfinow ist es doch kein geringer Weg?«
»Ich sagte schon, wir wählen nach der Güte. Und wir brauchen nicht ständig Schnaps, wir sind ja keine Säufer.«
»Nur zur Anlässen«, warf Frau Freege schüchtern ein.
»Dann trinken wir auch mal tüchtiger«, sagte ihr Mann.
»Haben Sie noch eine Flasche, die Sie uns zeigen können?«
Freege schüttelte den Kopf. »Sie wurden von der Gendarmerie beschlagnahmt.«
»Und gab es eine Besonderheit? Auf dem Etikett?«, fragte Aschinger suggestiv.
»Nicht dass ich wüsste«, entgegnete Freege.
»Wie kam der Schnaps denn hierher?«, erkundigte sich der Kommissar. »Über Land oder ...?«
»Übers Wasser. Mein ...« Freege fuhr sich kurz über die Augen. »... mein Fast-Gegenschwieger ist Vorarbeiter in einer der Elsenauer Ziegeleien, südlich von Joachimsthal am Werbellin. Mein Gegenschwieger Alfried Mundt erbot sich, die Lieferung von dreißig Flaschen in Empfang zu nehmen, zum Preis von zwanzig sozusagen. Er bat seinen Brotherrn um Pferd und Wagen und war zur ausgemachten Zeit am Seeufer.«
Aschinger fragte: »Wieso kam der Schnaps per Boot? Ich möchte meinen, von Lichterfelde nach Grimnitz kann man bequem den Wagen nehmen.«
»Sie kamen nicht mit dem Boot, sondern mit einem ziemlich großen Kahn.«
»Doch kein Treidelkahn?«
»Ich denke mir, dass sie vielleicht mit dem Wagen bis Holländisch Papiermühle gefahren sind und erst von dort den Kahn nahmen. Auf dem See haben sie dann sicherlich Segel gesetzt.«

»Sie?«
»Es waren drei. Mankehl und zwei jüngere Männer. Alfried meinte, der eine von ihnen habe kaum gesprochen. Nur wenige Worte, in so gebrochenem Deutsch, wissen Sie? Also, Alfried war ja überzeugt, dass es ein Polack war. Und jetzt, wegen der Vergiftung, ist er noch überzeugter.«

Um sich eine nähere Beschreibung der Kahnbesatzung geben zu lassen, wünschte Aschinger, Alfried Mundt zu Elsenau einen Besuch abzustatten. Freege begleitete sie.
Der Idylle am Werbellinsee, wie sie manch Heimatschriftsteller in seinen Werken feierte, konnte man in Elsenau nur teilhaftig werden, wenn man die Augen schloss, ja nicht einmal dann: Man sah zwar die Schlote nicht mehr, hörte aber das Zischen und Jaulen eines Sägewerks. Der Geschäftsführer der Ziegelfabrik war der Polizei gern zu Diensten und ließ seinen Vorarbeiter Alfried Mundt aus der Ziegelformerei holen. Er trat den »Herren Kommissaren« sogar das Kontor für ihre Befragung ab.
Alfried Mundt war kein Dummkopf, wie sich schnell herausstellte, und er konnte Angaben machen, die Aschinger ein zufriedenes Lächeln abnötigten. Zwar blieb er dabei, dass er den Polacken für den Urheber des Verbrechens hielt, und seine Beschreibung der Komplizen war eher vage, doch dafür konnte er umso mehr zu dem Kahn sagen, auf dem der Schnaps gebracht worden war.
»Das war eindeutig ein Ziegeleikahn«, sagte er. »Wir bringen den größten Teil unserer Ziegel auf dem Wasserwege nach Berlin – über den See, dann durch den Werbellin- und den Finowkanal zur Havel. Unsere Kähne sehen ähnlich aus.«
»Und von diesem Ziegeleikahn nahmen Sie die Schnapskisten in Empfang?«
Mundt nickte.

»Ich meine allerdings«, sagte Aschinger, »dass ein solcher Kahn doch etwas zu groß ist, um ein paar Kisten …«
»Die haben sie praktisch nur so mitgenommen. Sie wollten Holz holen, unten vom Sägewerk. Holz benötigt man auch in einer Ziegelfabrik. Das Geschäft mit dem Schnaps haben sie nebenbei mit erledigt.«
Fontane mischte sich ein. »Wie hieß der Kahn?«
»Tja …« Mundt hob beide Arme und lächelte selbstgefällig. Als ihm der traurige Anlass, um den es ging, wieder in den Sinn kam, wurde er rasch wieder ernst. »Sie hatten den Namenszug sowohl am Bug als auch am Heck mit einer Persenning verhängt. Dass ich da nicht gleich stutzig geworden bin!« Er schüttelte den Kopf über seine Vertrauensseligkeit. »Aber ich habe mir wirklich nichts dabei gedacht. Vielleicht hat mich auch der günstige Preis blind …« Er verstummte.
»Mich doch auch, Alfried«, sagte Freege und seufzte aus tiefstem Herzen.
»Die Gier macht uns dumm!« Mundt schüttelte abermals den Kopf. »Oder gar zu Mördern. Nun, jedenfalls, nachdem dieses Schreckliche passiert ist … Ich will natürlich wissen, wem wir es verdanken. Und wenn Sie nicht gekommen wären, wer weiß, vielleicht wäre ich noch heute nach Neustadt gefahren und hätte die Übeltäter …«
Aschinger hob die Brauen. »Kennen Sie die denn?«
»Nicht mit Namen, das nicht. Aber ich bin heute Morgen zum Sägewerk und habe mich nach dem Kahn erkundigt, der an dem Tag Holz geladen hat. Sie mussten nicht mal in ihre Bücher gucken: Es war die *Johann* aus Neustadt.«
»Ach?«, rief Fontane aus. »Und wissen Sie auch, wem …?«
»Natürlich. Der Ziegelfabrik Schiller.«

Freege und Mundt mussten sie begleiten – zu Gegenüberstellungen in Lichterfelde und Neustadt.

Die Prozedur auf dem Gut zog sich in die Länge. Die männlichen Beschäftigten defilierten an ihnen vorüber; zuerst jene, die mit der Schnapsbrennerei zu tun hatten, dann auch die übrigen. Selbst Verwalter Loeffler musste die Gegenüberstellung über sich ergehen lassen, was ihm ersichtlich missfiel. Aber niemand vom Gut schien mit dem gepanschten Schnaps zu tun gehabt zu haben. Auch in Heegermühle kam man der Lösung nicht näher, hatten doch Mundt und Freege den Brennmeister Kehlmann nie zuvor gesehen.
Man machte sich auf den Weg zur Provinzial-Irrenanstalt. Fontane zückte seine Taschenuhr: Es ging schon auf vier. Unbarmherzig brannte die Sonne, und die Bewegung des Wagens schläferte ein …
Da rief Beetz plötzlich laut und erschrocken »Brrr!« und riss am Zügel. Fast gleichzeitig hörte Fontane: »Lieb mir oder ick zerhack dir die Kommode!«
»Was ist denn das?«, fragte Aschinger.
Vor ihnen auf dem staubigen Weg sprang mit zappelnden Bewegungen der schon bekannte junge Mann herum, rief »Bäh, bäh, widerlich« und tanzte in seinen Arbeitsschuhen, aus denen die Wollsocken quollen, um die Kutsche. »Lieb mir oder ick zerhack dir die Kommode! Janz un' jar widerlichst! Bäh, bäh!«
»Wer ist das?«, wollte Aschinger von ihrem Kutscher wissen.
»Der kommt von dort, wo wir gerade hin wollen«, sagte Beetz nur missgelaunt.
Der Irre lachte, tanzte, schüttelte die Glieder.
»Wie Rumpelstilzchen«, murmelte Freege, als sich die Pferde wieder in Trab setzten.
Die nördlich der Oderberger Chaussee gelegene Anstalt entpuppte sich als ein riesiger Komplex, der trotz moderner Bauformen und der Methode des *No restrain* Furcht einflößend wirkte, jedenfalls auf schlichte Gemüter wie Mundt und Freege.

Der Pförtner war über den Besuch wenig erbaut, ließ aber zu Direktor Zinn schicken, der zugleich Erster Arzt war und sich irgendwo auf dem Anstaltsgelände befand, Kranke zu heilen oder zu beruhigen oder sich von ihrer Unheilbarkeit zu überzeugen.
Endlich erschien Zinn im weißen Mantel. Er entschuldigte sich mit einem Notfall in der Unruhigen-Abteilung, dann ließ er sich von Aschinger über das Anliegen der Besucher unterrichten. In der Tat ein merkwürdiger Fall, meinte Zinn, während sie den Garten durchquerten. »Die Toten liegen noch in der Leichenkammer, aber trotz der Kühlung wird es Zeit, dass sie unter die Erde kommen. Der Amtsrichter Berg hat schon zweimal ihre Beisetzung befohlen, und der Landrat befahl zweimal das Gegenteil.«
»Er selbst?«, fragte Fontane nicht wenig überrascht.
»Nein. Seine Boten waren ein hochnäsiger Gendarmerie-Leutnant und ein Wachtmeister, der unglücklich wirkte, unter einem solchen Offizier dienen zu müssen.«
Leichenkammer und Sektionszimmer befanden sich an der hinteren Mauer der Irrenanstalt, wo es ein Tor gab, durch das wohl angeliefert wurde. Zu beiden Seiten des Tores erstreckten sich, symmetrisch angeordnet wie alles auf dem Krankenhausgelände, zwei Gebäude ähnlich Torhäusern; das rechte beherbergte Ställe, die Futterküche und die Wagenremise sowie die Portierwohnung, das linke die Wohnung des Gärtners nebst Scheune und den beiden Räumen, die das Ziel der kleinen Gesellschaft waren.
Doktor Zinn sperrte auf. Er hatte die Frau der Pförtners nach einem Hilfswärter geschickt, der ihm behilflich sein sollte und der just über den Hof kam, als man das Obduktionszimmer betrat, das durch ein Oberlicht erhellt wurde und recht geräumig war; auf jeden Fall bot es genügend Platz für alle Anwesenden. Es war sehr sauber und verbreitete einen starken Karbolgeruch.

Fontane fühlte sich beklommen. Mundt und Freege waren käseweiß.
Der Hilfswärter schob einen Rolltisch aus der Leichen- in die Sezierkammer, auf dem sich unter weißen Leinentüchern die Umrisse eines Menschen abzeichneten. Es wehte kühl aus der Leichenkammer, doch zugleich verbreitete sich ein süßlicher Fäulnisgeruch. Fontane biss die Zähne zusammen.
Ein zweiter Rollwagen wurde hereingeschoben. Aschinger winkte die beiden Fast-Schwäger heran und ließ die Tücher von den Gesichtern der Toten nehmen. Fontane trat zögernd näher. Trotz der Kühlung waren beide Gesichter fast bis zur Unkenntlichkeit aufgequollen.
Freege und Mundt wandten sich sofort wieder ab. Mundt wies auf den linken Rolltisch, wo Köster lag.
»Der da!«, sagte er mit dünner, krächzender Stimme.
Aschinger fragte: »Wer ist oder war das?«
»Der war dabei, als der Schnaps angeliefert wurde.«
»Zusammen mit dem Polen und einem weiteren Mann?«
»Ja.«
»Und Sie, Freege?«
»Nein. Keiner der beiden … kam …« Er schlug die Hände vor den Mund und war nun kaum zu verstehen. »Keiner hat mir die günstige Offerte unterbreitet.« Er atmete schwer und stürzte, schwankend wie ein Betrunkener, aus dem Sektionsraum.

Nach der Besichtigung der Leichen leistete Doktor Zinn Nothilfe, indem er im Direktionszimmer Cognac spendierte. Freege und Mundt nahmen umstandslos an. Aschinger und Fontane verzichteten. Sogar eine Zigarrenkiste ließ der Erste Irrenarzt herumgeben, aber niemand griff zu. Behaglich paffend, führte Zinn aus: »Kösters Leib befand sich in einem fürchterlichen Zustand, wie Sie sich denken können, der

Brustkorb und die Gliedmaßen zerquetscht.« Freege gab einen Laut von sich, ein Mittelding zwischen Knurren und Pfeifen. »Zimmermanns Körper war zerschmettert. Es gab ein paar Hämatome am Oberarm, die sich mit dem Sturz nicht erklären lassen, gleichwohl aber mit der körperlichen Auseinandersetzung am Vorabend. Ich habe nichts gefunden, das die These stützt, jemand könne nachgeholfen haben bei seinem Tod. Beide Männer waren kerngesund bis zu ihrem Ableben, nur bei Köster fand ich eine Leberzyste.«
»Eine Folge des Alkoholabusus?«, wollte Aschinger wissen. Zinn paffte. »Muss nicht sein.«
Auch Fontane brannte noch etwas auf den Nägeln. Er beschrieb das Rumpelstilzchen mit seinen zuckenden Bewegungen und Rufen und fragte, ob diese Person in die Klinik gehöre oder etwas mit der Anstalt zu tun gehabt habe. Doktor Zinn setzte eine betrübte Miene auf.
»Sie sprechen von einem jungen Mann mit motorischen und vokalen Tics?«, erkundigte er sich. Fontane bejahte. »Tics wie Augenblinzeln, Naserümpfen, Kopfwerfen und Grimassieren?« Auch das bestätigte Fontane. »Dem Ausstoßen von Lauten, dem Schnalzen, der Echolalie, also dem sinnlosen Wiederholen von Wörtern, oder gar Koprolalie, dem Herausschleudern von Obszönitäten?«
»Auch das!«
»Wir haben noch keinen Namen für seine Erkrankung«, sagte Zinn. »Dieser junge Mann ist Patient unserer Klinik, aber ihm gelingt immer wieder die Flucht, und dann streift er wochenlang durch die Umgebung. Er kennt sich gut aus, deshalb hat es keinen Zweck, ihn suchen zu wollen.« Er senkte die Stimme. »Wissen Sie, der Mann ist der Bruder des Ziegeleibesitzers Schmidt. Auch aus diesem Grund verständigen wir nicht die Polizei.«
»Der Bruder von Friedrich Schmidt?«, wiederholte Fontane ungläubig.

Zinn seufzte. »Nun ja«, sagte er schließlich, »August Heinrich Schmidt, der jüngere Bruder des Genannten. Als dieser die märchenhafte Villa in der Brunnenstraße erwarb, lebten beide noch unter einem Dach. Die namenlose Krankheit verbessert sich bei den meisten Menschen nach der frühen Jugendzeit, aber bei unserem Flüchtigen hat sie sich leider verschlimmert. Direktor Schmidt sah sich daher genötigt, seinen Bruder bei uns einzuliefern. Das ist ihm alles andere als leicht gefallen – der erste Abschied war ein tränenreiches Spektakel.«

»Aber Direktor Schmidt muss doch wissen, dass sein Bruder sich aus der Anstalt entfernt?«

»Sicher.« Zinn hob die Achseln. »Ich nehme an, die beiden treffen sich sogar. Vielleicht versorgt er August Heinrich mit Nahrung und frischer Kleidung. Wenn der nach Wochen wieder bei uns auftaucht, ist er zwar erschöpft, aber nie verwahrlost.«

»Können Sie denn mit den Ausrufen, die wir gehört haben, etwas anfangen, Doktor?«, wollte Fontane wissen. »Mit diesem ›Lieb mir oder ick zerhack dir die Kommode!‹ oder dem ›Der Tor hat seine Schuldigkeit getan‹?«

»Nicht das Geringste«, sagte der Irrenarzt kühl.

»Köster hatte also mit der Schwarzbrennerei zu tun«, fasste Aschinger zusammen. Freege und Mundt waren immer noch nicht erlöst, denn nun kutschierte man zur Ziegelfabrik nach Macherslust, um dort einen gewissen Ireneusz zur Gegenüberstellung zu bewegen. »Da möchte ich doch wetten, dass Beate Jonas auch mit von der Partie war. Für sie war es ein Leichtes, die Schlüssel zur Brennerei zu beschaffen und sie Köster zu geben, damit er sie nachfeilt. Ich nehme an, das konnte er selbst.«

»Also hatte Köster Dreck am Stecken«, überlegte Fontane. »Und Sie meinen, er wurde deshalb in den Transmissionsriemen gestoßen?«

»Das habe ich nicht gesagt. Aber wenn Zimmermann der Dritte im Bunde gewesen sein sollte ...«
»... war der Streit auf dem Fest vielleicht eine Auseinandersetzung zwischen Schwarzbrennern?« Aschinger wiegte den Kopf. »Par exemple um die Verteilung der Erlöse? Darüber sind schon manche Banden gescheitert, warum also nicht?«
»Und Mord? Tötet man sich nicht auch gegenseitig wegen Geld?«
Aschinger grinste. »Als Mann des Wortes sollten Sie wissen, dass man sich nicht gegenseitig töten kann. Zimmermann könnte Köster, aber Köster kann unter keinen Umständen Zimmermann auf dem Gewissen haben.«
Die Ziegelfabrik, die sich nicht weit von der Irrenanstalt entfernt befand, war schon zu sehen. Zwischen den Baracken, dem Fabrikgebäude und dem Ufer des Kanals standen mehrere Dutzend Arbeiter, und wenn sich Fontane nicht täuschte, tauchte zwischen ihnen ab und zu eine Pickelhaube auf. Es war tatsächlich Schreiber, der die heranrollende Kutsche bemerkte und sich durch die Arbeiter zur Straße hindurchzwängte. Aschinger wechselte einen Blick mit Fontane. Beetz hielt an. Mehr an Fontane als an Aschinger gewandt, sagte Schreiber: »Sie haben wohl einen Riecher für blutige Geschehnisse?«
»Schon wieder ein Unfall?«, fragte Fontane ahnungsvoll.
Schreiber schüttelte den Kopf. »Eindeutig kein Unfall! Ein Ziegeleiarbeiter ist unten am Kanal von mehreren Männern zusammengeschlagen worden. Mit Knüppeln. Ein gewisser Ireneusz Tutasz.«
»Ach?« Aschinger legte die Stirn in Falten. »Schwer verletzt?«
»Ziemlich. Er ist bei Bewusstsein, aber man hat ihm den Kiefer zertrümmert.«
»Sie sollten den Richter informieren«, sagte Aschinger ernst.
»Der war schon da.«
Der Kommissar riss die Augen auf. »Der war schon da?«

»Ja. Er hat einen Blick auf den Verletzten geworfen und das Ganze als Wirtshausschlägerei abgetan.«
»Finden solche Schlägereien nicht in Wirtshäusern statt?«
»Mir kommt das auch so vor ...«
»Richter Berg ist schnell darin, etwas abzutun«, murmelte Aschinger. »Ungewöhnlich schnell.«

Der Verletzte lag noch im hohen Gras des Uferstreifens und gab röchelnde Laute von sich. Zwei Männer schickten sich an, ihn vorsichtig vom Boden aufzuheben, um ihn in die Baracken hinüberzutragen. Ein Arzt aus dem nahen Macherslust, der einzige weit und breit, wenn man von den Irrenärzten absah, ermahnte sie zu größter Vorsicht.
Fontane trat mit klopfendem Herzen näher. Obwohl sein Gesicht mit Blut verkrustet war, erkannte er in dem Verletzten den jungen Mann, dem er und Emilie gefolgt waren.
Aschinger schob Mundt und Freege vorwärts. Während Freege sich weigerte und wegschaute, warf Alfried Mundt einen Blick auf das geschwollene Gesicht des Bewusstlosen.
»Das ist er!«, rief er augenblicks.
»Wer?«, wollte Aschinger wissen.
»Der war dabei, als man den Branntwein nach Elsenau brachte.«
Aschinger hob die Brauen. »Freege?«
Der Fischer atmete tief durch, dann schaute er kurz auf den Polen, wandte sich schnell ab und schüttelte den Kopf.
»Das ist nicht der Mann, der Ihnen den Hochzeitsschnaps anbot?«
»Nein.«

Emilie war weder auf ihrem Zimmer noch in der Gaststube, obwohl sie angekündigt hatte, am frühen Abend ins Hotel zurückzukehren. Nach Joachimsthal hatte sie nicht mitkommen wollen, der Hitze und des Staubes wegen. Wenn Fon-

tane an sich herabschaute, verstand er sie umso mehr, denn auf Jacke, Hose und Schuhe hatte sich ein feiner Staubfilm gelegt; am schlimmsten jedoch waren die Körnchen zwischen den Zähnen. Emilie hatte recht getan, zumal sie, wie sie beim Frühstück gesagt hatte, ihren Theodor bei Aschinger in guten Händen wusste. Sie hatte lieber kuren und sich am Neustädter Brunnen laben wollen – und sicher auch am Spritzkuchen.
Fontane dachte voll Zärtlichkeit an seine Frau, während er sich wusch und seine Kleidung abbürstete, um beim Abendessen *bella figura* zu machen. Er stand in Hemdsärmeln vor dem Spiegel und band sich die Krawatte, und da der Spiegel sich nah beim Fenster befand, schaute er hinaus auf den Markt. Die Häuser an der westlichen Seite warfen bereits lange Schatten, die Händler hatten ihre Stände längst geräumt, und ein Mann mit einem groben Besen, wohl der Eberswalder Straßenkehrer, schickte sich an, den letzten Unrat zusammenzufegen.
Fontane wollte sich gerade abwenden und sein Jackett anlegen, als er seine Frau entdeckte. Emilie kam aus der Kirchgasse, hatte den Sonnenschirm unter den Arm geklemmt und bewegte sich quasi im Sturmschritt quer über den Markt. Das wirkte nicht gerade damenhaft; anscheinend hatte sie es so eilig, dass sie nicht auf ihre Wirkung achtete.
Fontane kleidete sich vollständig an und beeilte sich, rasch die Treppen hinunterzukommen. Emilie befand sich bereits im Gastraum an Aschingers Tisch. Sie wollte sofort lossprudeln, doch der Kommissar forderte sie auf, sich erst einmal zu setzen. Dann bestellte er ihr eine Limonade. Fontane trat hinzu, nahm Emilies Hand und küsste sie zart. Seine Frau war noch ganz außer Atem, ihr Busen hob und senkte sich. Der Wirt brachte die Limonade. Fontane setzte sich.
Emilie nahm einen Schluck, betupfte sich den Mund mit einem Spitzentuch und sah ihren Mann herausfordernd an.

»Heute habe ich Detektiv gespielt«, sagte sie.
»Und mir wirfst du es vor!«
»Ach, herrje!« Emilie löste die Hutnadeln und nahm den Strohhut ab. »Also, ich gestehe, nicht nur dem Gesundbrunnen zugesprochen zu haben. Ich habe nämlich festgestellt, dass es von der Brunnenstraße zum Schicklerschen Markt nur ein Katzensprung ist. Ich möchte mir doch das Feuerwerk der Messerschmiede anschauen – heute endet nämlich ihr Fest.«
Aschinger schaute aus dem weit geöffneten Fenster. »Das Feuerwerk wird doch wohl erst in der Dunkelheit beginnen?«
»Ja, ich hätte noch mindestens eine Stunde warten müssen. Aber es ergab sich dann eine eigenartige Gelegenheit …« Sie verstummte kurz und schlug die Augen nieder. »Ich habe mir ein Bier geholt, weil ich Durst hatte und Bier nun einmal der beste Durstlöscher ist. Ja, und da stellte ich fest, dass der junge Mann, der das Bier ausschenkt, mit einem ebenfalls jungen Mann neben mir Polnisch sprach. Wegen meiner Besuche auf dem Treutlerschen Gut …« Emilie hatte den Kopf wieder gehoben und schaute zu Aschinger. »Dort lebt eine Freundin von mir, Johanna. Das Gut befindet sich bei Liegnitz. Ich kann also etwas Polnisch und sagte ein paar Worte … Das war … Die Polen sind ja sehr herzliche und leidenschaftliche Män… Menschen … Kurzum, sie waren so begeistert von der deutschen Frau, die ein paar Brocken ihrer Sprache beherrscht, dass mich mein junger Nebenmann mit zu Landsleuten an den Tisch lud.« Emilie lächelte. »Da sagte ich nicht nein. Natürlich nicht. Warum gibt es eigentlich keine weiblichen Kommissare?«
»Die Polizeiarbeit ist nichts für Frauen«, sagte Aschinger sofort. »Zu gefährlich.«
»Ja, aber Uniformknöpfe können wir annähen!« Emilie runzelte die Stirn. »Na jedenfalls, ich kam ins Gespräch. Die

Männer haben schnell mitbekommen, dass es mit meinen Kenntnissen nicht weit her ist, aber das machte nichts. Sie traktierten mich mit einem weiteren Bier, was mir nicht so gefiel, auch musste ich einen Kartoffelschnaps trinken – was blieb mir übrig? Sie gaben mir als Grundlage ein großes Stück scharfer polnischer Wurst.«

»Warum musstest du mittrinken?«, fragte Fontane aufgebracht.

»Um in der Runde bleiben zu können. Um abwarten zu können, dass sie betrunkener und damit redseliger wurden. Bis ich dezent und klug eingefädelt …« Sie legte eine kleine Pause ein und wiederholte: »… klug eingefädelt ein paar Fragen stellen konnte. Die Antworten werden Sie, lieber Monsieur Aschinger, und auch dich, Théodore, sprachlos machen!«

Aschinger sagte: »Noch nicht sprach-, aber immerhin schon atemlos höre ich zu.«

»Bei dem Streit zwischen Köster, Zimmermann und Ireneusz ist mehrfach das Wort *kurwa* gefallen«, begann Emilie, dann verstummte sie.

»Kurwa?«, fragte Aschinger.

»Nun ja, das ist eine gefallene Frau.« Emilie atmete aus. »Gemeint war Beate Jonas, die mit allen drei Männern etwas gehabt haben soll. Also mit Köster, Zimmermann und Ireneusz. Und noch mit einem vierten. Wobei das wohl eher nur ein Gerücht ist und vielleicht auch nicht mehr als üble Nachrede, wie sie ja auf solchen Festen blüht.«

»Wer ist dieser vierte Mann?«

»Der Vorarbeiter und nunmehrige Schichtmeister Gotthelf Mädewein.«

Es war kein Donnergrollen, das Emilies Worte unterstrich, sondern das Zischen und die Explosionen vielfarbiger Raketen, die über dem Markt in die Höhe stiegen und rasch verloschen.

Zehntes Kapitel

Dienstag, 3. August 1875

Mehrere Glocken waren zu hören, die, wenn auch um einige Sekunden versetzt, das Verstreichen der ersten halben Stunde des neuen Tages verkündeten. Um diese Stunde war die Luft fast lau zu nennen. Der Wirt hatte auf Aschingers Befehl einen Laufburschen zu Schreiber geschickt, der Kommissar wartete vor dem Hotel auf den Wachtmeister. Fontane und Emilie waren in der Gaststube zurückgeblieben und schauten durch ein weit offenes Fenster hinaus auf den Markt, auf dem noch ungewöhnlich viele Arbeiter unterwegs waren. Die meisten schwatzten, manche sangen, einige saßen auf Treppen und waren eingenickt. Es hatte den Anschein, als würde in dieser Nacht das Feiern gar nicht aufhören wollen. Das Fest der Messerschmiede hatte sein Ende erreicht, und am kommenden Morgen begann eine feierlose Zeit.

Endlich kam Schreiber über den Platz geeilt und hakte im Laufen noch das Koppelschloss ein; der Degen an seiner Seite klirrte heftig. Die Uniform saß tadellos, das wachtmeisterliche Gesicht jedoch wirkte zerknittert. Vom Schlaf, nahm Fontane an, aber er wurde eines Besseren belehrt.

»Ich bedaure, dass man Sie wecken musste«, entschuldigte Aschinger sich.

Schreiber schüttelte den Kopf.

»Ich hatte Dienst und saß in der Wachtstube«, sagte er. »In einer Nacht wie dieser ist Pflichterfüllung Pflicht.« Er lächelte. »Allerdings muss ich Ihnen ein Geständnis ablegen:

Ich war eingenickt und träumte gerade von feschen Epauletten, als der Bursche ans Fenster bollerte.«

»Diese Epauletten könnten Sie sich verscherzen, wenn Sie meiner Bitte entsprechen und mir ohne den Leutnant zur Seite stehen«, meinte Aschinger.

»Was steht zu Diensten?«

»Die beiden Mädeweins einzuziehen.« Aschinger referierte knapp den Stand der Dinge, Schreiber lauschte schweigend. »Ich möchte Sie noch in der Nacht verhören, und wenn sie todmüde, aber nicht zu betrunken sind – umso besser. Leider konnten wir den Treidler den beiden Grimnitzern nicht gegenüberstellen, wie ich bereits für den späten Nachmittag oder frühen Abend vorgehabt, da er nicht zu Hause war. Kein Wunder, alle Welt hockt ja wohl während der Festtage bei den Messerschmieden herum.«

Schreiber fragte: »Wann soll die Gegenüberstellung stattfinden?«

»Noch in der Nacht.«

»Die Männer aus Grimnitz sind noch hier? In Neustadt?«

»Mir blieb nichts übrig, als sie im *Deutschen Haus* einzuquartieren«, bekannte Aschinger fast schuldbewusst. »Die beiden haben zweifellos noch nie so komfortabel logiert, aber sie wissen es nicht zu schätzen und wollen nur nach Hause.«

»Man wird Ihnen die Auslage doch wohl ersetzen?«

»Wer sollte das tun?«

»Nun, der preußische Staat?«

»Ohne offizielle Bitte des Landrates oder einen Auftrag des Ministers? Ich fürchte, ich werde auf den Spesen sitzen bleiben.«

»Dann haben Sie sich wohl von Herrn Fontane anstecken lassen?«, fragte Schreiber.

Fontane verspürte einen Stich ins Herz. Emilie sah ihn streng an.

»Ich tue es vor allem für Madame«, sagte Aschinger hoch aufgerichtet – ein zweiter, noch tieferer und schmerzhafterer Stich für Fontane.

Es hatte einiges an Beredsamkeit gekostet, Aschinger davon zu überzeugen, dass Fontane ein moralisches Anrecht hatte, beim Abholen des Schichtmeisters Mädewein dabei zu sein. Erst als er sein schriftstellerisches Interesse am Leben der Arbeiteraristokratie bekundet hatte, war Aschinger einverstanden gewesen, dass er die Polizeibeamten begleitete.
Nun bullerte der Kommissar gegen die Tür eines kleinen Häuschens, gelegen zwischen Wolfswinkel und Eisenspalterei. Schreiber hielt eine Laterne, Fontane eine zweite.
Kleinbürgerlich lebte man, mit Geranien in den Blumenkästen und des Nachts geschlossenen Fensterläden. Vielleicht war es dieses Leben, das in Beate Jonas Begehrlichkeiten geweckt hatte, das Leben einer Vorarbeitergattin, die nunmehr eine Frau Schichtmeister war. Schlaftrunken und mit einer Schlafmütze auf dem Haupt öffnete Mädewein die Tür: Trotz des Festes schlief die Arbeiteraristokratie eine knappe Stunde nach Mitternacht.
»Ja?«, fragte Mädewein. Dann dämmerte es ihm. »Gott im Himmel, ein neuer Unfall?«
Aschinger reckte den Kopf. Als er in der Diele die Ehefrau des Schichtmeisters entdeckte, fragte er – so, dass sie es nicht hören konnte: »Ist Beate Jonas Ihre Geliebte?«
»Was?«
Aschinger wurde etwas lauter. »Ist Beate Jonas Ihre Geliebte?«
Mädewein drehte sich um. Als auch er seiner Frau ansichtig wurde, sagte er über die Schulter zum Kommissar: »Warten Sie. Ich kleide mich rasch an und komme mit Ihnen.«
Auf der Fahrt räumte er ein, mit Beate etwas gehabt zu haben, das er ein Techtelmechtel nannte. Er versuchte, die Lie-

belei herunterzuspielen, indem er behauptete, das Verhältnis habe nicht länger als vierzehn Tage gedauert, und Beate sei eine Hure von Natur.
Der Schichtmeister wurde auf die Gendarmerie gebracht, die in einer gelben Backsteinkaserne in der Nähe des Bahnhofs untergebracht war. Schreiber hatte man zurückgelassen, er sollte das Häuschen des Mädewein durchsuchen. Der Kommissar vermisste seine Subalternbeamten Wittlich und Räder, und ihm blieb nur übrig, Fontane zum Hotel zu bitten mit dem Auftrag, Freege und Mundt zu holen.
In der Stadt war es inzwischen still. Der Himmel war sternenklar, ein hoher Mond leuchtete, doch fühlte Fontane sich unbehaglich. Genauer gesagt hatte er fast ein bisschen Angst, so allein auf der langen Eisenbahnstraße unterwegs zu sein. Er wusste, dass keine allzu große Eile vonnöten war und Aschinger auch bis zur Dämmerung und Rückkehr des Wachtmeisters mit der Gegenüberstellung hätte warten können. Er wollte zweifellos allein sein mit Mädewein und ihn ohne seine Anwesenheit befragen.
Als Fontane mit den wenig enthusiastischen Grimnitzern zurückkehrte, war auch Schreiber wieder da. Er hatte nichts Verdächtiges gefunden außer einer Schatulle, die in der Speisekammer versteckt worden war und neben beachtlichen fünfzig Goldmark auch ein durchaus achtbares Portefeuille an Rentenpapieren enthielt.
Das war mehr, als man bei einem langjährigen Vorarbeiter erwarten durfte, aber es musste dennoch nicht aus trüber Quelle stammen.
Während der Gegenüberstellung hielt Mädewein den Kopf gesenkt, doch Freege war sich sicher: Er war es gewesen, der in seinem Sonntagsstaat an den Grimnitzsee gereist war und ihm den Schnaps angeboten hatte; bei der Lieferung dann war er nicht dabei gewesen. Aschinger ließ sich eine Schriftprobe geben. Mädewein schrieb *Kartoffel* richtig.

Inzwischen hatte Schreiber dafür gesorgt, dass zwei seiner Untergebenen zum Dienst in der Kaserne erschienen waren. Zu dritt machten sie sich auf den Weg, Mädeweins Vetter, den Treidler, zu holen. Der Schichtmeister wurde in Gewahrsam genommen. Und Fontane ins Hotel geschickt.
»Ich bin Ihnen sehr weit entgegengekommen, mein lieber Fontane«, sagte Aschinger, »aber nun folgt reine Polizeiarbeit, und das ist nichts für einen Laien. Im Übrigen wäre die Anwesenheit eines Zivilisten bei einem offiziellen Polizeiverhör gegen die Vorschrift.«
»Aber Sie sind doch gar nicht offiziell«, meinte Fontane.
»Schreiber hingegen schon. Wenn er zurück ist, wird er das Verhör leiten. Ich spiele nur Mäuschen.« Aschinger griente. Er wies zur Tür, und Fontane folgte notgedrungen der Aufforderung.

Die westliche Seite des Marktplatzes war bereits in ein sanftes Licht getaucht, und auch die Morgenschwüle kündigte sich an. Emilie hockte in der Gaststube über einem Kaffee. Sie schmollte.
»Ich schlage mir die Nächte um die Ohren mit Warten!«, schimpfte sie. »Und warum bin ich hier? Nur weil du wieder Dummheiten gemacht hast!«
»Du hättest ins Bett gehen können«, entgegnete Fontane. Er winkte dem Wirt und bat ebenfalls um Kaffee.
»Das könnte dir so passen!« Emilie war außer sich. »Da ich schon hier bin, will ich auch wissen, was vorgeht.«
Fontane lächelte. »Du bist neugierig, Emilie. Genau wie ich. Deshalb hast du deine Reise nach Liegnitz verschoben und bist nach Neustadt gekommen – und nicht, um mich vor Dummheiten zu bewahren.«
»Nein!«, rief Emilie empört. »Aber in einem hast du recht: Nicht dein Schicksal, sondern die Spritzkuchen haben mich motiviert. Und animiert. Und …« Sie schaute zur Tür und

verstummte. Fontane folgte ihrem Blick. Ein verärgert dreinschauender Aschinger betrat die Stube, ließ sich auf einen Stuhl fallen und winkte dem Wirt. Der verstand und brachte Kaffee.

»Auch Ihnen ist eine Laus über die Leber gelaufen?«, fragte Fontane.

»Auch?« Der Kommissar wartete, bis der Wirt gegangen war, senkte aber trotzdem die Stimme. »Richter Berg ist urplötzlich auf der Gendarmerie aufgetaucht und hat mir eine Szene gemacht. Mir schwant, dass Mädeweins Eheweib zu ihm geeilt ist, ein Gendarm will sie aus dem Haus des Richters kommen gesehen haben. Wie auch immer ...«

»Aber was hat denn die Frau mit dem Richter zu tun?«, wollte Emilie wissen.

Aschinger hob die Achseln. »Er ist natürlich immer höflich geblieben, der Herr Amtsrichter«, fuhr er fort. »Aber er hat mir unmissverständlich klargemacht, dass ich weder in Neustadt noch im Kreis Oberbarnim etwas zu melden habe.« Er seufzte. »Was soll ich sagen, es stimmt ja. Ich sollte mit dem nächsten Zug abreisen. Die Frist, die mir mein Chef gesetzt hat, ist ohnehin abgelaufen.«

Aschinger nahm einen Schluck Kaffee und blickte hinaus auf den menschenleeren Markt. Die Luft, die durch das geöffnete Fenster hereinzog, war keineswegs frisch, sondern schwer und feucht. Ein feiner Dunst lag über der Stadt, und es roch schwach nach Rauch.

»Berg hat Sie hinausgeworfen?«, fragte Fontane.

»Nein, komplimentiert. Das Wort Kompetenzen fiel mehrfach ... Er war sehr vornehm, aber er dachte zweifellos an den Schuster und seinen Leisten.«

»Und Sie haben überhaupt nichts herausbekommen?«, erkundigte sich Emilie.

»Oh, doch.« Aschinger lächelte. »Zuerst einmal haben wir etwas gefunden. Genauer gesagt: Der Wachtmeister und seine

Männer waren es. Sie fanden sehr Interessantes in einem Schuppen am Kanal, den der Treidler Mädewein von seinem Chef gemietet hatte, ein etwas windschiefes, aber fest verschließbares Bauwerk, das der nicht mehr brauchte. Der Chef verwies sie darauf, als Schreiber sich nach Mädeweins Leumund erkundigte. Und was fand man dort? Guten Kartoffelbrand – ohne zweites F.«
»Der Herr Wachtmeister ist …«, setzte Fontane an.
»Unterwegs zur Forstakademie. Es gibt dort ein Laboratorium, in dem sie den beschlagnahmten Schnaps untersuchen können.«
Der Kommissar leerte seinen Kaffeebecher. »So hören Sie die Mär von Schwarzbrennerei, Liebeslust und Liebesleid … Mädewein hat von einem ruinösen Heuschober berichtet, in dem der Destillationsapparat versteckt ist. Mit dem Heuschober und romantischen Empfindungen fing es an.«
Aschinger grinste. »Im Frühjahr war's, in einer Mondscheinnacht … Köster war mit seiner Beate auf der Straße nach Lichterfelde unterwegs, da kam ihn plötzlich ein Begehren an. Man schlug sich in den Schober unweit der Landstraße. Danach war man durstig. So durstig, dass Köster den Vorschlag machte, in die Bauernschänke einzukehren. Beate hatte eine bessere Idee. Unter einem Vorwand suchte sie Loefflers auf, beschaffte den Schlüssel zur Brennerei – tja, und da stand dann Köster mit einem Male im Paradies. Beate zeigte ihm auch das Kontorbuch, und angesichts der verzeichneten Einnahmen wurde ihm schwindlig. Nicht der Kartoffelbrand, sondern die Zahlen machten ihn betrunken.«
»Er witterte Geld«, warf Emilie ein.
Aschinger nickte. »Das man ja immer brauchen kann. Zumal ein Mensch, der heiraten und einen Hausstand gründen will. Nur ging es nicht ohne Komplizen. Köster zog also seinen Vermieter Karl August Mädewein ins Vertrauen, dessen Frau als Küchenhilfe in einem Kurhotel arbeitet; für sie war es ein

Leichtes, Kartoffelschalen und Brotreste in Mengen zu besorgen. Da man ein Kapital für die Anschaffung der Gerätschaften benötigte, wurde der recht gut verdienende Gotthelf mit ins Boot – *ou mieux:* in den Treidelkahn – geholt. Als das Geschäft allmählich florierte, erwachte die Gier. Die vielen Kampagnearbeiter hatten schließlich auch Durst, und so machte sich Köster an den Tutasz heran, den er aus dem *Eisenfresser* kannte. Es gibt ja, wie Sie vielleicht wissen, keine sozialdemokratische oder sozialistische Partei in Polen – es gibt ja nicht einmal Polen! –, aber Ireneusz gehörte irgendeinem linken Bund oder Zirkel an, und so fühlte er sich heimisch in der Kneipe. Er belieferte die polnischen Ziegeleiarbeiter mit illegalem Schnaps. Was soll ich sagen? Sollen die Arbeiter benebelt werden, bevor man sie befreit?«
Fontane lachte kurz auf. »Ich kenne diese Herren Marx, Engels, Bebel und so weiter ja kaum, vermute aber, das dergleichen nicht in ihren Schriften steht.«
Der Kommissar hob seinen Becher und verlangte laut nach mehr. »Da man sich den Schlüssel zur Brennerei im Walzwerk nachgemacht hatte, ersparte man sich den Kauf von Flaschen, der ja vielleicht auch aufgefallen wäre, und stahl welche, außerdem holte man leere wieder ab und befüllte sie erneut. Als Lager diente ein Schuppen beim Hammerteich, den der Treidler Mädewein gemietet hatte. Wenn er Produkte transportierte, die sich alkoholisch vergären ließen, neben Kartoffeln auch Rüben oder Getreide, zweigte er immer etwas ab. Er hat auch die letzten Etiketten beschriftet.« Aschinger feixte. »Darin war er allerdings nicht sonderlich gut. Ansonsten aber: Das illegale Brennen war ein Geschäft.«
»Und Konrad Zimmermann?«, fragte Fontane.
»War anfangs nicht eingeweiht. Er gehörte nicht zu der Bande, aber da auch er zeitweise ein Verhältnis zu Beate hatte, erfuhr er es doch. Ein Verhältnis mit der Geliebten des besten Freundes, Rom lässt grüßen!« Aschinger schüttelte den

Kopf. »Und es gibt noch jemanden, der von der Schwarzbrennerei wusste. Sie werden staunen: der Irre mit der namenlosen Krankheit.«

»August Friedrich Schmidt, jüngerer Bruder des Besitzers von Macherslust?«

»Genau der. Der alte Schober fungierte als Liebesnest nicht nur für Köster und Beate, sondern auch für sie und Gotthelf Mädewein. Als es an dem Abend vor Kösters Tod beim Fest der Messerschmiede Streit gab, ging es keineswegs nur um Politik. Anfangs ja: Zimmermann warf Köster vor, mit seinen gesetzwidrigen Schnapslieferungen nur den Ausbeutern in die Hände zu spielen. Als dann Beate irgendetwas dazu sagte, wohl etwas sehr Dummes, beschimpfte Ireneusz sie als Hure. Und dann ging es richtig los! Also, man stritt in gewisser Weise …«, ein kurzer Blick zu Emilie, »… ähm, ja, um die Frauenfrage. Mädewein brachte dann Beate nach Lichterfelde. Er wollte in den Schober, sie nicht. Sie ahnen nicht einmal, warum nicht. Beate gab Mädewein den Laufpass, weil sie, bereits zum zweiten Mal, ihr Herz entdeckt hatte für – Paul Struck!«

»Nein!«

»Doch. Na ja, und Mädewein sagte dann den abgewandelten Shakespeare-Satz.«

»Den der Kranke aufschnappte?«

»Der trieb sich da immer herum. Der hat alles gesehen, was im Heuschober und seiner Umgebung vor sich ging: die Liebeshändel ebenso wie das illegale Destillieren.«

»Und was meinte Mädewein mit der Schuldigkeit, die er als Tor getan?«

»Er hat eine gescheiterte Abtreibung finanziert. Beates Kind ist nämlich sein Sohn!«

»O Himmel, was für ein Sumpf!«

»Sagte ich das nicht?« Aschinger bekam frischen Kaffee. Aus dem Steinguttopf dampfte es, und er blies darüber, bevor er

sagte: »Einiges haben wir trockengelegt. Nur was die Todesfälle betrifft, bin ich kein Stück vorangekommen.«
»Eifersucht wäre ein Motiv«, sagte Emilie.
»Wollen Sie es bei diesen Halbheiten wirklich belassen?«, fragte Fontane. »Sie sind doch nicht der Mann, der auf halber Strecke umkehrt …«
»Was soll ich tun?«
»Mit dem Irren sprechen wäre wohl das Mindeste.«
»Ausgeschlossen. Ich kann nicht dem Amtsrichter ins Handwerk pfuschen. Ich habe hier keine Kompetenzen, verstehen Sie das nicht?«
»Würde Ihr Vorgesetzter Ihnen so kurz vor dem Ziel nicht noch einen Tag Aufschub gewähren?«, wollte Emilie wissen.
»Das vielleicht. Aber wenn Berg sich an ihn wendet und sich über mich beschwert, lande ich als Aktenabstauber im Archiv. In Preußen hat alles seine Ordnung – und mein Leisten befindet sich in Berlin.«
Fontane rieb sich das Kinn. »Wer ist der Herr der Polizei in einem Landkreis?«
»Der Landrat«, sagte Aschinger. Dann hellten sich seine Züge auf, um sogleich noch finsterer zu werden. »Nein, mon cher, das ginge zu weit!«
»Aber von Bethmann Hollweg nimmt anscheinend großen Anteil an den Fällen – ob nun Un- oder Mordfälle …«
»Das darf man vom Chef de la Police wohl erwarten.«
»Er könnte Sie anfordern«, überlegte Fontane laut.
»Non, non, non! Sie bringen mich in Teufels Küche.« Der Kommissar überlegte. »Aber andererseits: Sie haben recht.
Er stieß demonstrativ einen lauten Seufzer aus.
Man ging für wenige Stunden ins Bett.

Am frühen Morgen wurde Beetz gerufen. Der Kutscher staunte, als man ihm das Ziel nannte.

Die Rosse trabten, die Chaise wurde sanft geschaukelt. Aschinger und Fontane dösten; fast hätten sie Emilie beneidet, die nicht mit von der Partie war, sondern im Hotel ausschlafen durfte.
Nach der durchwachten Nacht fielen Fontane bald die Augen zu. Hundegekläff ließ ihn hochfahren und sich verwirrt umschauen. Sie befanden sich in einem Dorf, wo anscheinend alles in der Morgenhitze döste, bis auf zwei Köter, die die Kutsche umsprangen.
»Sommerfelde«, erklärte Aschinger, was er nur vom Kutscher erfahren haben konnte, der ergänzte: »Gehört bereits zum Gut des Landrats.«
Fontane nickte vor sich hin, dann nickte er wieder ein. Er schlief nicht tief, das Geräusch der Räder drang in sein Bewusstsein, manchmal auch ein paar Worte aus dem leise geführten Gespräch von Aschinger und Beetz. »Tornow«, hörte er sagen. Wer von beiden sprach? Es musste Beetz sein, denn er sagte auch noch, dass dieses Dorf ebenfalls dem Herrn auf Hohenfinow gehöre.
Schließlich versank Fontane vollkommen in einen traumlosen Schlaf.

Felix von Bethmann Hollweg, Gutsherr von Hohenfinow und seit einem Jahr Landrat des Kreises Oberbarnim, saß noch beim Frühstück, das man auf der Terrasse zum Park hineinnahm. Obwohl sie unangemeldet erschienen, wurden Fontane und Aschinger ohne Förmlichkeiten hinzugebeten. Der Landrat erhob sich sogar und machte ein paar Schritte auf die Besucher zu.
»Wer von den Herren ist der Berliner Kriminalkommissar?«, wollte er wissen.
»Ich, Exzellenz«, entgegnete Aschinger.
»Willkommen.« Von Bethmann Hollweg musterte Fontane. »Dann sind Sie der Schriftsteller? Meine Gattin wird es freuen.«

Er deutete zum Tisch, dem man sich gemeinsam näherte, und machte die Honneurs: »Meine Frau Isabella, eine geborene Rougemont. Wie Ihre Gattin, Herr Fontane, stammt sie aus einem Hugenotten-Geschlecht.«
Der Landrat lächelte. Er war ein drahtig wirkender Mann von Anfang fünfzig, bärtig und mit hoher Stirn, dessen Augen sein Gegenüber nicht nur betrachteten, sondern regelrecht erforschten.
Fontane war perplex. »Herr Landrat, Sie haben Erkundigungen eingezogen?«
»Ich hörte von Ihrem wie dem Wirken des Kommissarius in Neustadt und wandte mich daraufhin an einen alten Militärkameraden.« Der Gutsherr deutete auf zwei Stühle. »Voilà, messieurs, placieren Sie sich.«
Man nahm Platz. Neben der Frau des Hauses saß ein Jüngling, der die hohe Stirn des Vaters geerbt hatte. Der Landrat nickte in seine Richtung. »Mein Sohn Theobald. Hat soeben die Landesschule Pforta als Klassenbester absolviert, ruht sich ein paar Tage auf dem väterlichen Gut aus und tritt dann die vom Großvater gestiftete Italienreise an. Ihr Sohn, Herr Fontane …?«
»Ist vom selben Jahrgang. Er reist aber nicht nach Italien, sondern nach Niederschlesien.«
»Je nun.« Der Landrat betupfte mit der Serviette die Mundwinkel. »Sie sind nicht gekommen, um Familiengeschichten zu lauschen oder welche vorzutragen. Was kann ich für Sie tun, meinen Herren?«
»Danke, Exzellenz«, sagte Aschinger. »Uns ist aufgefallen, dass Sie über alle Vorgänge in und um Neustadt ausnehmend gut informiert waren und …«
»Gut informiert zu sein gehört zu meinen Aufgaben«, erklärte von Bethmann Hollweg.
»Ja, sicher. Warum haben Sie eigentlich so auf einer gründlichen Untersuchung der Unfälle bestanden?«

»Auch das gehört zu meinen Aufgaben.« Auf der Stirn des Landrates hatte sich eine steile Falte gebildet, die eine gewisse Verärgerung signalisierte. »Also, was kann ich für Sie tun?«

Aschinger trug sein Anliegen vor, der Landrat hörte zu, ohne ihn zu unterbrechen. Nachdem der Kommissar geendet hatte, schloss von Bethmann Hollweg für einen Moment die Augen.

»Sie halten den Amtsrichter nicht für geeignet, den oder die Casus zu lösen?«, fragte er nach ein paar Sekunden des Nachdenkens.

»Er hat wenig unternommen, weil er sie von Anfang an für Unfälle hielt«, sagte Aschinger.

Die Miene des Landrats wurde kalt. »Wenig? Er hat nichts unternommen, mein Herr. Ich habe bekanntlich Leutnant von Grünberg geschickt, der mir berichten muss. Er ist allerdings nicht der Hellste … Aber es gibt da doch noch diesen Wachtmeister. Schreiber? Ja, exactement, Schreiber. Glauben Sie, dass der Ihre Hilfe nötig hat?«

»Er ist kein Kriminaler, Exzellenz!«

»Wohl wahr.« Von Bethmann Hollweg erhob sich. »Nun gut, warten Sie un instant, ich lasse Ihnen ein entsprechendes Dekret ausstellen. Brauchen Sie sonst noch etwas von mir?«

»Wenn Sie sich mit meinem Vorgesetzten in Verbindung setzen könnten?«

»Wie ist sein Name?«

»Oder vielleicht besser gleich mit dem Polizeipräsidenten?«

»Mit Herrn von Maday? Nun, ich will sehen, was ich vermag. Ich reise heute mit dem Nachmittagzug nach Berlin.«

Der Landrat verließ die Terrasse, zweifellos um sein Bureau aufzusuchen. Aschinger lächelte die Dame des Hauses höflich an. Fontane ließ den Blick über das Bethman Hollwegsche Anwesen schweifen, dann betrachtete er den Jüngling, der so alt war wie sein zweitältester Sohn. Dieser fühlte sich jetzt, nachdem der Vater gegangen war, ersichtlich wichtig und sagte stolz: »Mein Vater hat diesen Gutsbesitz, der mit Tornow und Sommerfelde insgesamt 8965 Morgen umfasst, zu einem erfolgreichen Großbetrieb entwickelt, der nach modernsten Gesichtspunkten arbeitet. Neben der traditionellen Getreideproduktion betreiben wir eine Brennerei, eine Dampfschneidemühle und eine Ziegelei am Bahnhof Niederfinow, und 1860 kam an der Südgrenze der Flur das Vorwerk Maxberg hinzu. Wenn man sich die Flurkarte nun anschaut, wird man bemerken, dass es zwischen Tornow und Sommerfelde ein Gebiet gibt, das nicht uns gehört – auf der Karte sieht das aus, als hätte jemand in einen großen Kuchen gebissen.«

»Ich fürchte, dass unsere Gäste sich langweilen«, fiel ihm die Mutter ins Wort. Doch der Junge beachtete sie nicht.

»Dieses Flurstück versucht mon papa seit Jahren zu erwerben. Man nennt das arrondieren, nicht wahr? Der Besitzer ist Fabrikdirektor Wittbrodt von der Eisenspalterei.«

»Quel raffinement!« Aschinger tippte sich an die Stirn. »Ihr Herr Vater nimmt so rege Anteil an der Enquête, weil er mit ihr Druck auf Wittbrodt ausüben kann! Damit dieser verkauft!«

»Daran ist nichts Raffiniertes«, widersprach der Landrat, der eben mit einer Mappe unter dem Arm auf die Terrasse zurückkehrte. »Es ist ein rein geschäftsmäßiges Interesse«, fügte er hinzu und warf seinem Sohn einen strengen Blick zu. Er öffnete die Mappe und reichte Aschinger ein Dokument. »Ihre Order. Um Herrn von Maday kümmere ich mich, sobald ich in Berlin bin. Sie erstatten mir Rapport. Bonne chance!«

»Merci, Exzellenz!« Aschinger verbeugte sich, zuerst gegen den Landrat, dann gegen Frau und Sohn. »Au revoir, Madame, au revoir, Monsieur!«

Von Bethmann Hollweg ließ es sich nicht nehmen, seine Besucher bis zur Kutsche zu begleiten. Fontane konnte sich nicht enthalten zu fragen, bei wem sich Seine Exzellenz über ihn erkundigt habe.
»Ich habe in Landsberg an der Warthe mit einem Herrn beim Militär gedient, der später eine beachtliche Karriere bei der Polizei gemacht hat«, sagte der Landrat. »Ein Kriminalkommissar bei der Politischen Polizei, ihr Chef sogar: Alois Völker.« Fontane wechselte einen raschen Blick mit Aschinger. »Er hält Sie übrigens für einen gefährlichen Alt-Achtundvierziger, der seine Nase in alles steckt, das ihn nichts angeht«, sagte der Landrat mit einem leisen Schmunzeln. Er zuckte mit den Schultern und wandte sich zum Gehen. »Au revoir, Messieurs, ich wünsche Ihnen Glück.«

Mit dem landrätlichen Dekret in der Tasche befahl Aschinger dem Kutscher Beetz, sogleich zur Irrenanstalt zu fahren, was, der Hitze und der gemächlichen Pferde wegen, einige Zeit in Anspruch nahm.
Doktor Zinn empfing sie sichtlich überrascht: Der Pflegling August Heinrich Schmidt sei bereits von der Polizei abgeholt worden.
»Von der Polizei angeholt?«, fragte Aschinger irritiert. »Wieso?«
»Richter Berg war hier mit zwei Bewaffneten, die durchaus Polizeibeamte vorstellen konnten«, erklärte der Irrenarzt.
»War kein Gendarm dabei?«, wollte Fontane wissen. »Kein Leutnant? Kein Wachtmeister?«
Zinn wurde unwirsch. »Wie ich bereits sagte: kein Gendarm. Also weder noch ...«
»Und die Begründung?«, wollte Aschinger wissen.
»Nun, August Heinrich Schmidt sei Zeuge eines Verbrechens«, sagte Zinn, »ja vielleicht sogar Beteiligter. Man müsse ihn einziehen.«

»Und Sie hatten keine Zweifel?«
»Warum? Amtsgerichtsrat Berg dürfte doch wohl über jeden Zweifel erhaben sein?«
Aschinger wandte sich zum Gehen, aber eine Frage galt es noch zu stellen. »Ist Schmidt überhaupt in der Lage, eine vernünftige Aussage zu machen?«
»Natürlich«, sagte der Irrenarzt, »sein Geist ist nicht so verwirrt, wie es den Anschein hat. Man muss bloß Geduld aufbringen, weil nur jeder dritte, vierte Satz von ihm brauchbar ist.«

Weder auf dem Gericht noch auf der Gendarmerie waren Berg, seine Begleiter und der Irre bisher aufgetaucht. Das war seltsam, und Aschinger bat Schreiber, alle Neustädter Gendarmen zu mobilisieren und nach den Männern zu suchen. Gemeinsam mit Fontane machte er sich auf den Weg zum Bau-Entrepreneur Schmidt, dem Bruder des Gesuchten.
Die Brunnenstraße befand sich nicht nur, wenig überraschend, am Gesundbrunnen, es war auch kein weiter Weg von der Schicklerschen Vorstadt hierher. Und doch trennten die beiden Gegenden der Stadt Welten: da die kleinen Arbeiterhäuser, hier üppige Villen auf großen Grundstücken. Die Villa des Ziegeleibesitzers war geradezu märchenhaft.
Das Schmidtsche Grundstück war von Zaun und Mauer umgeben, aber das Tor stand offen. Mehrere Droschken mit Kutschern warteten an der kiesbestreuten Auffahrt zur Freitreppe, wo sich gerade etliche Herren, überwiegend im sommerlichen Cutaway, voneinander verabschiedeten, Direktor Wittbrodt etwa oder Direktor Schinkel und andere Herren, die Fontane der Vaterländischen Gesellschaft zuzuordnen vermochte. Bauunternehmer Schmidt drückte ihnen die Hand, die Herren begaben sich zu ihren Equipagen. Beetz lenkte die Kutsche die Auffahrt hinauf. Mehrere der Herren

bedachten die Neuankömmlinge mit fragenden Blicken. Schmidt eilte auf sie zu.
»Ich bedaure«, sagte er, »aber Sie kommen sehr ungelegen.«
»Gestatten erst einmal: Kriminalkommissar Aschinger«, stellte Aschinger sich vor.
»Kriminalkommissar?«, fragte Schmidt unsicher. Die ersten Droschken rollten vom Grundstück.
»Die Vaterländische Gesellschaft hat sich bei Ihnen getroffen?«, mischte sich Fontane ein.
»Ja, aber was ... Wieso will die Polizei ...?« Friedrich Schmidt schien es mit der Angst zu bekommen.
»Warum ist Richter Berg nicht dabei?«
Schmidt hob die Schultern. »Das weiß ich nicht. Vielleicht ist er unpässlich?«
Aschinger schüttelte den Kopf. »Ich will Ihnen sagen, warum der Amtsrichter heute nicht an Ihrem Treffen teilnehmen konnte. Er hat Ihren Bruder verhaftet.«
Das entsprach zwar nicht ganz der Wahrheit, verfehlte aber seine Wirkung nicht. Friedrich Schmidt geriet außer sich.
»Die Sache entgleitet uns!«, rief er. »Sie entgleitet! Ich ahnte längst, dass etwas geschehen würde ...« Er machte Anstalten, zu Beetz auf den Kutschbock zu steigen. »Worauf warten wir? Wir machen meine Arbeiter in Macherslust mobil und suchen meinen Bruder!«
Fontane und der Kommissar stiegen in die Kutsche. Beetz wendete sein Gefährt und schlug den Weg nach Macherslust ein.
»Er steht Ihnen nahe, Ihr Bruder?«, fragte Fontane.
»Ja«, entgegnete Schmidt. »Jahrelang habe ich ihn bei mir aufgenommen, bis meine Familie und vor allem das Personal sich überfordert fühlten. Doch diese Abschiebung in die Irrenanstalt lastete immer schwer auf meinem Gewissen. In der Anstalt besuchte ich ihn fast nie, meiner Reputation wegen; war er jedoch entsprungen, hatten wir ein paar heim-

liche Trefforte ausgemacht, wo ich ihm etwas Geld zusteckte. August Friedrich bekommt durchaus mit, was um ihn herum geschieht.«

Beetz bog auf den Schicklerschen Markt, auf dem die Spuren des Festes beseitigt worden waren.

»Eines Tages entdeckte er, dass sich in einem alten Heuschober zwischen Eisenspalterei und Lichterfelde Schwarzbrenner tummeln …?«, fragte Aschinger.

»Ja. Und er sagte es mir. Brachte mir sogar mal eine Flasche Kartoffelschnaps mit.«

»Mit falsch beschriftetem Etikett?«

Schmidt nickte. »Geht es denn nicht schneller?«, rief er Beetz zu. Der Kutscher hob die Peitsche, aber viel nützte es nicht.

»Mein Bruder konnte mir sogar die Namen einiger Beteiligter nennen. Oder er konnte zumindest angeben, wo sie wohnten, guter Beobachter, der er ist. Ich erzählte davon in der Gesellschaft der Freunde des Kaisers … Bei manchem der Herren dort ist das auf fruchtbaren, aber falschen Boden gefallen … insbesondere bei Richter Berg.«

»Und das heißt?«, wollte Aschinger wissen. Beetz lenkte in die Eisenbahnstraße.

»Dass mein Bruder in Gefahr ist!« Schmidt stöhnte. »Viele von uns sind wirklich vom Wunsch beseelt, armen Menschen zu helfen, die Direktoren Wittbrodt und Schinkel etwa und auch ich selber. Vielleicht war ich früher ein schlimmer Spekulant, ein Ich-Süchtiger, aber seitdem sich die Krankheit meines Bruders verschlechtert hat … Es gibt bei uns den sogenannten *Inner Circle* – womöglich das einzige englische Wort, das Berg als eingefleischter Nationalist beherrscht. Auch ich gehöre ihm an – ich gebe es zu! Der Zirkel hat sich in meinem Haus getroffen, gestern noch. Sein Ziel: das Ausschalten aufsässiger Arbeiter und sozialistischer Agitatoren. Der Spiritus rector: Amtsrichter Berg. Manchmal behauptete

er, das *Central-Nachrichten-Bureau* stehe hinter seinen Aktivitäten.«
»Das *Central-Nachrichten-Bureau*?«, fragte Fontane. Der preußische Geheimdienst?
»Ich selbst glaube das nicht recht«, sagte Schmidt. »Geht es denn wirklich nicht schneller?«, herrschte er Beetz an. Während sie auf der Eisenbahnbrücke die Gleise überquerten, fuhr er fort: »Das Ziel des Zirkels, der Männer, welche die Vaterländische Gesellschaft als Tarnmantel benutzen, war klar, aber wie es umsetzen? Man konnte ja nicht einfach aus dem Hinterhalt auf missliebige Arbeiter schießen, nicht einmal schießen lassen. Ausgerechnet mein armer Bruder, der immer wieder aus der Anstalt entspringt, half ihnen mit seinen Beobachtungen … weil ich Dummkopf sie auch noch weitergab! Plötzlich hatte man einen erpressbaren Vorarbeiter in der Hand. Erpressbar wegen seiner Schwarzbrennerei. Chefingenieur von Seyfarth übernahm es, Mädewein die Augen zu öffnen über die Gefahr, in der er schwebte: Wenn er nicht kooperierte, würde er nicht nur im Gefängnis landen, auch das schöne Leben im eigenen Häuschen mit Geranien vor den Fenstern wäre vorbei. Richter Berg steuerte die Informationen über die Umtriebe im *Eisenfresser* bei, und so fiel die Wahl auf den sozialdemokratischen Hetzer Köster. Sie wollten ein Exempel statuieren … Seyfarth, der die Verhältnisse in der Eisenspalterei am besten kannte, dachte schon früh an einen Stoß in einem unbeobachteten Augenblick … Für Mädewein vielleicht kein Leichtes, aber doch ausführbar, wie wir ja alle wissen.«
In diesem Moment riss Beetz an den Zügeln, brüllte »Brr!«, und schnell kam das Gefährt zum Stehen. Wütend wandte sich der Kutscher um.
»Verlassen Sie meinen Wagen!«, verlangte Beetz. »Ich kutschiere keine Mordgesellen! Vor allem nicht, wenn es gegen uns kleine Leute geht!«

Schmidt wurde schamrot. In diesem Augenblick sprengte Wachtmeister Schreiber heran; er kam am Nordufer des Kanals aus Richtung Eisenspalterei.
»Man hat Berg und seine Leute bei der Eisenspalterei in Richtung Lichterfelde fahren gesehen«, rief er. »Meine Gendarmen sind ihnen auf den Fersen. Ich wollte Sie holen, Kommissar …«
Schmidt sprang auf. Er kletterte auf den Bock und schob den Kutscher einfach zur Seite. »Schnell!« Er entriss Beetz die Peitsche. Der war so überrascht, dass er nicht einmal nicht protestierte. Erst als Schmidt auf die Pferde eindrosch, versuchte er, ihm die Peitsche zu entwinden.
Staub wirbelte auf, eine lange Staubfahne folgte ihnen und dem neben ihnen reitenden Wachtmeister. Fontane und Aschinger wurden in die Polster gedrückt, als es in rasender Geschwindigkeit nach Lichterfelde ging. Sie sahen schon den Kirchturm von Lichterfelde aus dem gelben Weizen ragen.
Da krachte ein Schuss.

Sie rannten über das Feld. Der Kommissar und der Wachtmeister, Fontane, die zwei Gendarmen zu Fuß, die Schreiber zu dem Schober beordert hatte, und ihnen allen voran der Entrepreneur Schmidt. Schmidt hatte einem der Gendarmen das Gewehr entrissen und sich in das Weizenfeld gestürzt. Er hatte den Hut verloren, manchmal war sein bares Haupt in dem Meer von Halmen und Ähren zu sehen. Eine halb verfallene Ziegelwand tauchte auf, Fontane sah den Richter aus einem Torbogen treten, begleitet von zwei Männern in schlichten Joppen, die Gewehre über der Schulter trugen. Auch Berg hielt ein Jagdgewehr in der Hand, den Lauf zu Boden gesenkt, und sagte bekümmert: »Es ist traurig.«
»Du Verbrecher!«, brüllte Schmidt. Und bevor Berg oder seine Männer irgendetwas tun konnten, schoss er dem Richter ins Gesicht.

Elftes Kapitel

Mittwoch, 4. August 1875

Emilie hatte schon gepackt und freute sich, nach einem kurzen Zwischenaufenthalt in Berlin endlich die Reise nach Liegnitz antreten zu können. Fontane saß noch beim Frühstück, blätterte in der Zeitung und schaute auf die Uhr. Vor ungefähr einer halben Stunde war der Zug aus Berlin in Neustadt-Eberswalde eingelaufen. Sie selbst hatten noch etwas Zeit, bis ihr Zug sie zurück nach Berlin bringen würde.

Fontane erhob sich, schob einen Fensterflügel auf und warf einen Abschiedsblick auf den Markt. Von der Eisenbahnstraße her fuhr eine Droschke auf dem Platz: An den Zügeln saß Düsterhaupt, im Fond Blankenstein. Anscheinend hatte der hiesige Architekt seinen Berliner Kollegen von der Bahn abgeholt, und wie es aussah, war die Baustelle der Maria-Magdalena-Kirche ihr Ziel.

Düsterhaupt fuhr an einem Mann vorbei, den er nicht beachtete und den auch Fontane erst auf den zweiten Blick erkannte, an Fabrikinspektor Willibald Beutler.

Der verschwunden geglaubte Inspektor befand sich, was seine äußere Erscheinung betraf, in völliger Auflösung. Der Gehrock war schmutzig und stand offen, der Kragen hatte sich auf einer Seite gelöst, Krawatte und Hut fehlten ganz. Nur unter größter Anstrengung gelang es ihm, sich schwankend fortzubewegen.

Um ihm behilflich zu sein, eilte Fontane durch das Foyer auf den Marktplatz. Beutler befand sich schon auf der Höhe des

Hotels, musste aber verschnaufen und lehnte sich an die Mauer. Jetzt waren die Flecken auf Gehrock und Hose deutlich zu sehen. Der Geruch von Fusel war selbst aus ein paar Metern Entfernung kaum auszuhalten.
»Ach, Herr Fon…« Beutler legte die Stirn in Falten. »Wie war doch gleich …? Ah, wie übel … Ich habe schlechtes Geld vertrunken! Schlechtes Geld muss fort aus den Taschen …«
»Was meinen Sie mit schlechtem Geld?« Fontane zögerte noch, ob er dem Inspektor wirklich unter die Arme greifen sollte.
»Bestechungsgeld. Geld von Wittbrodt und diesem Ingenieur …«
Fontane riss die Augen auf. »Man hat Sie bestochen?«
»Man wollte, dass ich einen Unfall bestätige. Die Idee hatte wohl dieser Vorarbeiter, dieser Wein …« Beutler lachte unfroh. »Wein, Weib und Gesang, holla! Mä-de-wein … Der dann so schnell aufstieg, weil er diese Idee hatte …«
»Und Sie haben das Geld genommen?«
»Ja. Ja, ja, ja. Aber den zweiten Unfall konnte ich guten Gewissens bestätigen.« Beutler löste sich von der Wand. Für einen Moment sah es aus, als würde er Fontane in die Arme fallen, aber er hielt sich aufrecht und tat einen Schritt. »Es war ein Unfall! Der Sturz! Vom Kirchturmgerüst. Ich sage Ihnen, ich bin … durch die Arbeiterkneipen bin ich gezogen … Da war eine, *Eisenfresser* … Ich habe mich umgehört. Zimmermann, Konrad … Hören Sie, die haben wirklich gewettet! Dass der sich betrunken und nachts aufs Gerüst wagt.«
»Mit wem gewettet?«, fragte Fontane.
»Mit …« Beutler strengte sein Gedächtnis so an, dass sich seine Augen vorwölbten. »Ein Paul. Paul Strack. Junger Bursche. Um ein Mädchen haben sie gewettet. Und der eine fiel … platsch! Ein Unfall! Ich, der Fabrikinspektor Beutler, verkünde es klar und deutlich: Das war ein Unfall!«

Glossar

Bowler
Auch Melone genannter Hut, von den Londoner Hutmachern Thomas und William Bowler um 1860 erfunden.

Grad Réaumur
Die Temperaturskala wurde 1730 von dem französischen Naturforscher René-Antoine Ferchault de Réaumur eingeführt. 1 Grad Celsius entspricht etwa 0,8 Grad Réaumur.

Lasciate ogni speranza, voi ch'entrate!
Lasst, die ihr eintretet, alle Hoffnung fahren! (aus Dante, Göttliche Komödie, Inferno III, 9. Das Höllentor)

Neustadt(-Eberswalde)
Von 1375 bis 1876 hieß das heutige Eberswalde Neustadt oder Neustadt-Eberswalde, abgekürzt wurde der Name Neustadt-E/W. oder auch Neustadt-Ew.

No-restrain-system
Dieses kurz nach der Eröffnung der Landesirrenanstalt Neustadt-Eberswalde eingeführte Konzept forderte, bei der Behandlung psychisch Kranker auf jegliche Zwangsmittel, also auch auf gefängnisartige Absonderung von stark unruhigen Patienten, zu verzichten.

Potator
(lat.) Trinker, Säufer

Pourboire
(frz.) Trinkgeld

Rute
Altes preußisches Längenmaß (duodezimal) ab 1755. Zur Fontanezeit noch gebräuchlich neben dem metrischen System. (1 Rute ≤ 3,766242 m)

Foto: privat

FRANK GOYKE

Geboren 1961 in Rostock, arbeitete nach dem Studium der Theaterwissenschaften in Leipzig als Lektor und Dramaturg in Berlin. Seit 1997 ist er freischaffender Schriftsteller. Goyke verfasste zahlreiche Kriminalromane, darunter die erfolgreichen historischen Hanse-Krimis. Im berlin.krimi.verlag erschien 2005 »Fersengeld«. Sein Roman »Dummer Junge, toter Junge« wurde 1996 von der Raymond-Chandler-Gesellschaft mit dem »Marlowe« als bester deutschsprachiger Kriminalroman ausgezeichnet. Zuletzt erschienen von ihm im berlin.krimi.verlag die Fontane-Romane »Altweibersommer«, »Schneegestöber« und »Nachsaison«.

DANKSAGUNG

Mein besonderer Dank gilt Frau Ingrid Fischer, der Vorsitzenden des Vereins für Heimatkunde Eberswalde e.V., für einen wichtigen Hinweis zur Industrietopografie.

Eine literarische Ermittler-Karriere

»Frank Goyke ist ein Meister auf dem Gebiet des historischen Krimis.«
rbb Berlinradio 88,8

berlin.krimi.verlag
be.bra verlag

Eine starke Frau ermittelt im Preußen der Königin Luise

Das spanische Medaillon

978-3-89809-525-9

1813 rüstet sich Preußen zur Erhebung gegen Napoleon. Doch der patriotische Enthusiasmus wird durch grauenhafte Morde gedämpft: Ein Monster treibt sein Unwesen, das keinen Unterschied zwischen Zivilisten und Soldaten macht. Und gegen alle guten Ratschläge ermittelt Gerardine auf eigene Faust …

272 Seiten, Paperback, 9,95 € [D]

Die letzte Bastion

ISBN 978-3-89809-519-8

»Wie immer bei Wolf ist es eine von historischen Fakten gesättigte und dicht gestrickte Geschichte, die spielerisch mit dem altertümlich vornehmen Deutsch umgeht und so manches Wort neu erfindet … Sehr speziell und einfach köstlich.«

Gießener Allgemeine

272 Seiten, Paperback, 9,95 € [D]

Der rote Salon

ISBN 978-3-89809-517-4

»Gerardine erweist sich in diesem neuen Preußenkrimi von Tom Wolf als würdige Nachfolgerin ihres Urgroßvaters Honoré Langustier. Witzig und amüsant schildert der Autor das Alltagsleben im Berlin jener Tage, er verknüpft historische Figuren mit fiktiven und praktiziert gekonntes ›Name Dropping‹.«

ekz

288 Seiten, geb./Schutzumschlag, 16,95 € [D]

www.bebraverlag.de